Y

佐藤正午

角川文庫
24358

目次

プロローグ

一九八〇年、九月六日、土曜日。

その夜、青年は渋谷駅のプラットホームで女を見かけた。

時刻は七時十分過ぎ。

すぐに声をかけられなかったのは、ひとつには女がウォークマンで音楽を聴いていたせいもあるし、もうひとつ、最後に会ってからそこで再会するまでに二カ月もの長い時間が過ぎ去っていたせいもある。

やがて定刻に電車があらわれ、女と、そのすぐ後ろについて並んだ青年を、帰宅途中の他の大勢の乗客とともにのみこんで走りだした。

それが七時十五分のことだ。

雨の夜だった。

午後から降りはじめた雨がその時刻になっても止まず、電車の窓という窓に雨滴がこびりついていた。無数の雨滴は、まるでグレープフルーツの透明な果肉が散らばって窓に降りかかったように見えた。

女の顔よりもむしろ、青年は彼女の姿勢の良さを鮮明に記憶にとどめていた。めだって長い女の首と、常にぴんと伸びた背筋のシルエットは、彼に、あまり日常では見慣れない何かを連想させた。たとえば、群れから孤立した気高い鳥の姿のようなものを。

いつどんなときでも彼女の耳はウォークマンのヘッドホンでふさがれていたし、またいつどんなときでも彼女は中身のつまった大型の鞄(かばん)を手放さなかった。それをいまは片手に提げ、もう一方の手には雨傘の柄を握っている。

踵(かかと)の低いシンプルな靴を履き、その季節にしては早すぎる長袖(ながそで)のワンピースを身につけ、特徴的な長い首にはペンダントの鎖も、青年が会えないでいた夏の間の日焼けのあとも見えない。髪型はあいかわらずのポニーテールだった。

青年は女のそばに立ち、自分を勇気づけるために、二カ月前の出来事を思い浮かべた。そのとき渋谷駅のプラットホームで、彼女はたったいちどだけヘッドホンをはずして、彼と短い言葉をかわしたのだ。

そのことを、いまでも彼女は憶(おぼ)えているだろうか？

電車のドアの窓には彼女の上半身の影が、窓のなかに描き込まれた透かし絵のように淡くうつっていた。いずれにしてもこの機会をのがすべきではない。いまためらえば、次に言葉をかわすときは永遠にめぐってこないかもしれない。

憶えている、というほうに青年は賭(か)けた。


七時二十分に電車が下北沢駅のホームにすべりこんだとき、彼女はヘッドホンをはずして聴診器のように首にまわし、青年に笑顔をむけていた。

あてがあってどこかへ誘ったのではなく、ただどこかで、一緒に電車を降りてどこか静かな場所で話したいという青年の願いに、女はあっさりとうなずいて見せた。

電車が停止し、ドアが開き、先にホームに降り立ったのは青年のほうだ。つづいて彼女が降りる。そのとき、二つの声を彼らは耳にした。

前方のホーム側からと、後方の電車の中から投げかけられた二つの声を。

そこでふたりの運命が大きく分かれた。前からの声に青年が、背後からの声には女が反応する。たったそれだけの違いによって。

まもなく青年はホームの人込みの中に声の主を探しあてた。

発車のベルが鳴った。

その音にわれに返った青年が振り向いたとき、電車を降りたはずの女はすでにホームにはいない。彼が見たのは、もういちど車内に戻ってそこに立ちつくす彼女の姿だ。

ドアが閉まる。

電車が次の駅をめざして走りだそうとしている。

もしそのドアが閉じてしまう前に彼女がふたたびホームに降り立つことさえできれば（あくまでそれは仮定の話だが）、青年の願いはかなうことになる。その夜ふたりはどこか静かな場所で、初めてふたりきりで長く語り合うことができるだろう。

そして青年は、相手が見かけとはかなり裏腹に社交的でお喋り（しゃべ）な娘であることを知るかもしれない。

たとえばその日彼女がうっかりウォークマンの電池を切らしていたこと、いつもなら予備の電池を持ち歩くのに化粧品の入ったバッグごと自宅に置き忘れてきたこと、だから電車の中でもヘッドホンはつけていたけれど音楽に聴きいっていたわけではないという拍子抜けの事実、またたとえば彼女が毎朝半個のグレープフルーツをスプーンですくって食べる習慣のあること、その切断面からの連想で電車の窓の雨滴がまるで果肉のひと粒ひと粒のように見えたという比喩（ひゆ）や、もし今夜の雨が、今夜だけでもほんとうにグレープフルーツの果肉がぱらぱらとこぼれ落ちるように降る雨ならいいのに、という二十歳の娘にしては他愛のない空想まで聞かされることになるかもしれない。

　だが、電車のドアが閉まってしまうまでに彼女がホームに降り立つことはできない。それが現実だ。青年はおそらく今後いちどたりとも彼女の話を、あるいはその声すらも聞くことはないだろう。

　なぜなら、いま彼女がふたたび乗りこんだ電車はまもなく不幸で凄惨（せいさん）な事故に見舞われることになる。

　次の駅をめざして発車しようとしている急行電車は、その雨の夜、決して次の駅には到着しない。

　ドアが閉まる。

　電車が次の駅へむかって動き出す。

　そのとき彼女は車内に取り残され、ホームに立つまだ名前も知らぬ青年とドアの窓越しに目くばせを（それがおそらく最後になる目くばせを）かわすだろう。

　一九八〇年九月六日土曜日、下北沢駅プラットホーム。

　電車が着き、乗降客が入れ違い、発車のベルが鳴り、ドアが閉まり、また電車が動き出す。

　これはそのほんのわずかな時間をめぐる物語だ。

そのほんのわずかな時間でもこの手に取り戻せれば——あの日あの時刻に生じてしまった過去の事実を、もしいまから別のかたちに置き換えることができればと、長い人生の途中で誰もが一度は願ってみる奇跡を、本気で願いつづけた男の物語だ。

第一章　親　友

八月の雨の晩にその電話はかかってきた。

電話をかけてきた男はまず名前をなのり、都立高校時代の同級生のひとりだとつけくわえた。

だが私はその名前に心当たりがなかった。

男は一つ一つの言葉をゆっくりりと、どこか楽器のコントラバスを連想させるような心地よい響きの低音で喋(しゃべ)った。

しかも喋り方は礼儀にかなっていた。押しつけがましくなく、威嚇(いかく)的な調子もはらんではいないし、いたずら電話の不愉快さとはほど遠い感触だった。

だが私はその声にも記憶がなかった。

「もし、よかったら」

と男はしまいに提案した。

もし同級生だったという事実が信じられないのなら、ためしに高校の卒業アルバムで自分の存在を確認してみてもらえないだろうか？

「それを見れば、僕の顔と名前くらいは思い出してもらえるかもしれない」

私は送話口にむかってため息をついた。

確かにこれはいたずら電話ではないかもしれない。

だが、まともに相手をしていれば長くなりそうだ。それが嫌なら（名前も忘れてしまった同級生と長話をするのが面倒なら）、いますぐ電話を切ってしまうのが賢明に違いない。

実を言えば、私は出張から戻ったばかりで、まだネクタイもほどいていなかった。キッチンの椅子（いす）に浅く腰かけてコードレス電話の子機を使って応答していた。

食卓の中央には妻からの手紙が白い封筒に入れて置いてあった。帰宅したら何よりも先にこれを読め、と言わんばかりに。

その封筒の手前には冷蔵庫から取り出したばかりの缶ビールが立っていた。ビールを一口でも飲んでから手紙の封を切るべきか、逆の順番にすべきか、迷っていたときに電話が鳴りだしたのだ。

ため息のあと、相手も黙ったので私は仕方なくこう言った。

「高校を卒業したのはもう二十五年も前だろう？　それからいままでの間に何度も引っ越しをした、引っ越しの途中で卒業アルバムはなくしてしまったかもしれない。なくさなかったとしても、いまそれがどこにしまってあるか見当もつかない、だいいち、いまのいままで卒業アルバムのことなんか思い出しもしなかった」

「それは、残念だな」

と男は呟いたけれど、決して皮肉な口調ではなかった。

私はさらに言った。

「高校時代の同級生の名前だって、いまとなっては遥かに遠い昔の記憶だしね。だから別にあなたのことを疑っているわけじゃない、ただ記憶にないというだけの話で……申し訳ないとは思うけれど。これは同窓会の連絡の電話なのかい？」

「いや、そうじゃない」

「だったら、何」

「僕はいま有楽町にいるんだ」

と男が言った。

「できれば会えないだろうか、会って話がしてみたい、一時間でも三十分でもいい、きみの都合のいい場所でかまわないから」

「こっちは千葉県にいるんだ」

と私は答えて片手で缶ビールをあけようとした。

短く切りすぎた爪のせいでうまくゆかないので、首を捩って受話器を肩に押さえつけた。

「おまけに外はどしゃ降りだ、駅でやっとタクシーをつかまえて帰ってきたところなんだ。晩飯もまだ食っていないし、これからこの電話で出前を頼もうかと思っている、だからあんまり長話も……」

「奥さんは？」唐突に男が尋ねた。「今夜は留守？」

私はキッチンの流し台を背に椅子に腰かけていた。

雨音は背後から窓越しに伝わってくる。缶ビールの蓋のリングがなかなか起き上がらない。こんな質問に答える理由はないのだと苛立ちながら指先に力をこめた。

「今夜は独りなのかい？」

「今夜はあいにく独りだ」リングが起き上がった。「妻に用事があるのなら後日かけなおしてくれ」

「よかったら僕がそっちまで出向こうか？　軽いものなら晩飯をつきあってもいいし、とにかく、顔を見ながら話がしてみたいんだ」

一口で飲めるだけビールを飲んだ。

旅先のホテルで深爪にしてしまった人差指をぼんやり見ていると、もしもし？　と男の催促する声が聞こえた。

「ここの住所を知ってるのか？」と私は爪を見たまま言った。

「ああ、住所なら知ってる」と男の声が答えた。

「話がしてみたいって、いったいどんな商売の話なんだ？　自然食品でも扱ってるのか、それとも不動産の出物でもあるのか？」

男の低音に笑い声がまじった。

「そんな話で会いたいんじゃない」

「だったら二人で何を話すんだ、お互いに見知らぬ者どうしなのに」

「見知らぬ者どうしじゃなくて同級生さ、高校時代の。それに、僕たちは以前、親友だった」

「……親友？」

「うん、親友だった」

私はまたため息をついた。

「申し訳ないけれど、あなたの名前すら憶えていないんだよ」

「僕はきみのことはよく憶えている。僕の話を聞いてもらえればそれでいいんだ。無理を承知で頼んでいる、とにかく一度だけ会ってもらえないだろうか」

「悪いけど断る」

会うつもりがないことをはっきりさせたうえで、私は次のように言い添えた。

「別にあなたのことを疑っているわけじゃない。商売の話じゃないという言葉も信用する、親友だったというのなら確かに親友だったのかもしれない。でも、あなたと会って昔話をしたいとは思わないんだ。いまさら、何を思い出したところで、爪がピンク色に輝いていた青年のころに戻れるわけじゃない」

「爪？　爪がどうかした？」

「いや、爪の話なんかしていない。高校時代なんて大昔の話だと言ってるんだよ。二十五年前だ、それから今日までがどんなに長い歳月だったか、同級生なんだからあなたにも分かるだろう、春と夏と秋と冬が二十五回ずつもやって来ては過ぎ去ったんだ。忘れたことだっていくらでもあるし、おまけに今は今で多忙な人生がある。あなたの話を聞いてみても何も思い出せないと思う。思い出す気もないしね、昔話がしたいなら他の同級生をあたってみてくれないか」

相手はすぐには答えなかった。

この電話はもっと長引くかもしれない。

それが嫌ならいまこのタイミングで、こちらから有無をいわさず切ってしまうべきに違いない。

だが私は思い直してもうひと口ビールを飲み、テーブルの中央に置かれた白い封筒を手に取った。宛名書きはない。裏面にも妻の名前は記されていない。

やがて電話の声が言った。

「きみじゃないとだめなんだ。僕はきみと会って話がしてみたかった。でも、やはり会ってみても仕方のないことかもしれないな」

私はふたたび首を振って受話器を肩に押さえつけ、両手で白い封筒の口を破り取った。

「この電話は遅すぎたんだよ、たぶん二十四年ほど遅すぎたと思う」

「懐かしいな」男の声がまた微かに笑いをふくんだ。「いまのはきみが不機嫌なときの声だ。不機嫌になるときみの喋り方には皮肉がまじる」

封筒から妻の手紙を取り出して読んだ。ものの三秒とかからなかった。その間に男が言葉を続けたので、私は受話器を持ち直してから尋ねた。

「声が遠くてよく聞き取れなかった、もう一度言ってくれないか？」

「実はきみに読んでもらいたいものがある」

「読んでもらいたいもの？」

「いきなりこんな電話がかかってきて面食らっているのは分かるよ、これがもし逆の立場で、僕のところに突然電話がかかってきたとしたら――それはこの電話をきみにかける前に想像してみたことなんだけれど――僕ならもっと冷たい応対をしたかもしれない、とっくにこんな電話は切っていたかもしれない、むろん得体の知れない同級生なんかには会う気にはなれないだろう。よく分かるよ。

だからそれはそれでいいんだ。会うのはもう諦（あきら）める、たとえきみと会えたとしても、きみは僕のことなど思い出せないはずだ。実際きみの言う通りなんだ。いまさら二人で会って、僕の一方的な思い出話を聞かせても仕方がない。こうやってきみと話せて、きみの懐かしい声が聞けて、それだけで僕は満足するよ。ただ、最後に一つだけ願いを聞いてほしい、実はきみに読んでもらいたいものがある」

私は少し考えて、こう答えた。

「それも悪いけど断る。住所や電話番号のほかに勤め先まで知ってるんだね？　それでたぶんあなたは誤解したんだろうけれど、持ち込みの原稿を読んで推薦できるような立場には私はいないんだ」

「知ってるよ、きみは出版社の営業部員だ」

「そこまで調べてあるのか。だったら、出版社の営業部員が持ち込みの原稿を読んだりしないってことも知っててほしかったな」

「誤解してるのはきみのほうだ。僕は原稿を出版社に持ち込みたいんじゃない、ただ、きみに個人的に読んでもらいたいんだ」

「個人的に、何を？」

「それは読んでもらえればわかる」

「手紙か？」

「そうだな、長い手紙のようなものかもしれない。でも、正確に呼ぶならそれは物語だ。つまり、僕の人生に起こった不思議な出来事をまとめた物語だ」

私は心のなかで舌打ちをした。

こいつは私の言ったことを聞いていなかったのだろうか？

「あなたはやはり誤解していると思う。世の中には不思議な出来事がごまんとある、その体験を物語にまとめて出版したいと思う人間も大勢いるだろう。出版できればその本は確かに売れるかもしれない。でもその考えは間違いだ。

たとえあなた自身が、どんなに不思議な体験をしたと思い込んでいても、それと似たような体験をした人間はいくらでもいる、まずそう考えたほうがいい。不思議な出来事なんて、実は世の中には一つもないんだ。仮に、あなたの物語に本当に不思議な体験が書かれてあったとしよう、仮にそれを私が読んだとしよう。でも私はそこに書かれてあることを信用しない、あなたも証明はできない、だから同じことだ。きっと誰にも相手にされないだろうな。体験談を本にしようなんて甘い考えは捨てたほうがいい、少なくとも私は相談に乗るつもりはない」

「きみはいつからそんなに冷めてしまったんだ？」

男の声には明らかに落胆の響きがこめられていた。

「僕の言ったことを聞いてなかったのか？　僕は本の出版など望んではいない、ただ僕自身のことを、僕の人生に起こった出来事をきみに知っていてほしいだけだ」

「出版するつもりがないのなら、なぜ私に読ませたいんだ?」

「言っただろ、僕たちは以前、親友だったからさ」

「またその話に戻るのか。すまないけど、もういちど名前を確認させてくれないか」

「キタガワ・タケシ」

「高校三年のときの同級生かい?」

「ああ、そうだ」

「どう考えてもあなたと親友だった覚えはないな」

「高校のときに親友だったとは言わない。それはもっと後の時代の話だ。僕たちはあの『ジュールとジム』みたいに仲が良かった」

「……何だって?」

「いいかい、これ以上この話を続けてもきみを混乱させるだけだ。すべては物語を読んでもらえれば解決する。だから読んでもらうしかないんだ。きみはそれを読んでくれるだろう。読んでくれると信じているよ。僕の言いたいのはそれだけだ。突然こんな電話をかけてすまなかった」

「待てよ」

「途中で切らないでいてくれて有り難う。きみと話せて本当に懐かしかったよ」

「ちょっと待ってくれ」

だが電話は切れていた。

相手は私と違い、長引きそうな気配を断ち切るタイミングを逃さなかった。

私は舌打ちをし、受話器を置いた。

受話器を置き、ネクタイの結び目をゆるめた。

ネクタイを解いて隣の椅子の背にかけ、目をつむり、左手の親指と中指を開いてこめかみを押さえた。まぶたの裏に黄緑色のドーナツ型の輝きが現れ、背景の黒にしだいに溶けこむようにして消えた。

そうやって私は気を静め、このたちの悪いいたずら電話を、ゲームを途中で投げ出すような卑怯な終わり方をした電話を、あるいは男の無意味な発言を忘れようと努めた。

（高校のときに親友だったとは言わない。それはもっと後の時代の話だ）

高校時代の同級生としてさえ記憶にない男と、どう考えても、もっと後の時代に親友だったことなどあり得るはずがないではないか。

だが同時に、私は気づいていた。私は男の無意味な発言を忘れようと努めているのではない。気になる言葉を拾いあげ、その中に意味を見つけ出そうとしているのだ。

（きみはいつからそんなに冷めてしまったんだ？）まるで恋人から一方的に電話を切

られてしまった青年のように、胸騒ぎを押さえきれず。

そう思ったとき、私は奇妙な予感に捕らえられていた。

予感というよりも、それはむしろ既視感に似ていたかもしれない。

(きみはそれを読んでくれるだろう。読んでくれると信じているよ)

そう、私はそれを読むだろう。読むに違いない。理由もなく、私はそれを読んでいる自分を想像できた。何度も何度も読み返している自分の姿をありありと、まるで一度見た映画のシーンのように思い描くことができた。

こめかみのマッサージを終えると私は目を開き、現実を直視した。

妻の手紙を二度読み返し、封筒の中に戻した。

それは便箋一枚に書かれた短い手紙だった。

「あなたが出張から戻るまで待とうかとも考えましたが、お天気の心配もあるし予定通りに今日引っ越します」

という文面の、あとは新しい住所が添えてあるだけのさっぱりとした置手紙だった。

私はなおもキッチンの椅子に腰かけたまま残りのビールを飲んだ。そして背後から窓越しに伝わる雨音に耳をすまし、このひどい降りのなかを愛想よく出前に来てくれる鮨屋か蕎麦屋でも近所にあっただろうかと、しばし考えた。

それが八月下旬の雨の晩のことだ。

因縁めかした言い方をするつもりはさらさらないのだが、事実は事実として、一言触れておくべきだと思う。

二十五年前の同級生、キタガワ・タケシと名のる男から電話がかかってきたのは、妻が娘とともに家を出ていった当日の晩のことだった。

彼が読んでほしいと願った物語を、私はそれから三日後に手に入れた。

第二章　代理人

女はいきなり背後から私の名を呼んだ。

「秋間(あきま)さんですね？　午前中にお電話しました、加藤(かとう)です」

夏物のスーツを着た女は、電話での喋(しゃべ)り方から想像したよりもずっと若かった。

彼女に呼びかけられる直前まで、私は右隣に並んだ三十代後半の、半袖(はんそで)のブラウスの女性に気を取られていた。

そのブラウスとそっくりな色柄のものを、この夏、妻が何度か着ているのを見たおぼえがある。

それが具体的にいつ、どんな場面でのことだったのかと記憶をたどっている最中だったから、なおさら背後からの呼びかけには不意を打たれた。

彼女の差し出した横型の名刺に目をやると、「加藤由梨(ゆり)」という名前の上にカタカナの社名と役職名が、右下には会社の住所および代表番号、それから携帯電話の番号までが刷ってあった。

私は顔を上げ、彼女と目線を合わせた。

相手は微笑んで見せた。微笑んだ顔の美しい女だ。微笑んだ顔の美しさに自信のある女なのかもしれない。名刺をワイシャツの胸ポケットにしまいながら、二十八、九と年齢の見当をつけた。

自分の名刺は渡さなかった。私が何者であるかは、相手にはとっくに調べがついているのだ。おそらく、背後から近づいても私の特徴を確認できるほどに。

数寄屋橋のスクランブル交差点の一角に私たちは立っていた。ぎりぎり夏休みの期間中なので、いやでも十代の人間の派手な恰好が目につく。交差点を斜めに渡りきったさきに、加藤由梨の指定した待ち合わせの喫茶店があるはずだった。

午前中に会社へかかってきた電話で、彼女は、自分はキタガワ・タケシの代理人だと言った。

その喋り方は終始、事務的だった。事務的な用件を、てきぱきと正確に伝える能力が仕事がら身についている、聞き返せば同じことをまた正確に伝え直してくれるに違いない、そんな印象の喋り方だった。

おかげで私のほうも、最初に電話を取った同僚の耳をさほど気にせずに、まるで取次からの部数申し込みの電話にでも応対するように、終始事務的な受け答えができたのだが。

「お昼はもうお済みですか？」

　と彼女が昼飯の心配をしてくれたので、私はうなずいて腕時計に目をやった。一時五分前。待ち合わせの時刻は一時。信号が青に変わり、交差点に人があふれだした。私たちだけがその場を動かなかった。

　待ち合わせの時刻の五分前に、待ち合わせの場所に近い交差点で二人とも偶然信号待ちをする。不思議ではないし、偶然と呼ぶほどの出来事でもない。

　ただ、私は背後から声をかけられたことに少なからずこだわっていた。

「だったら、ここから引き返しましょう」

　と加藤由梨が言った。

「むこうへ渡って、もう一度こちらへ渡りなおすのも面倒ですし、それに喫茶店でまずいコーヒーを飲む時間も省略できます。少し歩きながらお話ししていいですか？」

　引き返す、という言葉づかいに反応して私は来た道を振り返った。

「二百メートルほど歩いたところに銀行があります。あの最初の角を曲がるとすぐに看板が見えます、そこまで歩きますがかまいませんか？」

　交差点をこちらへ渡ってきた三人連れの若者のひとりが私の右肩にぶつかって通り過ぎた。

　私はよろめいたついでに歩きだした。歩きながら鞄(かばん)を左手に持ち直し、ハンカチで額と鼻の頭の汗をおさえた。

「ご面倒をかけて申し訳ありません」

と横に並んで歩きながら加藤由梨が謝った。

踵の高い靴を履いているので背の高さは私とそう変わらない。

「こんなことなら、銀行で直接落ち合う段取りのほうがよかったかもしれませんね」

喋り方と同様、歩き方もきびきびとしている。路面をたたくヒールの音が耳ざわりなほど響く。髪は短く、体型はダイエットの必要が感じられず、麻のスーツの着こなしもいい。学生時代は陸上競技の選手で、いまは趣味でテニスとスキューバ・ダイビングをやっている、おそらくそんなところだろう。私の苦手なタイプだ。

「あの角を曲がるとすぐです、車を使うほどの距離でもありませんから」

「電話で言いませんでしたか？」

「はい？」

「この周辺は僕の受け持ち区域なんです。どの角を曲がれば何があるかくらいは頭に入っています。それに、もし僕の脚のことを気遣っておられるのならそれも無用です。営業が仕事ですから。書店まわりと言って、このあたりの本屋さんを一軒一軒歩いてまわるのが僕の仕事ですから。今日も予定ではもう三軒ほど……」

加藤由梨のバッグの中で呼び出し音が鳴り響いた。慣れた仕草で携帯電話を取り出しながら彼女が言った。

「お仕事の途中だということは承知しています、でも三十分ほどですむと思いますよ、銀行へ行って、貸金庫に預けてあるものを秋間さんにお渡しするだけですから」

「先にそれをあなたが引き出して、あの交差点で僕に渡すという段取りのほうがよかったんじゃないかな？」

皮肉が通じたというしるしに一瞬微笑んで見せて、加藤由梨は電話に出た。口調から推測すると相手は同性の部下のようだった。用件は歩きながらほんの数秒で片づいた。

「貸金庫を開けるときに秋間さんにも立ち会っていただくように言われてるんです、キタガワから」

と電話を切ったあとで彼女は続けた。そしてまた微笑んで見せた。

「貸金庫の中に何を預けてあるのか、お尋ねにならないんですね？」

私は先に角を左へ曲がり、銀行の看板を目にとめた。

貸金庫の中身を尋ねないのは、それがあの男の物語だと想像がつくからだ。そう答えるかわりに私は聞き返した。

「キタガワという男はあなたの何？」

「電話で申しあげた通り」と彼女は答えた。「わたしはキタガワ・タケシの代理人です。代理人として貸金庫の契約時にも登録してあります。ですからこうやって……」

「いま聞いたのはそういう意味じゃないんだ」

「どういう意味でしょう」

私は少し焦れた。

「キタガワは僕のことをあなたに何と説明した？」

「高校時代の同級生で、親しい友人だと」

「それで？」

「貸金庫に預けてあるものを渡してほしいと」

「なぜ本人が出てこない？」

「それは存じません」

まもなく銀行の前に着いた。

加藤由梨が入口のほうへ手を差し伸べて私をうながした。私はため息をついた。

「いつ言おうかと思って迷ってたんだが、こんな芝居がかったことをしても無駄だと思うな」

「無駄？」

「ああ、すべて無駄だ」

「意味がわかりません」

「実はキタガワなんて男のことは何も知らない。親しい友人だというのは彼の嘘だ」

「では、どうしてここまで来られたんです?」

私は答えに詰まった。

「彼がどんな嘘をついているのかは知りません。わたしはただ、代理人として貸金庫の中の物を秋間さんにお渡しするように言いつかっているだけです」

そこで加藤由梨は私の心を見透かしたようにひとつうなずいて、こう言い添えた。

「それはとても大切な物だそうです」

「大切な物。それは彼と僕と、どっちにとって大切なんだ?」

「お互いにとって、という意味に聞こえましたが」

「そんな物がこの世界に存在するとは思えないな」

「何かお忘れになっている物かもしれません」

「いや、お互いに共通して大切な物が一つでもあるとは考えられない。仮に、二十五年前には高校の同級生だったとしても、いまや彼と僕は見知らぬ者どうしなんだ。あなたはまだ若いから、大きな時間の流れということがわかりにくいかもしれないが」

「おっしゃることの意味はわかります。貸金庫の中身が何か、秋間さんはご存じなんですね?」

知っている、と私は答えた。

それはキタガワ・タケシがみずからの不思議な体験を綴った物語（もしくはみずからが不思議な体験を綴ったと信じている物語）だとその時点で私は知っていた。

と同時に、それを銀行の貸金庫に保管したり、引き渡しに代理人を立てたりする大げさな事のなりゆきに少なからず戸惑ってもいた。

だが結果的に言うと、実際に貸金庫の中身を確認するまで、私は事の半分も知りはしなかったことになるし、加藤由梨とふたりで銀行まで行く間に感じていた戸惑いにしてもまだほんの序の口だった。

銀行の応接室へ通されると、私はそこで数分待たされた。

その間に茶托にのせた麦茶のグラスを女子行員が運んできて、無言で室内のエアコンの温度を調整して去った。

その後また扉が開くと加藤由梨が担当の銀行員を従えて入ってきた。私とほぼ同年配で、私とまったく同じ身なり（半袖のワイシャツにネクタイに紺のズボン）の銀行員は平べったい金属の箱を抱えていた。

ちょうど机の引き出しを抜き取ってきたような型と大きさの金庫だった。それが私の目の前のテーブルに置かれた。

担当の銀行員が目礼して去り、むかいのソファに腰をおろした加藤由梨が鍵を取り出して、金庫の蓋の部分の鍵穴に差し込んだ。

音もなく鍵がまわった。

「独りでご覧になりますか？」と彼女が聞いた。

「いや、一緒にいてくれてかまわない」

うなずいた加藤由梨が、金庫の向きを半回転させながら私のほうへずらした。

私は飲みかけの麦茶を茶托ごとテーブルの端へ置き直した。そして金庫の蓋を持ち上げた。

最初に意識したのは十センチ四方の透明なプラスチック・ケースだった。その中に白色のフロッピーディスクが一枚。

だがそれ以外にも、金庫の底には、ちょうど四六判の本が一冊収まる大きさの封筒が横たわっている。

指で触れてみるとかなりの厚みがある。その厚みのせいで糊(のり)口の部分が完全に開いたまま、つまり封をする意図のないまま無造作にそこに置かれている。

あるいはこちらが物語の原稿かもしれない。私はまずそれを取り上げて中を覗(のぞ)いた。

ひと目で中身の見当はついた。

私は顔をあげて加藤由梨としばし目を合わせた。

「どうかされましたか？」と彼女が尋ねた。

答える気になれず、その分厚い封筒を脇(わき)へ置いた。

次に、金庫に残ったプラスチック・ケースを取り上げ、中を開いてオフ・ホワイトのフロッピーディスクをあらためた。

思った通り、マッキントッシュのパソコン用に市販されているフロッピーディスクだった。私も同じ物を使っている、会社でも自宅でも。この中に物語が書き込まれているのなら問題なく読めるだろう。

インデックス・シールにはタイトルもなく、手書きの「北川健（きたがわたけし）」という署名だけが、空白のほぼ中央の位置に青いインクで記されていた。癖のある文字だったが、横に並んだその三つの漢字を見ても何ら記憶はよみがえらなかった。

私はフロッピーディスクをケースに戻し、これは持ち帰るという意思表示に、ソファに置いた自分の鞄の上に載せた。それからテーブルの上に残った空の金庫と、分厚い封筒を順番に見て、最後に加藤由梨に視線を移した。

「どうかされましたか？」と同じ質問が繰り返された。

「こっちの封筒の中身は、僕には関係がないようだ」

「そんなはずはありません」彼女が答えた。「貸金庫の中のものは全部、秋間さんにお渡しするようにと北川からは念を押されています」

私は首を振った。

「こんなものは受け取れない」

「こんなもの?」

「これは金だ、封筒の中に札束が入っている」

「……でも、とにかく中身を確かめて頂かないと」

「あなたの手で確かめてくれないか」

「その封筒の中身が何であろうと、それは秋間さんにお受け取り頂くべきものです、ご自分の手でどうぞ」

われわれはしばし互いの目を視つめ合った。私が先に折れた。

「こんなものを受け取るいわれはないんだ」

「わたしにもわかりかねますが、北川には何か理由があってのことだと思います」

「あなたもよく見て確かめてくれ、一万円札の束が五つある」

私は一つずつテーブルの上に取り出して見せた。

帯封つきの一万円札の束が五つ、五百万の現金だ。

そのあとで、左手に持った封筒の中にもうひとつ、何かが残っていることに気づいた。

私はその何かをつまみ出した。何であるかは明白だった。ビニールのケースに収められた預金通帳と印鑑だ。通帳を取り出してみると名義は女性名になっていた。

西里真紀――私はその名前に確かに見覚えがあった。

「どうかされましたか？」

それは三度目の同じ質問だったが私は答えられなかった。通帳を開き、預金残高のページを探していたからだ。

引き出し件数は一件もなく、逆に振り込みは数年にわたって無数におこなわれているようだ。振り込み人はすべて同名で、オフィス・Kと記されている。

私が顔を上げると、待ちかまえた加藤由梨の目が四度目の同じ質問をしたがっていた。

「北川という男は何者なんだ」

彼女が口を開く前に、私はそう尋ねた。

彼女は揃(そろ)えた膝(ひざ)のうえに両手を重ねていた。その手に視線を落として答えを迷う目つきになった。

私は先を急いだ。

「彼に連絡を取るにはどうすればいい？」

「わかりません」

「わからない？」

「連絡を待つことならできますが、こちらから連絡を取るにはどうすればいいのか、わたしにもわかりません」

「意味がよくわからないな。あなたは北川健の代理人だろう？」

私は9桁の数字の打ち込まれた預金通帳を彼女のほうへ滑らせた。

「北川という男はたぶん大金持の慈善家で、よほど芝居がかった悪ふざけの好きなやつだ。それは受け取れない、この現金も受け取るわけにはゆかない。少なくとも、本人がここに現れて、何らかの説明をしないうちは」

「それは無理です」

彼女は預金通帳に目をやっただけで手は触れなかった。

「本人はここには現れません。何度も申し上げるように、北川の代理としてわたしが秋間さんにおめにかかっているわけですから」

「だったら、その通帳にどれだけの金額が振り込まれているかあなたは知ってるのか？　自分の目で確かめてみるといい」

だが加藤由梨は私の指示には従わなかった。

代わりに、かたわらに置いたバッグに手を伸ばした。

取り澄ました彼女の横顔に私は質問を投げた。

「オフィス・Kというのはどんな会社なんだ？」

「その会社は存在しません」

加藤由梨がバッグから取り出したものを預金通帳と一緒にして私の前に置いた。白い郵便用の封筒だった。

「今度の封筒は何だ？」私は苦り切って尋ねた。「ひとつでもいいから意味のわかる返事をしてくれないか」

「それは本人の意向です」彼女が冷静に答えた。「秋間さんが受け取りを渋るようなら、その手紙を渡してみるようにと言いつかってきました」

私は預金通帳の上に重ねられた手紙をつまんで封を切った。

中には四つ折りにされた便箋が一枚だけ入っていた。

加藤由梨の声が続けた。

「オフィス・Kは北川健が代表をつとめていた会社です」

「でも存在はしない？」

「もう存在しない会社です。この夏に解散しましたから。そして同時に北川健は姿を消しました。だから彼からの連絡を待つことはできても、こちらから連絡を取る方法はいまのところありません」

私は北川健の手紙を開いて読んだ。

短い手紙だった。

癖のある右上がりの文字で、鮮やかな青色のインクで次のように書かれていた。

秋間文夫(ふみお)様。

フロッピーの中に僕の物語が記録してある。
出版するつもりなどないから印刷の必要はない。僕の手元にコピイもない。ただ
きみの目に触れればそれでいい。
預金通帳と現金についても、いまは何も聞かずに受け取ってほしい。
すべては物語を読んでもらえれば解決するだろう。
それから後のことはきみの判断に委(ゆだ)ねる。

北川健

第三章　フロッピーディスク

僕がこれから語ってゆくことは、ある種の映画に添えられた「謳い文句」ふうに言えばトゥルー・ストーリー、実話だ。

僕の身に起こった嘘いつわりのない出来事を、きみにむけて語る。

僕は誰かに、この時代をともに生きている不特定の誰かに、僕の身に起こった出来事を説明したいとは思わない。

この時代にはこの時代の大いなる常識が君臨し、人々はそれをあがめながら、波風の絶えぬ長い人生を送っている。時計の針は右回りにまわる。まわりつづける。いちど犯した過ちは、二度と取り返しがつかない。きみが過去に捨て去ったものはもう取り戻すことができない。

でも僕は越境者だ。

この時代を常識の王国にたとえるなら、僕は領土の外から国境を越えてやって来た。大いなる常識が、一瞬にして裏返るのを見てしまった人間だ。僕はこの身で知っている。いつか時計の針は反転し、季節は冬から秋へ、秋から夏へ、夏から春へと巡るかもしれない。いちど過去に捨ててきたものを、再びこの手につかみ直すことができるかもしれない。

いままで僕はこのことを誰にも語らなかった。僕の体験は人々の信奉する常識を激しく揺さぶる危険にみちているので、たとえどう熱弁をふるったところで、おそらく誰もがそれは作り話だと、娯楽映画の中でしか起こり得ない出来事だと切り捨てるだろう。あっさりと切り捨てて、大いなる常識に支配された波風の絶えぬ長い人生の後半を送るだろう。

徒労だ。

語りはじめる前から結果は見えている。新奇なものはすべて大いなる常識の領地内でしか認められない。僕は越境者として、この徒労という言葉を何年も何年も嚙みしめながら生きてきた。そしていまはもう、この世界の、この時代の人々の常識を揺さぶってやりたいと願うほどの熱意もない。

僕は個人的にきみに伝えておきたいだけだ。きみはかつて僕のただ一人の親友だった。僕たちはまるで、あのトリュフォーの映画『突然炎のごとく』の登場人物『ジュールとジム』のように馬が合い、長い年月のあいだも友情を保ちつづけた。

これから僕は、僕の身に起こった嘘いつわりのない出来事を、きみにむけて、きみひとりにむけて語る。

きみの常識を覆(くつがえ)す目的で、すなわち徒労を覚悟で物語るのではない。信じてくれようとくれまいと、それはどちらでもかまわない。心を許し合った唯一の友が、僕の話に耳を傾けてくれる、誰にも打ち明けなかった僕じしんの不思議な体験に耳を傾けてくれる。そう考えるだけでもいまはささやかな慰めになる。

くりかえすが、僕たちはかつて親友だった。

ここで僕の言う、かつて、という時代には色彩がない。そのことを頭において、話を聞いてほしい。

映画ならさしずめモノクロで挿入される回想シーンのようなものだ。

一九九八年の夏に、最初の兆候が来た。

そのとき僕は四十三歳で、都内の広告代理店に勤めるごくあたりまえの中年だった。結婚して十年になる妻、小学生の息子と幼稚園に通う娘、それに僕の母親をふくめての五人家族。僕たち五人は平穏に永福町の僕の実家に暮らしていた。

このような語り出し方はいささか不自然に感じられるかもしれない。きみがこの文章を読みはじめている一九九八年の夏、つまりきみにとってのまさにいま現在を、そのとき、と表現するのは不自然に違いない。

でも僕には、こんなふうに語ってゆくしか他に方法がないのだ。

その晩、夕食のテーブルにはバースディ・ケーキが準備してあった。娘の誕生祝いのために妻が自分の手で焼きあげたケーキだった。チョコレートでコーティングされた表面に娘の名前が生クリームで描かれ、周囲には色違いの小さなロウソクが五本立てられていた。

家族がテーブルに揃うと、まず妻がマッチを擦って五本のロウソクに火を灯した。

それから娘と一緒に「ハッピィ・バースディ」を歌い出し、少し遅れて息子と僕の母親の声も加わった。

短い合唱が終わると、娘が五回息を吸って色違いの五本のロウソクの炎を吹き消した。その最後の一本が消えた直後に、僕の意識のなかに短い闇が訪れた。

ほんの一瞬だった。

たとえて言えばちょっと長めの「まばたき」をしたような具合だった。

闇はじきに明けた。そして気がつくと僕の目の前でロウソクの炎が五つ小きざみに揺れていた。つまり、五本のロウソクが火を灯したチョコレート・ケーキが、依然としてテーブルの上にあった。

それから妻が娘と一緒に「ハッピィ・バースディ」を歌い出し、少し遅れて息子と僕の母親の声も加わった。短い合唱が終わると、娘が五回息を吸って色違いの五本のロウソクを吹き消した。テーブルのまわりで拍手がおこった。

「パパ！」と娘の声が呼んだ。

「あなた？」妻が尋ねた。「目のなかにゴミでも入ったの？」

「そのようだ」

　と答えて僕は洗面所へ立った。

　冷たい水で顔を洗い、鏡に映った自分の顔をまじまじと見た。むろん自分の顔には何の変化も見られなかった。

　でもそのとき、微かな胸騒ぎとともに、自分の意識のなかに何か不思議なことが起きつつあると確信できたのは、ひとつには、その兆候――映画用語で言うなら、瞬時に起こるフェイド・アウトとフェイド・イン――を経験したのが初めてではなかったからである。それともうひとつ、僕がその不思議な前兆を心の底から待ち望んでいたということもある。

　そう、僕はみずからそれが来るのを望んでいた。

　告白すると、洗面所の鏡に映ったいつも通りの自分の顔を見つめながら、もう一度、いまこの場で、来い！　と念じさえしたのだ。

　翌日の朝、僕はいつも通り出勤した。永福町駅から井の頭線の通勤電車に乗り、渋谷で地下鉄銀座線に乗り換えて銀座で下車、というういつも通りの経路で。

いつもと違うのは、朝のプラットホームでも通勤途中の車内でもそしてもちろん出社後も、つまり四六時中、僕が問題の兆候について昨日までよりずっと自覚的になっていたということだ。僕は周囲の人間や、物や、景色への注意を怠るまいと集中しつづけた。

プラットホームでパック詰めの牛乳を飲んでいる男のそばを通り過ぎた。そしてなおもいつもの乗車位置まで歩き続けるとまたパック詰めの牛乳を飲んでいる男を見かけた。僕は後ろを振り返り、これは同じようなグレイの霜降りの背広を着た別々の男が同じようにストローで牛乳を飲んでいるのだと、自分が同一人物のそばを二度通りかかったわけではないのだと確認しなければ気がすまなかった。

電車が下北沢の駅に入り、僕は吊り革につかまったまま窓越しにローン会社の赤い看板を見た。それはさっき明大前駅のホームで見た同じ看板とは別物だと、記憶を確認する必要があった。時計の針は着々と右回りに進んでいる。僕の隣で吊り革につかまって立っている若い女は、ふた駅前までの右手から、腕時計をはめた左手にいま吊り革を持ち替えた。

地下鉄の出口から会社の入っているビルまで歩くあいだにも僕は細心の注意をはらった。

たとえば、路上へ出て歩きだす間際に時刻を確かめ、いつもより時間が一分でも余計にかかってはいないか、途中にポイントをいくつか設定して区間別に計測した。

それからたとえば、渡る横断歩道の数や目にする並木の数がいつもより多目ではないか、つまり通勤路のある区間を二度なぞって歩いているような感覚はないか？　としつこく自分自身に問いかけてみた。

信号待ちで横に並んだ人物が二度、そっくり同じあくびをする、それとも同じ仕草でハンカチを取り出して鼻の頭の汗をおさえる光景に出くわさないか？

あるいはいっそのこと歩行者用の信号が緑の点滅から赤へではなくまた緑に変わるような、自然な時の流れに反した現象は起こらないか？

でもそれは起こらなかった。

すべてはいつも通りの朝の通勤風景だった。僕はいつものように七分弱かけてビルまでたどり着き、通勤者の群れにまじって入口のドアを通り抜け、一階から鮨詰めのエレベーターで八階のオフィスへ上がった。

そして夕暮れを迎え一日の仕事のかたがつく頃には、僕はまた昨日以前のごくあたりまえな、要するにその時代の常識的な中年男に戻っていた。

例の予兆は——昨夜から今朝にかけて僕がいずれ来るべきものの予兆だと信じ込んでいたものは——一言でいえば「気の迷い」に過ぎなかったのかもしれない。いずれ来るべきものを待ち望むあまり、僕の意識はささやかな白昼夢を見たがっているだけなのかもしれない。

その金曜日の夜、僕はオフィスに残っている最後の一人だった。若い社員たちは去りゆく夏を惜しんでビヤホールにでもくりだしたのだろうし、僕同様に年配の社員にもそれなりのウィークエンドが待っているはずだった。季節が夏の終わりであろうといつであろうと、金曜日の夜に残業したがる者などいない。

時刻は七時をまわっていた。部下の一人のデスクで電話が鳴り響いた。コール音は十回近く鳴って、ふいに途切れた。

僕はその音とその音が途切れた瞬間の静寂を、窓際に立って夜の明かりを眺めながら聴いていた。

僕がその音から唐突に連想したのはある女の死の知らせだった。だが、実のところはそれも「気の迷い」のひとつに過ぎなかった。彼女が死んだのはもう十年以上も前の話で、当時僕はその知らせを誰かからの電話でではなく、親族からの儀礼的な葉書で受け取ったのだから。

誰一人いないオフィスの片隅で、そのとき僕は「罪ほろぼし」という言葉を思い浮かべた。それは十数年のあいだ心の中で――彼女の死とともにその言葉が意味を失ったあとも――何度となく呟きつづけてきた言葉だった。僕はいまだにあの事故の記憶から逃れられないでいる。部下の一人のデスクで電話が鳴り響いた。コール音は十回近く鳴って、ふいに途切れた。

僕はその音とその音が途切れた瞬間の静寂を、窓際に立って夜の明かりを眺めながら聴いていた。

でもこれも「気の迷い」に違いない。そう思った。彼女への「罪ほろぼし」を心の底から望むあまり、ここまで望みつづけてきたあまり、僕の意識はささやかな白昼夢を見たがっているのに違いない。いまのは僕の耳が同じコール音を二度なぞって聴いたのではなく、おそらく誰かが同じ数だけコール音を鳴らして二度電話をかけてきたのだ。

なおも僕は思った。夏のはじめに、まず小さな異変に気づくきっかけになったタバコの一件も、それから爪切りの最中に眉をひそめた記憶も、テレビの同じ商品のCMを二回つづけて見たと思い込んだことも、あれは予兆なんかではなく、そのときどきに首を振りつつ（自分はどうかしている）と考え直したように、ひとつひとつが「気の迷い」の積み重ねにすぎなかった。僕はそれらをいつか来るべき奇跡の、小さな予兆の数々だと見なしたかった。せめてそう信じるふりをしたかっただけなのだ。

窓のそばを離れて、自分のデスクに戻り上着と鞄を取った。出入口のドアのところでオフィスの照明を落とすためにスイッチを三つ切った。ドアを押し開ける間際にまた電話が鳴りはじめた。

暗闇の中で僕は音の来る方向をちらりと振り返った。やはりそうだ。これが三度目の電話だ。誰かが待ち合わせに遅れた相手を探し求めている。

八階のエレベーターの前まで歩き、下降のボタンを押した。二基あるエレベーターのうちの右側の箱を呼ぶためのボタンだった。七階からその箱は昇ってきた。扉が開き、無人のエレベーターに乗り込んで僕は一階へ降りた。

一階のホールはまだ普段通りの明るさをたもっていた。ただし人影はほとんどなく、青い制服の警備員がたった一人、筒型の灰皿のそばに立ってタバコをくゆらせているのを見かけただけだった。警備員は僕に気づかないふりをして背をむけた。

僕は上着をはおりながら正面玄関にむかった。腕時計に目をやると七時二十分だった。

八時半ごろには永福町の自宅に帰り着けるだろう。そう思いつつ正面玄関のドアに手をかけた。妻と子供たちはすでに夕食を終えて、ゆうべのバースディ・ケーキの残りをひと切れずつ食べているころかもしれない。

そのとき一階ホールの照明がすべて落ちた。

だしぬけに訪れた暗闇の中で僕はまばたきをし、次にうしろを振り返って警備員の姿を探した。

彼が照明の電源を切ったに違いない。咄嗟（とっさ）にそう判断したのだが、背後に人の気配は感じなかった。

僕が感じたのはまったく別の気配だった。

いま自分がここにいるはずの一階ホールとは異質の静寂だった。

それからようやく、デスクの上で一台の電話が鳴りつづけていることに僕は気づいた。

電話が鳴り終わっても僕はしばらくその場に立ちつくしていた。右手でドアを、ビルの正面玄関のドアではなく八階のオフィスのドアを半分押し開いたまま。

これも「気の迷い」なのだろうか？

僕は暗闇の中で改めて自分に問いかけてみた。ついさっきエレベーターで八階から一階へ降りたのは、降りたはずだったのは、あれは幻覚だったのか？

オフィス内の照明を三分の一だけ点けて、腕時計に目を走らせると針は七時十七分近くを示していた。こらえきれないため息が漏れた。僕の左手は鞄と夏物の上着をぎゅっと握りしめていた。これから一階へ降りて外へのドアを開ける前にはおるはずの上着を。

いま、この瞬間に、一階のホールでは警備員が筒型の灰皿のそばに立ってタバコに火をつけようとしている。僕はそう思った。

いや思うよりもそう信じて、三分の一だけ白々と明るいオフィスの、いちばん手近なデスクに歩み寄り電話に手を伸ばした。

　そらで憶えている番号を押すと、三回目のコールで相手は出た。

「北川だ、話がしたい」と僕は言った。「いまからすぐそっちへ行ってもいいか?」

「落ち着けよ」相手は応えた。「息をきらして走ってきたみたいな声だな」

「ぜひ聞いてもらいたい話がある」

「そんなに急ぎの話か?」

「実はゆうべから……」と言いかけて僕は生唾をのんだ。これは本当に、そんなに急を要する話なのだろうか? 気の迷いもしくは錯覚にすぎないと一笑にふされて片づく話ではないのか?

「どうした?」と相手が尋ねた。

「時計の針が逆戻りしてる」

「時計の針が、逆戻り……?」

「そうだ、その話はいつか二人でしたことがある、そんな小説があるときみが教えてくれた、憶えてるか?」

「……ああ」

「それが現実に、僕の身に起きている」

　一瞬よりも長く間が空いたが、相手は笑わなかった。

「現実に？」と聞き返しただけだった。

週末の夜にいきなりで悪いとは思う、でもどうしても話がしたいと僕は頼んだ。もし今夜これから誰かと過ごす予定があるのなら邪魔はしない、ただ三十分でもいいから時間を取って話を聞いてもらえないかと。

その誰かといま週末の夜を過ごしている最中なのだというのが答えだった。でも客は帰すことにする。いますぐこっちへ来い。

「歓迎するよ」ときみは言った。

彼女への「罪ほろぼし」を主題にして、僕たちはしばしば語り合った。

いや、語り合うというよりも、実際のところ、きみは僕のとりとめのない話の聞き役を辛抱強くつとめてくれた。

あの事故の発生から何年もの間、そしてその後遺症に悩んだ彼女がみずから死を選び、もはや「罪ほろぼし」という言葉が現実的な意味を失ったあとも、僕はきみにだけ、きみにむかってだけ彼女にまつわる話を語りつづけていた。

僕の話を聞くとき、決してきみは余計な口をはさまなかった。気休めや、慰めの言葉も吐かなかった。いいかげんに忘れてしまえと短気に決めつけることもなかったし、ありきたりの、「どんな過ちも時が解決してくれる」式の忠告でお茶を濁すこともなかった。

「話してみろよ」

と、会えば必ずきみは言って、僕の話の聞き役を飽きずにつとめてくれた。

二人が会う場所や時間帯によって、それはコーヒーを飲みながらであったり、バーボンをなめながらであったり、ときにはバックギャモンのダイスを振りながらであったりもしたのだが。

ひょっとしたら、それはきみの仕事がら身についた態度であったかもしれない。僕から話を聞きだせるだけ聞きだして、次の新しい仕事——小説なり映画なりに生かしたいという計算がいくらかは、きみの頭の隅で働いていたのかもしれない。

でも、きみは一度たりともそんな素振りを見せたことはなかったし、実際、親しくつきあうようになって十数年間、あの事故に関してはもちろん、彼女と僕の関係を題材にしたと思われるきみの作品はひとつも現れなかった。

いまになって僕は想像する。あのころ僕が語ったこと、いや、僕たちが語り合ったことのすべてを、きみは小説を書きまた映画も撮る人間として密(ひそ)かにノートに書き残さなかったはずはないと。だがきみはそのノートを一度も仕事には利用せず——僕という人間がこの世に存在するかぎり——机のひきだしの奥に眠らせる決心をしていたのだと。それがたぶん、きみなりの僕への友情の示し方ではなかったのかと。

一九九八年の夏の終わりへ話を戻そう。

その夜、僕は六本木のきみの部屋までタクシーをとばした。

七階建てのそのビルは全体が賃貸用のマンションではなく、いわば雑居ビルの体裁だった。そこの一室を、きみは、名目は映画製作の事務所とも小説書きの仕事場とも住居ともつかず借りてひとりで暮らしていた。

五階までエレベーターで昇り、きみの部屋の前で腕時計を見ると、タクシーを拾ってからちょうど二十分が経過していた。そこまで時計の針が自然に右回りに進みつづけての二十分という意味だが。

ドア・チャイムにこたえて扉を開けてくれたのは、きみではなく、帰り支度をした女性客のほうだった。まったくの初対面だったので、僕たちはドアのそばで軽い会釈をしてすれ違った。

男のように横分けにした短い髪型からも、ラフな服装からも年齢は二十代としか見当がつけられなかったが、背が高く、ひきしまった身体つきの特にほっそりとした長い首が印象的な女だった。

白のスニーカーに色の落ちたジーンズ、丈の短いデニムのジャケットの右肩にデイパックを背負った後ろ姿を見送っていると、きみが横に立ち、映画の仕事でスクリプターを担当してもらっている娘だ、と教えてくれた。それ以上の説明はなかった。

「バレエでもやっていそうな身体つきだ」

と僕は小声で言ってみた。それは僕がよく知っている別の女の立ち姿を——すでにこの世にはいない女が、不幸な事故に遭う前の、若く溌剌としていたころの立ち姿を連想してのことだったのだが。

「こんど会ったら紹介するよ、自分で尋ねてみるといい」

ときみはぐらかして、ドア・ノブを握ったまま部屋の奥へと顎をしゃくった。

十二畳ぶんほどの板の間のワンルームに上がりこみ、右手壁際に配置された馬鹿でかいソファ・ベッドに腰を沈めると同時に、二つの缶ビールが眼の前の小テーブルの上に置かれた。

「さあ、話してみろよ」

と、きみはいつも通りに言い、銀色の缶ビールをひとつ取りあげると回転式の椅子にすわり、これもいつものように仕事用のパソコンの置かれた両袖机に背を向ける恰好で僕とむかいあった。

背もたれを起こした形のソファ・ベッドの上で、僕はまず冷えたビールをひと口味わった。それからセブンスターを一本抜きだしてライターで火をつけた。

「最初はタバコだ」

と僕は言い、視線を部屋の隅へむけた。

窓際の両袖机と対角線上の隅に置かれた32インチのテレビは、音量を絞れるだけ絞って、モノクロの古い映画を映していた。その夜きみがLDプレイヤーで再生していたのはフランソワ・トリュフォーの『大人は判ってくれない』だった。レーザーディスクの画像にこだわりを持つ人々の間で一般に「クライテリオン盤」と呼ばれている名作コレクションの中の一枚だ。

「タバコ？　タバコがどうした」

「まずタバコが変だと気づいた、夏のはじめに、それが最初だった」

映画はちょうど、家出したアントワーヌ少年が夜道で、逃げた子犬を探してほしい、と見知らぬ婦人に頼まれるシーンにさしかかっていた。

トリュフォーの長編映画第一作目を祝福して、ジャンヌ・モローが友情出演している即興のワンシーンだ。その話は、トリュフォーの全作品を調べあげている、外ならぬきみからいつか教えてもらったのだが。

「気が散るのなら止めようか？」

「いや、そのままでいい」

アントワーヌが同級生のルネの家に転がりこみ、ふたりでベッドの上でタバコを吸いながらバックギャモンに興じるシーンはこれより前だったか後だったか、そんなことを思いながら僕は話をつづけた。

「ある晩、僕は自宅のリビングにひとりでいた、ちょうどこんなふうにソファに腰かけて夕刊を開いていた。時刻は七時をすこし過ぎたころだ。そばに息子がいないのを確かめて——子供達のまえでタバコを吸うのを妻が嫌がるので——ちょうどいまと同じようにセブンスターを一本くわえてライターで火をつけた。

　そのあとで奇妙な空白があった。そんな気がしたんだ。そしてその空白のあと、僕は夕刊の日付に目をこらしていた。忘れもしない、その日は八月六日だった、僕はあの事故のことを考えていたと思う、十八年前の、その日から一カ月後に起きたあの事故のことを。気がつくと、風呂あがりの娘をつれた妻が横に立っていて、そのタバコに火をつけるつもりなら、キッチンで換気扇をまわしながらにしてと言った。そう言われて、口にくわえたままのタバコを見ると、つけたつもりの火は消えていた」

　そこまで話を聞くときみはキッチンへゆき、灰皿を持って戻った。洗いたてのクリスタルの灰皿だった。それを小テーブルの上に置き、こう言うだろうと僕が想像していた通りのことをきみは言った。

「いちどつけたタバコの火が消えるのはよくあることだ」

「僕もそう思った。よくあることだ。ただし、そのとき口にくわえていたタバコはまっさらで、いちど火をつけた焦げあとすらなかったけれどね。でもそれも気のせいだと思った。いちど火をつけたつもりで実際に火はついていなかったのだと」

「それで？」

「おなじことが一週間後にまた起こった。でも……」

「いちどつけたタバコの火が消えるのはよくあることだ」

「そうだ。やはりそう思わざるを得ない。いったん火のついたタバコが、再びまっさらの状態に戻るなんてあり得ないから。それ以降、僕はタバコを吸うときに注意深く火をつけるようになった。火をつけると必ず、煙が立つのを、赤い火種が点いているのを確認しないと気がすまなくなった」

「それでも同じことが起こった？」

「いや、次に僕が気づいたのはテレビのＣＭだった。金融会社の無人貸出機のＣＭだ。それを見ていて、くどすぎると僕は感じた。出演者のおなじ台詞がくりかえされる、おなじコピイが画面にくりかえし出る。でも、そうじゃなかった。実は僕はおなじものを、十五秒のＣＭを二度くりかえして見ていたんだ」

「おなじスポンサーのＣＭが二度くりかえして流れる場合もないわけじゃない」

「もちろんそれは知っている。でも十五秒のまったくおなじＣＭが二度たてつづけに流れることはまずない。ところがそれを僕は見た。見たと思いこんだ。一緒にテレビを見ていた妻にもそのことは話さなかったし、テレビ局に確認の電話もしなかった。僕ひとりの思いこみに違いない。おれはどうかしている。そう考えるしかなかった。

　でも、それから何日かしてまた不思議なことが起こった。こんどは足の指の爪だ。その晩僕は爪を切っていた。右足の親指からはじめて小指まで切り終わり、左足に移った。広げた夕刊の上に右足の爪の切り屑がたまっていた、それを見たあとでまた例の空白が来た。空白というよりも短い闇だ。一瞬、視野が小さな点に絞り込まれるように消えてしまい、次の瞬間には復活している。その晩、視野が復活すると目の前に、広げた夕刊の上に爪の伸びた僕の右足が載っていた。僕はこれから右足の親指の爪を切りはじめようと爪切りを当てたところだった。

　きっとこれも気の迷いだ。本当におれはどうかしている。火をつけたつもりでタバコをくわえてぼんやりしたり、おなじCMをくりかえし見たと錯覚したり、まだ切りはじめてもいない爪屑を切り終えたと思いこんで切り屑の幻覚まで見たりする。どれも絶対にあり得ないことばかりだ。おそらく今年もあの事故の日が近づいているせいで、僕の精神状態は自分でも気づかぬうちに普通ではなくなっているのだろう。あるいは一歩まちがえば、常軌を逸する、という地点まで来ているのかもしれない。

　でき得ることなら十八年前のあの事故の日に戻って、自分の犯した過ちを取り消したいという後悔のあまり、その後悔が長年積もりに積もったあまり、この時代から過去へ、時間を数秒でも数十秒でも数分でもさかのぼりつつあるとの幻覚にすがりつついているのかもしれない。そう考えること自体が、すでに常軌を逸しかけている証拠だと言えるような荒唐無稽な考えに捕らわれながら、その後の一週間を僕は過ごすことになった。それが昨日までのことだ」

そしてゆうべ、娘の誕生祝いの席であらためて体験した不思議な現象のことを僕はきみに語った。続けて今夜、ついさっき勤務先のビルで僕の身に起こった、もはや幻覚ではなく現実に時間が数分過去へ逆戻りしたとしか説明のつかぬ現象についても。

話を聞き終え、ビールを飲みほしたきみはアルミ缶を片手でへこませて、

「それで全部か？」と尋ねた。

「いまのところ」僕は答えた。「不思議な現象はいまのところこれで全部だ」

「ウィスキーがほしくないか？」

「いや、僕はまだビールが残ってる」

きみはまたキッチンへ立ち、角氷とバーボン・ウィスキー入りのグラスを持って回転椅子にすわり直した。その間に何をどう切り出すか考えていたのだろう。

「現実に時間が逆戻りしている」ときみは言った。「そう仮定してみよう。そう仮定して、北川の話を整理してみよう。最初はタバコだ。つけたはずのタバコの火が消えている。つまりおまえはライターで一度タバコに火をつけた、だがしばらくすると、

そのタバコに火をつける前の状態に戻っている、時間がそれだけ過去へ戻っている。ほんの数秒だろう、五秒くらいか？」

「たぶん、そのくらいだと思う」

「要するにおまえは五秒前に戻って、人生を五秒間だけやり直したことになる。そうだな？」

「そういう言い方もできる」と僕はうなずいた。

「次はテレビのCMだ。十五秒のローン会社のCM、これをいちど見終わってもういちど頭から見直したのだとすれば、こんどは時間は十五秒だけ過去へ戻っているわけだ。十五秒間の人生のやり直しをおまえは同じCMを見て無駄に過ごした。そういう言い方もできる。それから次は足の指の爪。右足の爪を切り終わるのにどれくらい時間がかかる？」

「一、二分かな」

「指一本の爪を切るのに五秒と計算しても右足全部で二十五秒だよ、せいぜい三十秒がいいとこだ。誕生日のケーキのロウソクにおまえの奥さんがマッチで火をつけ、それから家族でハッピィ・バースデイを合唱して、娘が一本ずつロウソクの炎を吹き消す、それに要する時間がたぶん一分くらいだろう」

「今夜、オフィスのある階からエレベーターで一階に降りて腕時計を見たときは七時二十分だった、それが次の瞬間に、自分がまた上に戻っていることに気づいて腕時計を見ると七時十七分……」

「つまりこんどは三分前の過去に戻った」

ときみはウィスキーをひと口ふくんでから指摘した。

「最初に五秒、次が十五秒、そのあとが三十秒、そして一分、最後に今夜は三分」

「その通りだ」

と僕が認め、きみが微笑した。

「北川、おまえが過去に戻る時間の幅は、少しずつ長くなっているみたいだな」

その通りだ、と僕はもういちど心の中でつぶやいてみた。僕が過去に戻る時間の幅は少しずつ長くなってきている。

もしこれがこのままずっと続いてゆけば、いつの日か、心の底から待ち望む「奇跡」に手がとどくかもしれない。だからこそ僕はこの一カ月、いくつかの不思議な現象を決して気の迷いなんかではなく、大いなる常識がくつがえり「奇跡」が起こる日の予兆として受けとめたがっていたのだ。

「このままゆけばおまえはもっと昔に戻れる」ときみが言った。「その可能性はある。十八年前のあの事故の日にだって戻れるかもしれない」

「もしそうなったら」僕は半分ひとりごとで呟いた。「それができたら……」

「もちろん彼女を事故から救えるだろう」

「そう思うか?」

「そう思う」ときみは答えた。

答えたあとでウィスキーのグラスを空にして、部屋の隅へ目をやった。

『大人は判ってくれない』の主人公が少年鑑別所に送られ、女性の係員から一対一でむかい合ってカウンセリングを受けているシーンの途中だった。姿の映らないカウンセラーの声が、あなたは女を知っているか? という意味の質問をアントワーヌ少年にした。

「ただし、これはあくまでも仮定の話だ」

とこちらへ目を戻してきみは続けた。

「おまえの言う不思議な現象が、現実に起きていると仮定したうえでの話だ。いいか北川、たしかに前におれは時間が逆戻りする話をした。でもあれはアメリカ人の作家が書いた小説のストーリーだった。おまえも読んで憶えてるだろう。主人公は四十三歳のとき突然、心臓の発作で死ぬ、つまりひとつの人生がそこで終わる。ところが死んだはずの男が復活して目覚めると死ぬ前の人生の途中、十八歳の青年の時代に戻っている、意識はその後二十五年を生きた中年のままで。

そうして男は、青年の肉体をもった中年として、再びその後の二十五年を生き直すことになる。当然、前とはまったく違った人生を。結果のわかっている競馬や株で金を儲け、別の女と結婚して子供を作り、まったく別の人生を送る。ところがその人生でもまた四十三歳になったとき心臓発作に襲われる。死んで再び目覚めると、またしても十八歳の自分に戻っている。そこで男は三たびその後の二十五年を生き直すことになる。

話としては面白い。できれば人生をやり直したいと思うことは誰にでもある。あの日に戻って、あの場面からやり直せれば自分の人生はもっと良いものになっていたかもしれない、誰だってそう思うときはあるだろう。だがその思いは叶わない、現実にはね、所詮、小説は小説だ。北川の話はあの小説とどこか似ているだろう？　二十五年も一気に時間が飛ばないにしても、ほんの数秒、数分だけ過去の自分に戻ってしまう。話の骨格は似ている。おまえの不思議な体験は小説と似すぎている。時間的に縮小したコピイだと言われても仕方がない」

「でも僕の場合は、心臓発作をおこして過去へ戻るわけじゃない。僕はまだ一度も死んでいない」

「いや、あの小説に沿って言えば、おまえも死んでる可能性はある。つまりタバコに火をつけて一度おまえは死んだ、そして五秒前のまだタバコに火をつけていない過去の自分に戻った。その時点でおまえの人生はすでに二つに枝分かれしている、記号で表せばちょうどアルファベットのYの文字みたいに。Yの文字の左右斜めに分かれた線がおまえの二つの人生だ。ひとつの人生ではタバコを口にくわえたまま死んでいる、もうひとつの人生では五秒前から生き直している、小説の理屈をあてはめればそういうことになる。

その後もおまえは過去へ戻るたびに死んでいる。今夜のおまえは勤務先のビルを出ようとして突然死んだ。そして三分前のまだオフィスにいる時点の過去に復活した。そこでまた二つに枝分かれした人生が発生した、もうひとつのYだ。右のほうの人生では警備員がおまえの突然死に気づいて、社員証から家族に連絡を取る、いまごろおれはおまえの通夜に出席しているだろう。だが左へ枝分かれした人生のほうでは、おまえは三分前から生き直して、おれに電話をかけてここまでタクシーでやって来た、だからいまこうしておれたちは飲みながら喋(しゃべ)っている。そういうことだ。おまえの話は全部あの小説の理屈で説明がつく」

「いや全部じゃない。僕は心臓発作を起こしたおぼえはない。あの小説の主人公は過去に戻ったとき、その前の人生で死ぬ直前までの記憶を持っていただろう。僕は心臓にもどこにも痛みを感じたおぼえがないんだ」

「ただ目の前が暗くなる？」

「そうだ、それも一瞬」

「どんなふうにか、もういちど説明してみろ」

「視野が狭まるんだ、周りから黒い色がひろがってきて、絞りこむように視界が小さくなる、最後はピンホールみたいにまで小さくなって全体が闇になる。それから一瞬にして、こんどは……」

「こんどは逆に、光のピンホールが中央に生まれて、それが周囲へひろがってゆく。そして闇がすっかりあけて視界が元に戻る」

「そう、闇があけたとき僕は過去に戻っている」

「アイリス・アウトとアイリス・インだ」ときみは言った。

「何？」

「そっちは映画の技法で説明がつく、と言ってるんだ。フェイド・アウト、フェイド・インの一種だよ、トリュフォーの映画で見たことがあるだろう」

きみはLDプレイヤーのそばへゆき停止の操作をした。

少年鑑別所でのサッカーの試合中、ボールをスローインしたアントワーヌ少年がそのままグラウンドの仲間たちに背をむけて、仕切りの金網の破れ目から外へ走りだす姿が画面からかき消えた。

代わりにきみが再生したレーザーディスクは、僕にとってもとりわけ懐かしいトリュフォー作品を映しだした。

『緑色の部屋』だ。トリュフォージしんも出演しているその映画を、僕は一九八〇年の春に岩波ホールで見た。

「よく見ろ、ここのところだ」

きみはひとつのシーンの手前で画面を一時停止にし、あらためて再生してみせた。まもなくごく普通のフェイド・アウトがはじまった。

ごく普通のフェイド・アウトが完了して画面の全体がいったん闇に覆われると、やがて中央に小さな円形の光の部分が現れた。それが周囲へむかって次第に大きく成長しつつ広がってゆき画面を覆っていた闇がすっかり晴れた。

確かに僕はこの映画を見た。そして記憶にとどめている。

一九八〇年三月。神田神保町岩波ホール。

その日映画を見終わった僕は、入れ替わりに中へ入る客のなかにきみの顔を見つけた。それが高校卒業以来まる六年ぶりの再会だった。そのときはただ挨拶(あいさつ)だけで別れたのだが、もし僕の呼びかけにきみが振り返らなければ、同じ年の九月、下北沢の駅で二度目に再会し、その後のごく親しいつきあいが始まることもなかったかもしれない。

「北川、見おぼえがあるだろう?」

こちらへ顔をむけ、きみが32インチの画面のそばから呼びかけた。

「おまえの言う短い闇はこんなふうに明けるんじゃないのか？」

僕はゆっくりとうなずいてみせた。

そのとき電話が鳴り出した。

「いまのがアイリス・インだ」

ときみはうなずき返して、両袖机の上の電話に歩み寄り受話器を耳にあてた。

きみの喋り方から、電話の相手はさきほどこの部屋を出ていったスクリプターの女性だと想像がついた。

「このまま待ってくれ、いま確認してみる」

そう彼女に言いつけるときみはパソコンの電源を入れた。それから回転椅子ごと僕のほうを向き、マッキントッシュが立ち上がる時間を利用して、

「そしてその反対がアイリス・アウトだ」

と映画用語の解説を続けた。

『緑色の部屋』では普通のフェイド・アウトにアイリス・インが組み合わせてあるが、アイリス・アウトからアイリス・インへ連続してつながる場合もある。

つまり画面がまわりから中心部へむかって次第に小さな円になりながら消えてゆく。最後に画面の全体が暗くなると、今度は逆に、中心部からまわりへむかって次第に大きな円になりながら光の部分が広がってゆく。そして次のシーンにつながる。

「いや、何でもない。いまのはこっちの話だ」

と途中で電話の相手に断って、きみはパソコンの画面のほうへ向き直った。

確かにきみの言う通りだ、と僕は心のなかで認めた。僕が知覚する一瞬の闇は、言葉で説明すればその通りの順番で、その通りの形態でだしぬけに訪れ、まただしぬけに明ける。

きみはパソコンのモニターに現れた横書きの文書を一瞥すると、

「確かに」

と受話器にむかって喋りかけた。

「不幸なことにシナリオのコピイはまだここにある。きみは間違ったフロッピーを持ち帰ってる。……もちろんだよ、間違ったフロッピーを渡したのは僕だ。落ち度は僕にあるさ。無精してタイトルをつけ忘れた僕が悪いんだ。うん、今夜中に届けよう。それまできみが持ち帰った小説のほうを読んでみてくれ。書きかけだけどね、気が向いたら続きを書いてくれてもかまわない」

軽口をたたいて電話を終えると、唇の端に笑みを残したままきみは僕を見た。

僕の心の病の原因をつきとめ、いましがたそれを取り払うことに成功した。まるでそう信じこんでいるかのような静かな口調で、これで充分だろう？　と言った。

「アイリス・アウト、そしてアイリス・イン。それが魔法を解く呪文だ。北川、おまえは夢を見たがっている。映画を見るように、この現実を見たがってるんだ」
深い吐息で僕はこたえた。

第四章　西里真紀

退社するとその足で神保町駅から都営新宿線に乗り込み小川町まで、そこから地下鉄千代田線に乗り換えて馬橋（まばし）の自宅へまっすぐに帰る。

寄り道はしない。同僚と誘い合って駅近くの酒場で一杯やることもないし、ひとりで外で飲もうとも思わない。妻が家を出てゆく前も、出ていった後でもその点は変わらない。平日の決まりきった習慣である。

例外は月に二日だけある。

《水曜会》と名付けられた映画好きの集まりで上映会がもたれる第二・第四水曜日、その二日だけだ。

八月の最終週の水曜日、私は西里真紀（にしざとまき）と渋谷で待ち合わせた。

六時十五分に公園通りのいつもの喫茶店で会い、軽く腹ごしらえをして、七時にはパルコ・パート3の中のSPACE PART 3という劇場にふたりで入った。これもここ数カ月つづいている習慣といえばいえる。

その晩《水曜会》の上映にかけられたのはフランソワ・トリュフォーの初期の短編映画『あこがれ』と、長編映画第一作『大人は判ってくれない』の二本だった。前回がクロード・シャブロルの『いとこ同志』、次回予定がジャン＝リュック・ゴダールの『勝手にしやがれ』で、つまりこの夏はフランス「ヌーベルバーグ」映画特集が組まれている。

もともとはパソコン通信の映画フォーラムが土台になった集会なのでいわゆる「オフライン・ミーティング」の意味合いもあり、上映終了後、《水曜会》の会員はいくつかのグループに分かれて、フォーラム本来の目的である意見交換の場へ移動することになる。

一九九八年の渋谷ではなく、トリュフォーやゴダールがまだ若かった一九四〇年代後半のパリでなら、おそらくそれらの会合は十代の野心に燃えた青年たちを中心に活動し、その名も《シネクラブ》と呼ばれていたことだろう。

だが私は立派な中年だし、西里真紀は三十代後半、ほかの会員を見渡しても二十歳前後の若者は数えるほどしかいない。そのうえ上映終了後に集合のかかるいずれの小グループにも属さない会員、要は《水曜会》を単に普段はビデオやLDでしか見ることのできぬ古い映画に接する機会としてとらえている会員のほうが、私と西里真紀もふくめて大勢をしめている。

少なくとも私の目にはそう映る。だいいち、私はパソコン通信を多少かじったことがあるけれど、西里真紀は生まれてから一度もパソコンのマウスにすら触れたことのない女だ。

七時五分過ぎに始まった二本立ての上映はちょうど九時にはねた。

小グループのひとつを仕切っている中年の婦人から、

「ご一緒にいかが？」

と西里真紀とふたり誘いをうけたがいつも通り辞退した。

もう一昨年のことになるが、私もいっぺんだけ出席したことのあるその会合は、近くの洋菓子屋で紅茶を飲みながら映画について語るのが定例のようだった。

その退屈で気詰まりな席で、私同様、積極的な発言をひとつもしない西里真紀と出会った。顔だちや服装と似合った地味な性格の、あまり外に出ることに慣れていない家庭の主婦だと思っていたのだが、そうではなかった。ふたりきりになると彼女は私よりもよく喋(しゃべ)ったし、三十八歳の今日まで、結婚経験のない独り暮らしの女だった。

『大人は判ってくれない』をこれまで何度見たか、という話をその晩はした。

上映会がはねて、ここしばらく水曜の晩の行きつけになった鮨(すし)屋に立ち寄り、そこを出て私たちは夜の坂道をふたりで歩いた。

三度目だと西里真紀は言った。レンタル・ビデオで一度、NHKの教育テレビで一度、そして今夜。

私のほうは数え切れなかった。高校時代に確かアテネフランセの文化センターで見たのが最初で、のちに繰り返し見たビデオや、リバイバル上映やテレビの放映までざっと計算しても二十回は越えているだろう。

おまけに私は何冊かの本も読み漁っている。映画評論家の山田宏一がトリュフォーのことを書いた本。山田宏一が訳したトリュフォーの本。おかげで私はこの作品のかなり細かな点まで知っている。

家出した主人公のアントワーヌが親友の部屋に転がりこみ、ふたりでベッドの上でタバコを吸いながらゲームをしているごく短いシーンがあるけれど、そのゲームは何度映画を見直してもバックギャモンのように見える。

また別のシーンでは、夜道を歩いているアントワーヌが見知らぬ婦人と出会い、逃げた子犬を探してほしいと頼まれるのだが、顔もよく見えないその婦人役は、トリュフォーの長編映画第一作目を祝ってジャンヌ・モローが即興で演じている。

話の自然な流れから、その種の豆知識を披露したあと、会話がぷつりと途切れて、私はベッドの枕元に置いたタバコを手でさぐった。時刻はすでに十時をまわり、私たちは円山町のホテルの一室にいた。

タバコが見つからないのでベッドのまわりの照明を上げた。

「考え事をしてたでしょう」と隣で、西里真紀がハイライトの箱をいじりながら言った。「タバコを吸う？　って訊いてあげたのに聞こえなかったでしょう」

私は彼女の手のなかの箱から一本つまんで口にくわえた。彼女がライターで火をつけてくれた。

何から、どう切り出すべきか、それともこの話は西里真紀本人にはまだするべきではないのか、私は決めかねていた。

今夜二週間ぶりに彼女に会い、いつもと変わらぬ彼女の顔を見たときから、いつもと変わらぬ時間を過ごしながらも迷いつづけていた。

「水曜日のたんびに」と西里真紀がかまをかけた。「あたしが秋間さんの奥さんでもきっと変だと気づくわ」

「そうじゃない」私は首を振った。「妻のことを考えてたわけじゃない」

「ほんとうに？」

灰皿を差しだした女にむかって、私はうなずいてみせた。

先週、妻が娘を連れて家を出てしまったことは、少なくともまだ彼女に告げるべきではない、と私は考えていた。余計な混乱をまねくだけだ。その話とこの話は別個のものだ。

「じゃあ何？」西里真紀がたずねた。「どうして今夜はそんな顔をしてるの？」

「どんな顔」

「不安そうな顔、言いたいことがあるのに言いだす勇気のない顔」

シーツにくるまった彼女の身体ごしに、私はベッドの側面の壁のほうへ顔をむけた。

壁一面にはられた大鏡に映った自分の顔を見つめた。

やがて彼女が上体を起こして私にもたれかかり、鏡の中の顔を私の顔の横にならべた。

「ね？　そんな顔でしょう？」

「先週、うちに電話がかかってきた」

私は鏡の中の西里真紀にむけて言った。

「その男は高校の同級生で、北川、と名乗った」

「秋間さんの、高校のときの同級生？」

「そう。だから年は僕とおなじ。その年齢の、北川という名字の男に心あたりがあるか？」

「ううん」彼女の顔が横に揺れた。「どうしてあたしが？」

「むこうはきみのことを知ってるみたいなんだ」

鏡の中で西里真紀は考える顔つきになった。三つ数えるほどのあいだ考えて、こちらへ向き直った。

「わからないわ、知り合いに北川という名字の人はいない」

「そうか」

「秋間さんが何を言いたいのかもわからない」

私は自分でも彼女に何を言いたいのかよく判らなかった。彼女が私に対して嘘をついているのか、正直に語っているのかすら判定できなかった。

西里真紀はもともと感情を直接的に顔の表情にあらわすたちの女ではない。口もとに浮かべた地味な微笑で、ちょうど私の会社で出版している仏像の写真集の中にいくらでも見つけられる微笑で、特別な夜の、特別な喜びを表現するような女だ。

そのことを私はここ数ヵ月の間に徐々に悟った。一昨年に初めて出会ってから、一色ずつ、淡い色彩で塗り重ねていった彼女のイメージを、数ヵ月の間にまた少しずつ塗り替えなければならなかった。たとえば彼女は、表情にとぼしい地味な顔つきの、口もとにうっすらと笑みを浮かべたまま、男の私をたじろがせるような大胆な行為をし、また同様の言葉を口にしたりもする。

今年の二月にふたりの特別な夜をむかえたとき、あたしはずっと待っていたのだ、と彼女は告白した。あなたにもうすこし勇気があれば、もっと早くこうなっていたはずだった、あなたがあたしを欲しがっているのは判っていたし、あたしもあなたを欲しがっていたのだから。

（ずいぶん時間を無駄にしたのよ）
と彼女は例の微笑とともに言った。やはり写真集の仏像を連想させる細い切れ長の目をいっそう細めて、真冬の夜の道玄坂を先に歩いていった。私は彼女の言葉を信じて後につづいた。

だが一方で、私が西里真紀について知っているのはその程度のことだとも言える。私は彼女が住んでいるという大崎のマンションに招かれたこともない。勤め先が新橋のホテルで、そこで宴会にかかわる仕事をしているのは聞かされているけれど、それ以上の具体的なことは何も知らない。私は彼女の勤め先に電話をかけたこともなければ、自宅のマンションの電話番号すら聞き出してもいない。

彼女とはただ月に二度、水曜日の晩に会って、初対面の日以降ふたりで無駄にした時間を取り戻すために円山町のホテルを利用するだけだ。

だからもし彼女がどこかで、北川という男とのつながりを持っていたのだとしても私には判らない。そのことで彼女が嘘をついたのだとしても私には見抜く手段がない。

「別に、何かをきみに言いたいわけじゃない」そう答えるしかなかった。「ただ確めてみただけだ」

「でも変だわ、北川という男のひとをあたしは知らないのに、むこうはあたしのことを知っている。いったいどんなふうに？」

「それは僕にもわからない。きみの名前だけだ」

「名前だけ？」

「その男の口からきみの名前が出た」と私はその場しのぎに嘘をついた。

彼女がさきにベッドを降りて着替えはじめた。気分を害したのかもしれないし、この話題を自分から避けたのかもしれない。

「僕の聞き違いだったかもしれない」

と声をかけてみたが返事はなかった。

腕時計で終電車までにはじゅうぶんに時間のあることを確かめて、私もベッドを降りた。

「秋間さん」紺色がかった青のワンピースを身につけ、白っぽいベルトをウエストにあてながら彼女が言った。「こんどの水曜日に会えないかしら。《水曜会》の日とは別に」

「来週？」

「ええ、あたしのほうは休みが取れるから、秋間さんの仕事が終わったら一緒に食事をして、映画が見たい」

「見たい映画がかかってるのかい？」

「ううん。そうじゃないけど。かかってる映画はどうでもよくて、ふたりで映画館に入ってなるべく後ろの席にすわるの、水曜日の夜だからすいてるかもしれないでしょう？　ががらだったら、いつか秋間さんがしてた話、確かめられるかもしれない」

「何の話」

「ほら、映画がはねたあと座席の下に女物の下着がいくつも落ちてたって……。忘れたの？　ナチス占領下のパリの話」

私は薄くらがりのなかで息を呑み、西里真紀を振り返った。

微笑を浮かべた彼女のほうから歩み寄って、私が留めそこねたワイシャツのボタンを留めてくれた。

「水曜日はだめ？」

「……だいじょうぶだと思う」

「六時十五分に、いつものところで」

「わかった」

「原宿へ出て乗り換える？」

「いや、まだ時間も早いし、西日暮里まで山手線に乗ってゆくよ」

「じゃあふたりで大崎まで、めだたないようにしないと」

「それは、別に……」

別に誰に見られようと僕のほうはちっともかまわない、という台詞を私はためらった。

　すでに彼女は背中をむけていたし、じきにバスルームと続きの洗面台のほうへ姿を消した。


　大崎の駅で、これといった別れの仕草も表情も見せずに（つまりいつもと変わらず）西里真紀が降りてゆくと、私は目をつむり、考え事をしながら西日暮里まで電車に揺られた。

　それから千代田線に乗り換え、電車が北松戸を過ぎて馬橋に近づくまでふたたび目を閉じた。

　喉（のど）まで出かかったものの、結局当人には知らせなかった西里真紀名義の、巨額の振り込みのある預金通帳のことを、私は考えてみた。だがいくら考えても、預金通帳にこめられた（こめられているはずの）意味は私には想像もつかない。

　次にその預金通帳を私に託した高校時代の同級生、北川健という人物について、いくらかでも残っている（残っているはずの）記憶の断片を拾い集めようと私は努力した。それはこの数日間何度も試みたことなのだが、やはり成果はかんばしくなかった。

　最後に北川健が「実話」だと主張する、いま私が途中まで読みかけている彼の物語へ考えをむけた。

昨夜、私は物語の冒頭部分を、自宅のかつての娘の部屋で、床にじかに腰をおろして読むことになった。

引っ越しの荷物に娘がただひとつ加えなかったマッキントッシュは、16インチのモニターおよびプリンターともども、すっかりもぬけのからになった娘の部屋に接続状態のまま放置されていた。

そのパソコンは五年ほどまえ私が自分の小遣いで購入し書斎の机に置いて使っていたのを、昨年、高校に入学してインターネットに興味を示した娘のために、「私が必要とするときはただちに返却する」という条件つきで貸し与えたものだ。だがそれから後、仕事上でも私生活でも、自宅のパソコンを私が必要とする時期は一度もやって来なかった。

インターネットで個人的に電子メールをやりとりする相手は私にはいない。仕事上の用件は会社のデスクに備えてあるやはりマッキントッシュで済ませられる。パソコン通信の映画フォーラムにもそろそろ飽きがきていたし、昨年冬あたりからは特に、映画じたいよりもむしろ映画をきっかけに言葉をかわしはじめた西里真紀のほうへ私の関心は大きく移っていた。

そういうわけで私のマッキントッシュはすでに一年以上、娘の部屋に貸し出されていたままだった。引っ越しの際に娘がそれを置き去りにしたのは当然といえば当然なのだし、昨夜の私は、急に必要となったマッキントッシュを書斎に抱えて移動させて再接続する作業も面倒に思え、とりあえずその場で立ちあげてフロッピーディスクを挿入してみることにしたのだ。

冷凍食品の焼飯と、冷蔵庫に残っていたタッパの中の野沢菜と缶ビールとで夕食をとり、それから風呂を沸かし、一日歩いて疲労のたまった左脚をマッサージしながら湯船につかり、入浴後に缶ビールをもう一本空けて、あとはもう他にすることもなくなった平日の夜に。

机やベッドや鏡台や洋服簞笥やオーディオ・セットのひとつひとつ、壁のポスター一枚まで残らず持ち去られて、すでに高校二年生の娘が暮らしていた気配すら感じられぬがらんどうの部屋で。

念入りに拭き掃除された跡のある板の間にあぐらをかき、私はモニターに現れた細かい文字に目をこらした。

そうやって一時間ほど、窮屈な姿勢で途中まで読んだかぎりでは、やはりフロッピーディスクに書き込まれた内容は、北川健の体験談と呼ぶよりもむしろ「小説に近い」というのが私の印象だった。

主人公の「僕」が、「きみ」に語りかける形式をとった小説。現実に嫌気のさした

「僕」がふとしたはずみで過去へ時間をさかのぼってしまうという、筋立てとしてはかくべつ目新しくもないファンタジー。

　そんな印象を持ったとたんに、先を読み進む意欲が萎えた。確かに私はそう感じた。ひょっとしたら原稿を読み終わったころを見はからって電話がかかり、「出版をもういちど考えてみてくれないか？」と北川は持ちかけるつもりなのかもしれない。

　その可能性は残っている。いまだに残っているだろう。仮にそうだとしても、では物語のほかに私に託されたもの、銀行の貸金庫にフロッピーと一緒に保管されていた現金と預金通帳にこめられた（こめられているはずの）意味とはいったい何なのか？

　堂々めぐりだ。私は千代田線の電車のシートで、目を閉じたまま左手の親指と中指を開いてこめかみを押さえた。瞼の裏に緑がかった黄色のドーナツ型の輝きが出現するまで押さえつづけ、また一から考え直した。

　北川健の物語は実際、誰がどう読んでも小説ふうに書かれている。

　たとえば「僕」の人生にとって重要な位置を占める女は、物語のはじまりからこの世にいない。彼女は十八年前の事故で死亡している。ところが彼女の名前も、それがどんな事故であったかもまだ伏せられている。情報を伏せること、じらして先を読ませること、そういった意図じたいが小説ふうの印象を与える。

　だが同時に、事実として私にはひっかかる点もある。

一九九八年の現在から計算すると十八年前、すなわち一九八〇年の夏に起こった事故のことだ。おそらくそれは私個人にとっても意味のある事故を指している。言い換えれば、私は事実としてその夏に起きた事故を知っている。

だからこそ北川健は私にむけてあの物語を書いた。最初からそう考えるべきなのだ。だいいち物語のなかで「僕」が「きみ」と呼びかける親友は、ほかでもない私じしんをモデルにしているように読める。そうとしか読めない。つまり物語はこのような設定で書かれている。

僕＝北川健＝物語の書き手
きみ＝私（秋間文夫）＝物語の（ただひとりの）読者

もちろん私は物語のなかに出てくる「きみ」と同じ職業の人間ではない。過去においても一九九八年の現在でも私は六本木に事務所など持ったことはないし、映画の監督もしなければ小説を書いたこともない。だがたとえば、私は「きみ」と同じように昔からトリュフォーの映画を見つづけている。

トリュフォーの映画には一般の人々よりもくわしい。当然「アイリス・アウト、そしてアイリス・イン」と呼ばれる手法のことも知っている。「きみ」と同程度に誰かにその手法について説明することもできるだろう。

　またたとえば、私は実際に、物語に書かれている通り一九八〇年の三月、岩波ホールで上映中のトリュフォー監督作品『緑色の部屋』を見た記憶がある。これはまぎれもない事実だ。

　その年の四月に私は二十五歳になり、九月に妻と出会い、まもなく同棲をはじめた。それでまちがいない。『緑色の部屋』を見たのはその年の三月だった。

　そのとき岩波ホールの入口で高校時代の同級生とすれ違ったかどうかは憶えていない。けれども、憶えていないといえば、いつどこで『緑色の部屋』を見たかという事実以外に、私は十八年前のその季節のことなど何も憶えてはいないのだ。

　私の記憶にあるのは、一九八〇年の三月に、勤め先の出版社からさほど遠くない劇場でトリュフォーの最新作を見た、その事実だけだ。あとの細々とした記憶はぜんぶ消え去っている。一台のパソコンを例外として、娘の痕跡をきれいに拭い去ってしまった部屋の床のように、塵ひとつ拾えない。確信のあるのはトリュフォーがらみの記憶だけだ。

　だからあるいは、その日岩波ホールの入口で私は高校時代の同級生とすれ違ったのかもしれない。これから映画を見ようとする私に、見終わった北川健は声をかけた、それは事実だったのかもしれない。

その可能性は残る。わずかだが残るだろう。だとすれば、物語のなかでその直後に述べられていること、同じ年の九月に「僕」＝北川健と、「きみ」＝私とが下北沢の駅でもういちど再会したという記述はどう考えればよいのか。

確かに当時の私は下北沢の駅を頻繁に利用していた。電車待ちのホームで、高校時代の同級生といつ再会しても不思議ではなかっただろう。あるいは現実に、私が同級生の誰かを見かけたり、同級生の誰かが私を見かけたりして声をかけ合ったことはあったかもしれない。そこまでなら記憶からこぼれ落ちた事実として考えられる。

だがその再会をきっかけにして誰かとの交際を復活させた記憶はない。北川健に限らず同級生の誰とも卒業後に親しくつきあった憶えは私にはない。

ところが「きみと僕はかつて親友だった」と北川健は奇妙なことを言う。そう言って私に物語を託した。いったい北川健はその奇妙な台詞と物語とで私に何を伝えようとしているのか？

あの男は私に（物語の出版ではなくほかの）何を望んでいるのか？

一九八〇年九月。井の頭線、下北沢駅。

それらのキイワードはあの事故と直結している。おそらく北川健が物語で触れている事故と、私が事実として知っている事故とは同じものだ。

そうだとすれば……。

そこまで考えたとき、電車がまもなく馬橋に着くとのアナウンスがあった。ブレーキがかかり激しく軋む音とともに車両が揺れた。

目を開ける寸前、ふいに記憶の映像がよみがえった。

瞼の裏で連続してフラッシュバックが起きたように私はそれらを見た。

夜。

雨。

雨傘。

夏服。

プラットホームの照明。

濡れた傘を手に列をつくった人々。

むかって左方向から入ってくる電車。

そうだとすれば……。

もしそれがあの電車事故のことだとすれば、物語のなかで事故の内容や「彼女」の名前が伏せられていることには、小説ふうの工夫などではなくまったく別の意味が生じる。

電車が無事に馬橋駅に到着し、私はホームに降り立ちながら次のように考えていた。

伏せられていることは、あらかじめ私が知っているという前提の上で、あの物語は書き出されている。

そうだ。北川健がその死に責任を感じている女、物語に登場する「彼女」は、私もよく知っている人間と考えてまちがいない。

第五章　フロッピーディスク（続き）

「アイリス・アウト、そしてアイリス・イン」

それとそっくりの現象が僕の目を通して起こっている。

確かにきみの指摘した通りだった——きみはあとで、アイリス＝人間の目の虹彩（こうさい）、という言葉の意味についても教えてくれた。

でも同時に、きみが指摘してくれた意図とはまったく裏腹に、その二つの言葉を知ったことでかえって僕は、自分がこれからたどってゆく運命の到達点にむけて、より意識的になったようにも思うのだ。

僕にとってはそれまで正体不明の混乱でしかなかったものに、ある意味では明快な、名前がつけられていた。たとえそれが映画的な技法であれ何であれ、「アイリス」というまさにわれわれ人間の「瞳（ひとみ）」から発想された名前が。

映画の流れのなかでアイリス・アウトおよびアイリス・インが起きる。ひとつの場面と、時間的・空間的に隔たりのあるもうひとつの場面をつなげるために。

僕の意識の流れのなかでアイリス・アウトおよびアイリス・インが起きる。現在のこの場所と、過去の別の場所をつなげるために。

フィルム上で科学的に処理される現象が、生身の人間の目を通して発生する。説明のつかぬ何らかの理由で。ひょっとすると幻覚としてあっさり説明がつくのかもしれない。僕は珍しい脳の病に侵されているのかもしれない。でもいずれにしても、僕はそれを見ること・体験することができる。

僕の瞳を通して——まるで僕自身の瞳がその形のまま縮小し、そして最後に視野が闇に塗りこめられるように——アイリス・アウトにそっくりの現象が生じ、またほぼ時を接して——まるで闇の中に白いピンポイントが生まれ、そして拡大し僕自身の瞳が本来の形を取り戻すように——アイリス・インが生じる。

すると僕は過去へ飛んでいる。僕の意識は過去の僕自身の肉体へと移動している。まちがいない。きみが常識を盾にどう説明をつけようと、僕には現実にそれが起きているとしか思えない。

そして実際のところ、僕の瞳を通しての「アイリス・アウト、そしてアイリス・イン」は、それから後にも起こり続けたのだ。

ただしその現象は、きみの言うように次第に時間の幅を広げてゆくような形では起こらなかった。それはやはり数秒・数十秒・数分といった短い幅のまま起こりつづけた。

　ちょっとでも油断すると、僕はいちど点けたタバコにもういちど火をつけなければならなかった。いちど履いたはずの靴を履き直さなければならなかった。いちど開けたはずのドアを再び開けるはめになったことは数知れないし、いちど食べ終わったはずのランチを途中からもういちど食べつづけたこともある。

　でも僕はもう混乱はしていなかった。なぜなら僕はみずからそれを望んでいたからだ。その頃の僕はすでに明確な到達点をさだめていた。短い時間の幅で過去へ戻ること・何度も何度も過去へ戻っては人生をやり直すこと、つまり短時間での再生の繰り返しを、明確に、僕が待望する奇跡の予兆の数々としてとらえていた。

　奇跡とはもちろん、十八年前に戻ることだ。十八年前に戻ってあの事故から彼女を救い出すこと、救い出したのちの十八年間を、いわば本来の人生の十八年間を彼女のために取り戻すことだ。ただ、きみが僕の体験から割り出したように、逆戻りと再生の時間の幅がまるで振り子の揺れのように次第次第に大きくなり、やがていつの日か僕は十八年前の夏にたどりつく。そういった奇跡のイメージを僕自身、抱いていたわけではなかった。

　奇跡への大跳躍はある日、文字どおり瞬く間に一気に起こるだろう。僕はそう感じていた。奇跡の大雨の前兆として一滴、また一滴と雨粒が落ちはじめる。それはもうがやって来るだろう。ファール・チップを何度も何度も繰り返した末に当たり、まもなく来る。芯を正確にとらえる瞬間が必ず来る。

一九九八年、九月六日。

その日曜日、僕は妻とふたりで、あの事故で命を落とした九人の霊をとむらう合同慰霊式に出席した。慰霊式のあと、その足で妻の両親の墓に参った。

十八年前のあの晩、妻の両親は事故を起こした電車のいちばん前の車両に乗っていた。電車は三両目までが脱線したのだが、死者は全員が脱線転覆した一両目の乗客で、死因はほとんどが煙にまかれての焼死だった。

事故当夜、怪我人が移送された病院で僕ははじめて妻と出会った。ただし、僕たちはふたりとも事故の一報を聞いて駆けつけた側の人間で、脱線した電車には乗っていなかったのだが。

待合い室で見かけた妻は、生死の境をさまよっている肉親のために祈っていた。比喩ではなく、ほんとうに両手を組み合わせて祈る姿勢のまま、長椅子の僕のすぐ隣の席にすわりつづけていた。

もっとも僕は僕で、電車の二両目に乗っていたはずの別の女性の、つまり彼女の怪我の具合に気を揉んでいたし、また僕自身が犯したミスを大いに悔やんでもいた。もし彼女が取り返しのつかぬ深手を負ったのだとしたら、その責任はすべて僕の不注意にあるのだと。

だから事故の晩には、妻と僕はまともな言葉など一言もかわさなかったのだ。

それから時が流れて、七年後――それは彼女がみずから命を絶った年でもある――、僕たちは合同慰霊式の会場にあてられた寺院で再び出会うことになる。

僕は妻の顔を記憶にとどめていた。一方、妻は七年前の親切への礼を、まるで先週の出来事のような口ぶりで僕に述べた。あの悲しみの晩に、妻は両親の死を勤め先の上司に電話で伝えようとしたのだが、小銭の持ち合わせがないことで途方にくれていた。僕がそれを貸した。涙をふくためのハンカチと一緒に。妻の涙は女物のハンカチ一枚では拭(ぬぐ)っても拭いきれぬふうに傍目(はため)にもうつったのだ。自分は一生ぶんの涙を一夜で流したと、のちに本人が語ったとおりに。

翌年、事故から八年目の慰霊式にもふたりとも出席した。

その日までに僕たちは結婚を決めていた。時間をかけた交際ののちに、ふたりで達した結論だった。

妻は両親の墓前に僕との結婚を報告し、僕は祈る妻のそばに立って、死んだ彼女にまつわる思い出はこれから、たとえ時間がかかっても徐々に忘れてゆくことになるのだと決心をつけた。そうすべきだし、少なくともそのときはそれが不可能ではないように僕には思えたのだ。

もちろん妻には彼女のことは詳しくは話さなかった。妻は妻なりにある程度は察していたかもしれない。でも、いずれにしても死んでしまった女の話だ。両親を亡くした悲しみをだんだんと遠くへ追いやったように、時間とともに、僕と彼女とのいきさつなど妻は記憶のどこか適当な引き出しに押しこめてしまったに違いない。

一九九八年の九月六日、十八年目の慰霊式がおこなわれたその日曜日の夜、妻は風呂あがりの晴れ晴れとした顔で、僕の晩酌につきあいながら、

「幸福」

という言葉を口にしてみせた。

妻がその言葉を使う気持ちを僕はじゅうぶんに理解できた。

もともと妻は身寄りのない女だ。兄弟も姉妹もなく、親類縁者とのつきあいもない。唯一の身内である両親をいっぺんに失った女が、十八年後に、夫と子供ふたりそして夫の母親までふくめた家に暮らしている。これといって家庭不和の種はない。身内の死の悲しみからは十八年かかってすっかり立ち直った。

台所の食卓で夫が注いでくれたコップ一杯のビールを味わいながら、自分は一生ぶんの涙を一夜で流しつくしたのだと、あらためてあの事故を遠い思い出として振り返ることもできる。いまのこの状態を幸福以外の、他にどんな言葉で言い表すことができるだろう。

その夜、僕は妻に黙ってうなずいてみせた。おまえの言いたいことはわかるという意味をこめて。僕がうなずいたことで、妻は安心したと思う。僕自身も同感だと、この家庭の幸福をみずから認めたように妻の目には映ったかもしれない。

でも実を言えばそれは違った。

僕は妻の言葉に奇妙な違和感をおぼえた。テーブルの上の醤油さし、見慣れた柄の妻のバスタオル、あるいはいま僕が握っている箸とそっくり同じ品物を別の家で見せられたときに似た違和感をおぼえた。わかる、ということと、自分もそうだ、ということは同じではない。

僕にとって幸福という言葉がぴったりとおさまる場所はここではない。似ているけれどもここじゃない。

それは単純にここ以外のどこか別の場所というのでもない。それはきっと、この世界とはまったく別の時空のなかに存在するどこかだ。十八年前の僕に、確かに可能性として存在していた、いまとは違うもうひとつの人生の流れのなかの……。

そう思ったとき、視界が黒く絞り込まれるように小さな点となって消滅し……

……そう思ったとき視界が黒く絞り込まれるように小さな点となって消滅し、まもなく回復すると僕は自宅の台所から別の場所に移動していた。

僕はタクシーの座席にすわっているようだ。

窓の外を街の灯(あか)りが流れてゆく。

時刻は夜、七時三十分をまわったところ。タクシーのダッシュボードの上に取り付けられたカレンダーによると日付は八月二十八日、金曜日。

運転手に確かめるまでもなく、タクシーは六本木のきみのマンションにむかっていた。僕は通勤用の夏服の背広を着ている。むろん手もとには愛用の黒鞄(かばん)もある。

やがてタクシーは星条旗通りと呼ばれる道の見慣れた一角に停車する。

七階建ての雑居ビルの前。

地下一階で営業しているバーの緑色の看板が出ている。まちがいない。僕はあの晩と同じ行動をし、同じものを見ている。これから僕は九月六日まで、つまり九日間だけ別の新しい人生を生き直すことになる。

五階までエレベーターで昇り、きみの部屋の前で腕時計を見ると、タクシーを拾ってからちょうど二十分が経過していた、はずだ。

ドア・チャイムにこたえて扉を開けてくれたのは、きみではなく、帰り支度をした若い女性だった。それが——僕にとっては——二度目の出会いだったが、僕たちはドアのそばで軽い会釈をしてすれ違った。

長い首の印象的な女だ。踵の厚いスニーカーにジーンズ、丈の短いジャケットの右肩にデイパック。デイパックの中にトウシューズが入っていると想像したくなる。僕はあらためて彼女の身体つきを思い出した。不幸な事故に遭う前の、若く溌剌としていたころのりんとした立ち姿を。

きみが横に立って、映画の仕事でスクリプターを担当してもらっている娘だ、と教えてくれた。そのことはもう知っている。きみからそれ以上の説明がないことも。

「ふたりでトリュフォーの映画を見てたのか？」

と僕は我慢できずに言った。

するときみは部屋の奥をちらりと振り返り、さほど意外な顔も見せずに、こう答えた。

「うちにあるLDといえばほとんどトリュフォーだからな、彼女が見たがったんだよ」

「『大人は判ってくれない』を？」

「うん」

「途中でやめさせて悪かったな」

「かまわないさ、彼女だって別に初めて見る映画じゃない」

きみは先に部屋の中に入りかけて、小さな疑問に気づいた。

「なぜ『大人は判ってくれない』を見てるとわかった？」

「わかるんだ」

「だからなぜ」

「とにかく部屋にあげてくれ」僕は言った。「その話をしに来たんだ」

広い板の間のワンルームにあがりこみ、右手壁際に配置された馬鹿(ばか)でかいソファ・ベッドに腰を沈めると同時に、二つの缶ビールが小テーブルの上に置かれた。

「さあ、話してみろよ」

と、きみは前と同様に言い、銀色の缶ビールをひとつ取って回転式の椅子にすわり、これも前と同様に仕事用のパソコンの置かれた両袖机(りょうそで)に背をむける恰好(かっこう)で僕とむかいあった。背もたれを起こした形のソファ・ベッドの上で、僕はまず冷えたビールをひと口味わった。それからセブンスターを一本抜きだしてライターで火をつけた。

「最初はタバコだ」

と僕は言い、視線を部屋の隅へむけた。

そこに置かれた32インチのテレビはわざわざ見るまでもなく『大人は判ってくれない』を映している。視線を右横に振ってキッチンのあたりを眺めた。たぶん流し台に洗いたてのクリスタルの灰皿が伏せられているはずだった。

「タバコ？　タバコがどうした？」ときみが尋ねた。

いちど火を点けたはずのタバコが消えてさらの状態に戻っているという話を僕はし

た。前とほぼ同じような話し方で。

ただし最後に一言だけ付け加えた。

「キッチンから灰皿を持ってきてくれ、彼女が洗ってくれたクリスタルの灰皿があるだろ？」

そう言われてきみはキッチンへゆき、灰皿を持って戻った。やはり前に見た通り、洗ったばかりの灰皿だった。硝子(ガラス)の底にまだわずかに水溜(みずた)まりができて光を放っている。

きみはそれを小テーブルの上に置いたあとで、こう言うだろうと僕が想像していたのとはいささか異なる台詞(せりふ)を吐いた。

「ほかにも手品があるなら全部見せろ」

「手品？」

「手品じゃなければ透視術か？」

「いちどつけたタバコの火が消えるのはよくあることだ。きみはそう言いたいんだろう」

「その通りだ。いまの話を聞けば誰(だれ)だってそう言いたくなる」

僕はうなずいて、次の話に移った。

そっくり同じテレビCMを続けて二度見た話。

切り終えたはずの爪が、切り始める前の状態に戻っていた話。

それから前日の——僕の意識上で言えばもう十日前の——娘の誕生祝いの席での、ケーキのロウソクの炎とハッピィ・バースディの合唱に関する話。

また今夜——同様に僕の意識の上ではそれはもう九日前だが——ついさっき勤務先のビルで体験した、ほぼ三分間の時間の逆戻りと再生の話。

聞き終わると、きみは飲みほしたビールのアルミ缶を片手でへこませて、

「それで全部か？」と尋ねた。

「いまのところ」僕は答えた。「不思議な現象はいまのところこれで全部だ。それと、勧められる前に言っておくけど、僕はウィスキーはほしくない、まだビールが残ってる」

きみは明らかに眉をひそめた。

怪しげな手品のトリックを探すかのように僕をしばし見つめたあとで、またキッチンへ立ち、角氷とバーボン・ウィスキー入りのグラスを持って回転椅子にすわり直した。その間に何をどう切り出すか考えていたはずだ。

「現実に時間が逆戻りしている」

と僕が言った、きみが口をひらく前に。

「そう仮定してみよう。そう仮定して、僕の話を整理してみよう。最初はタバコだ。

つけたはずのタバコの火が消えている。確かに僕はライターで一度タバコに火をつけた、でもしばらくすると、そのタバコに火をつける前の状態に戻っている、時間がそれだけ過去へ戻っている。ほんの数秒、五秒くらい」

「ちょっと待て」ときみが遮った。

「どうした？」

　僕は待った。それはおれの台詞だ、キッチンで考えていた台詞とそっくり同じものだときみが言い出すのを待った。

　でもきみは堪えた。ゆっくりと一往復、首を振って、バーボンを飲み、かなり伸びた髪ごとうなじのあたりを掻いてみせた。

「まあいい。どうもしない。話を続けてみろ」

「いや続けない」僕は言った。「この話は続けるだけ無駄だ。いまきみが何を考えているか、これからきみが何を言おうとしているか、僕にはぜんぶわかる」

　なぜなら僕はすでにそれを一度聞いているからだ、と説明する前にきみが質問した。

「おれは何を考えて、何を言おうとしてるんだ？」

「僕が過去へ戻る時間の幅は少しずつ長くなっている。最初のタバコのときが五秒、CMが十五秒、爪切りが三十秒、そしてゆうべが一分、最後に今夜は三分」

「うん」きみは認めた。「その通りだ」

「だからきみはこう考える。このままゆけば、時間の幅は次第に長くなり、僕はもっと昔に戻れる。その可能性がある。いつかは十八年前のあの事故の日にだって戻れるかもしれない。もしそうなったら、僕は彼女を事故から救い出せるだろう。それは簡単なことなんだ。彼女をあの電車に乗せなければいい、つまり電車が転覆事故を起こす手前の駅で降ろしてやればいい、それだけの話だ。違うか?」

「北川の言う通りだ」ときみは答えた。

答えたあとでウィスキーのグラスを空にして、まるでそこにいる第三者の反応を見るように部屋の隅へ目をやった。

『大人は判ってくれない』の主人公が少年鑑別所に送られ、女性のカウンセラーから質問を受けているシーンの途中だった。姿の映らないカウンセラーの声が、あなたは女と寝たことがあるのか? という意味の質問をアントワーヌ少年にした。

「ただし、これはあくまでも仮定の話だ」

と僕が続け、きみがこちらへ目を戻した。

「僕の言う不思議な現象が、現実に起きていると仮定したうえでの話だ。きみはもちろんそんなことが現実に起きているとは考えていない。

きみがいま考えているのは、ある小説のことだ。主人公の四十三歳の男が突然死んで、次に目覚めると二十五年前の時代に戻っている。記憶や考え方は四十三歳まで生きた男のまま、十八歳のときの自分に、いちど生きたはずのその時代の真っ只中に戻っている。彼はその後の人生をもういちどやり直すことができる。二十五年ぶんの記憶をたくわえたままで。つまり未来を知っている男としていちど生きた二十五年を生き直すことができる。どの馬がダービーを勝つか、どの会社の株が値上がりするか、どんな事件や災害が起こるか、自分がどこで誰と出会い誰と結婚することになるか、彼は知っている。その気になれば金はいくらでも稼げる。悲惨な事故を未然に防ぐこともできる。事故から誰かを救い出すこともできる。前の人生では結婚していた妻と、今度は出会わずに、別の女と結婚して別の人生を送ることができる。

もちろんきみから教えられて僕もその小説を読んでいる。話としては面白い。できれば人生をやり直したい、そう思うときは誰にでもあるだろう。あの時代のあの一日に戻って、その時刻からやり直せれば自分の人生はもっと良いものになっていたかもしれない、誰もがそう思いつつもやり直しのきかない人生を送っている。それが現実だ。小説は所詮小説でしかない。ところが僕の話はその小説とどこか似ている。過去へ戻る時間の幅を別にすれば、まるで引き写しだといってもいい。僕は小説のなかの出来事が現実になればいいと夢見ている。夢見るあまりときおり短い幻覚に襲われている。きみが考えているのはたぶんそういうことだ」

「しかもその幻覚は少しずつ長くなりつつある」ときみが言った。

「いや、それは違う」僕は首を振った。「第一にこれは、きみがどう考えようと幻覚なんかじゃない。第二に、僕が過去へ戻る時間は少しずつ長くなってはゆかない」

「幻覚じゃないという確かな証拠でもあるのか」

「僕にとってここは二度目だ」

「ここ？」

「今夜ここで、きみと話しているのは二度目だ。僕はいちど九月六日の夜まで生きた。そして今夜に戻った。だからきみが考えていることも言いたいこともわかる。これからきみがどんな話をするか僕は知っている」

きみはこの台詞を笑い飛ばさなかったし、さほど驚きの表情も見せなかった。その代わり、「いったいこれからおれがどんな話をするのか教えてくれ」と聞きただす程度の好奇心もなさそうだった。

僕たちはしばらくの間——マッキントッシュの立ちあげに要するくらいの時間——黙ってむかい合っていた。その間にきみは冷静な思考を取り戻そうと、左手で親指と中指を広げてこめかみを揉みほぐした。

「今日は八月二十八日だ」ときみが言った。「つまりおまえは九日前に戻ったと自分で主張している。やっぱり過去に戻る時間は徐々に長くなっているみたいだな」

「徐々にじゃない」

「北川、おまえは夢を見たがっているんだ。いいか、もうひとつ大事なことがある。おまえが過去に戻るとき、いったん目の前が暗くなると言った。それはどんなふうになのか詳しく説明してみろ」

説明するつもりはなかった。

「アイリス・アウトだ」と僕は言った。

きみは瞬きをひとつした。

まぶたを閉じ、開くまでの間に、映画ならフラッシュバックのカットを挿入できるくらい時間のかかる瞬きだった。

「アイリス・アウト、そしてアイリス・インだ」

と僕はなおも言った。

「そこのテレビのそばに『緑色の部屋』のレーザーディスクが立てかけてある。きみはいまその映画を僕に見せるつもりでいた。あるシーンを見せて、僕にアイリス・アウトとアイリス・インの説明をしようと思った。その映画の技法と、僕の言う奇妙な現象が酷似している、きみはそう言いたいんだ」

「なあ北川……」

「確かにその通りかもしれない。その通りのことが僕に起きていると認めてもいい。でもだから何だ？　だからといって何が証明できる。僕の体験していることが幻覚だと、それですべて証明できるのか?」

「おまえはどうかしてるんだ」

「信じてくれ」僕は頼んだ。「黙って、これから僕のする話をよく聞いてくれ」

氷だけになったグラスをきみは小テーブルの上に置いた。

次に椅子を立ち、キッチンからメーカーズ・マークのボトルを持って戻ると氷が浮きあがるまでグラスにたっぷりと注いだ。

そして黙ってそれを飲んだ。僕の話を聞いてくれる合図だと見なして、僕は話した。

「いまから十八年前の三月に僕は『緑色の部屋』を見た。神保町の岩波ホールで。きみも同じ映画を同じ日に見ているはずだ。憶えてるか? 僕たちは岩波ホールの前で会って立ち話をした。高校を卒業して六年ぶりの再会だった。

高校時代に僕たちは特別親しかったわけじゃない。三年のときの同級生というだけでね。高校時代のきみはあまり社交的な人間じゃなかった。特に男どうしのつきあいの輪の中にはほとんどいたためしがなかった。僕の記憶では、きみが親しく口をきいていたのは新聞部の女生徒くらいじゃなかったか? たぶんきみはほとんどの時間を独りで本を読んだり映画を見たりして過ごしていたんだと思う。それに僕は僕で、同じクラスの生徒とよりも野球部のチームメイトとのつきあいのほうが忙しかった。だからきみと僕が、高校の教室でいまみたいにこうして向かい合って話すことなど一度もなかった。

　高校を卒業して、六年経ったけれど顔はまだ憶えている。同級生だから名前もなんとか思い出せる。その程度の関係で僕たちはあのとき岩波ホールの前ですれ違った。先に気づいたのは僕だ。もし僕の呼びかけにきみが答えなかったら、そしてもしあのとき二人で立ち話をしていなかったら、半年後、こんどは下北沢のホームで出くわしたとき、人込みの中から互いの顔を見つけだすことは出来なかったかもしれない。あるいはどちらかがちらりと見かけたとしても、そのどちらかは知らぬ顔で通り過ぎていたかもしれない。そしてそのまま僕たちは二度と出会わずに、それぞれに無関係の十八年を過ごして、いまごろ互いの顔も名前もすっかり忘れてしまっていたかもしれない。でもきみは声をかけた。あのとき、下北沢のホームできみのほうが人込みの中から僕の顔を見つけだして、僕の名前を呼んだ。憶えてるか？」

「もちろん憶えている」ときみは答えた。「忘れられるわけがない。おかげで、おれはあの事故から救われた」

「そうだ。きみは乗るはずの電車に乗らずにすんだ」

「感謝しているよ」

「いや、感謝などする必要はない。感謝してほしいとも思わないし、実際のところ、きみは僕に感謝などしていないはずだ。そうだろ？　だって声をかけたのはきみのほうだ。きみはただ自分自身で招き寄せた幸運を喜んだ、きみはきみ自身の強運を認識した、十八年前のあの事故の晩に。それでいいんだ」

「そうだったとしたら、何が言いたい?」

「もちろん彼女のことさ。降りるはずの駅で降りられなかった彼女の場合はどうなる。不運だったで諦(あきら)めがつくと思うか? もし不運という言葉を使うなら、それを招き寄せたのは僕なんだ。彼女自身のミスじゃない、すべては僕の不注意から起こったことだ。彼女の運命を狂わせたのは僕だ。彼女の脚の怪我に対しても、その後の彼女の死に対しても責任を取るべきなのは僕だ。

僕は夢を見たがってるわけじゃない。このいまの現実が嫌で嫌で、どこかに逃げたいと思ってるんじゃない。ただ僕が欲しいのはチャンスだ、たったの一分でいい、彼女の運命を狂わせる一分前に戻って、彼女が生きるはずだった、あたりまえの人生を取り戻すチャンスが欲しい。もちろんそうなれば、結果的に僕の人生はいまとは変わってしまうだろう。記号で表せばアルファベットのYの文字みたいに、十八年前のあの晩を分岐点にして、右と左へまったく違った人生を送ることになるだろう。でもそれでいい。僕はそれでかまわない。とうに覚悟はできている。彼女のためなら自分のこの現実なんか、僕のこの十八年間の人生なんか捨ててしまってもいい。本心からそう思っている。

そしてそれはもう起こりかけている。僕の望む通りに。僕はもうそのチャンスに手の届くところにいる。少しずつ過去に戻る時間が長くなっているときみは言った。でもそれは違う。そうじゃなくてこれは予兆なんだ。いままでの短いのはぜんぶファール・チップのようなものだ。僕がその気で一振りすれば、今度はまちがいなく芯でとらえられる。すでにその寸前まで来ている。僕にはそのことが分かる。

よく聞いてくれ。これから九日間、つまり九月六日までいままでと同様の短い逆行と再生が繰り返される。僕はその九日間をいちど生きてるわけだから、そのことを知っている。そこまでが、僕が覚悟を決めるための準備期間だ。そこから僕は九日前の今夜に戻ってきた。でもそれは僕にとって悪い兆候ではない。なぜなら自分でそれを望んだからだ。心残りがひとつあるとすれば、きみのことだ。きみにだけは事実を知っておいてほしい。僕の身に何が起ころうと、それは僕自身が欲した結果だということを知っておいてほしい。いいか、僕は今夜ここへ来る途中のタクシーの中に舞い戻った。だから本当は、電話でのきみとの約束をすっぽかして、今夜はここへは来ないという選択もあり得た。運転手に行先の変更を告げればいいだけの話だ。それで僕の今後九日間の人生は少し変わる。でも僕はそうしなかった。ここへ来て、きみともういちど話したかったからだ。もしきみに多少でも僕の話を信じてもらえるチャンスがあるとすれば、それは今夜しかない。僕がいちど生きて、ここで何が起きたか、ここでこれから何が起きるか知っている今夜しかない。もうじきそこの机の上の電話が鳴る。これは手品でも予言でもない。僕はそのことを知ってるんだ。

きみがどう思おうと思うまいと、僕は今夜ここから、もういちど同じ九日間を生きる。その間には前回と同様にファール・チップの予兆が繰り返し起きるだろう。でも今度の九月六日には僕の覚悟はついている。次のひと振りで芯に当てる。今度こそまちがいなく僕は大きく跳ぶ。十八年前の同じ日の夜まで。九日後のその夜、僕は今回のように自宅の台所に妻と一緒にいるつもりはない。十八年前にそうしたように急行電車に乗るつもりでいる。できるなら、きみにも同じ電車に乗ってほしいと思っている。そばにいて、僕の身に何が起きるのかその目で見届けてほしい。僕が過去へ跳んだとき、その瞬間に現在の僕はあの小説の主人公のように死んでしまうのかもしれない。だとすればその確かな死をきみに見取ってほしい。僕の死はとりもなおさず僕の二度目の人生の始まりだと、きみにだけは知っておいてほしい。だから、そのことを頼むために、いま僕はここにいる」

「北川……」

と、きみはそこまで話を聞き終えたあとで僕の名を呼んだ。まるで眠っている人間を驚かさずに起こしたがっているような口調で。そして片手に握ったままのグラスを傾けて、中身を飲みほすと顔をしかめた。

そのとき電話が鳴りはじめた。

「おまえはどうかしている」ときみは言葉を続けた。

より深い吐息で僕はこたえた。

「おまえは正気を失いかけてる」

「電話に出てくれ」僕は頼んだ。「スクリプターをやってる娘からだ。きみはさっき彼女に間違ったフロッピーを渡した。シナリオではなく書きかけの小説のほうを。使用したフロッピーにはその場でタイトルを付けておくべきなんだ、たとえそれがコピイでも」

きみは回転椅子ごと机のほうを向き、受話器を耳にあてた。

相手とのやりとりは前回に見たときよりも短く済んだ。あとでこちらからかけ直す、そう言い捨ててきみは電話を終えた。そのあとでマッキントッシュを立ちあげることも今回はしなかった。

回転椅子がこちらへ向き直り、きみの手が小テーブルのボトルに伸びた。頭の中を整理するために、あるいは不穏な胸騒ぎを押さえるためにもオンザロックをもう一杯作る必要があったのだろう。

「きみは信じかけている」

そう言って僕はタバコに火を点けた。

第六章　依　頼

木曜日。

午前十時になってようやく電話はつながった。

電話がつながると、最初に、その時刻にしてはかなり騒々しい音楽が私の耳に流れこんできた。

私は名乗った。

すぐに聞き返されたので、大声でもういちど名乗り、番号違いでないことを祈りながら相手の姓を確認した。

「秋間くん？」と太田晶子が反応した。

寝起きともとれる掠れ気味の声だった。その声では十八年前に最後に会ったきりの相手の顔とむすびつかない。

八時半、九時、九時半と三度かけて、三度ともすげなく留守番電話に応答されたあげくだった。それでつい、

「こんなに朝早くから、申し訳ない。起こしたのかな?」

と口に出してしまったのだが、言ったそばから、「こんなに朝早く」が嫌みに聞こえなければいいのだが、と私は気に病んだ。

「ううん。少しまえに起きて、コーヒーを飲んでたとこ」

ボリュームを最大にあげてロックを聴きながら、という状況説明はとうぜん省略された。

「ちょっと待ってね」

と言うなり彼女が電話口を離れたので、その省略は感嘆符が連打されたように際立った。ともかく彼女の口ぶりからは、私の言葉を気にした様子は感じ取れない。

マンションの一室で、この時刻に眠気覚ましのコーヒーを飲んでいる中年女の姿を想像してみた。パジャマを着たままキッチンに立ち沸かしたてのコーヒーを飲もうとしていたのかもしれない。CDプレーヤーは隣のリビングにでも置いてあるのだろう。

だがこちらも似たようなものだ。妻に去られた中年男が、こんな時刻に、ゆうべから着たままのくたびれたシャツとズボン姿で台所の椅子に腰かけ、もう何杯目かわからないコーヒーを飲んでいる。コードレス電話の子機を使い、遥か昔の友人と連絡を取りたがっている。

太田晶子がいまも独身であることは見当がついていた。いまも十八年前と同じ新聞社に勤めていれば、年齢からいってもそれなりのポストにつきそれなりの仕事をこなしているに違いないのだが。

言われるままほんの数秒待つと、背景音が夕立のようにふっと遠くに去った。

高校時代の新聞部の友人の声が言った。

「まさか、秋間くんから電話がかかるとは思ってもみなかった。ここの電話番号がよくわかったわね」

朝八時を過ぎるのを待って、まず私は十八年前まで彼女が住んでいたはずの実家に電話をかけた。

高校時代には何度かかけたかもしれないその電話番号は、卒業後（一九八〇年の秋に）彼女と最後に会ったときの記憶を頼りにどうにか手繰り寄せることができた。当時、入院中の私を駈けだしの新聞記者として見舞いに訪れた彼女は、果物籠のほかに名刺を置いて帰った。裏に住所と電話番号を走り書きした名刺を。

私はその名刺を十八年ぶりに書斎の本棚の上でほこりをかぶっていた菓子箱のなかに探し当てた。西里真紀と別れて帰宅したあと、娘の部屋からマッキントッシュを書斎に運びいれて、例の手記を読み進める途中にその作業を思いついたので、探し当てたときにはすでに夜が明けかかっていた。

それから私は胡瓜とキャベツを刻み、卵とトーストを焼いて朝食をとった。二杯目のコーヒーを飲み、遥か昔の記憶をたどりながら八時まで時間をつぶした。

古い名刺に記された電話番号の局番は三桁だった。その三桁の局番の頭に3を足して番号を押してみると、コール音が二回鳴り終わらぬうちに年配の婦人の声がこたえた。

太田晶子の母親の声だった。ひょっとして私の珍しい姓が、母親の遠い記憶を呼びさますのではないかと期待したが、そんな気配の感じられる受け答えではなかった。娘は上落合に住んでいるという。住所ではなく電話番号を教えていただけないかと私は頼みこんだ。

「実家の電話に出たのが父じゃなくてよかった」と説明を聞いたあとで太田晶子は言った。「父はもっと耳が遠いから、秋間くんは今日中にここまでたどり着けなかったかもしれない」

「お父さんは確か、鉄道会社に勤めておられたんだよね」

「JRの前身のね。知らないかもしれないから教えてあげるけど大昔には国鉄って呼んでたのよ。それで秋間くん、この百年ぶりの電話はいったいどんな風のふきまわしなの？　しかもこんな時間に、わざわざ探偵みたいに電話番号を調べて。何か、あたしでなくちゃ解決できない事件でも抱えてるの？」

「ひとつ頼みごとがあるんだ」

「言ってみて」かすかに身構える気配を彼女は見せた。「それはうちの社と関係のあること？」

「いや、そうじゃない」

「つまり職業柄、あたしならその頼み事を他の人より比較的容易にこなせる。秋間くんはそう考えて電話をかけてるんじゃないの？」

「違う」と私は答えた。

「秋間くんはいまでもあの出版社に？」

「うん、いまでもあのときと同じ出版社で働いてる。でも頼み事というのは、きみの職業にも僕の職業にもまったく関係はない」

「わかったわ。だったら副業のほうね？　たぶんあたしは、秋間くんに頼まれてベルギーダイヤモンドを買い込むことになるんだ」

「副業でもない」私はできるだけ穏やかに否定した。「個人的なちょっとした頼み事なんだ」

「言ってみて」

と繰り返して、彼女は電話口でコーヒーを飲む音をたてた。

「あたしがいま何を考えたかわかる？　高校時代の旧友と、たがいの職業を抜きに話すのは百年ぶりのような気がする。ううん、誰かに個人的なちょっとした頼み事をされるなんて初めてのような気がする、もしそんなものが本当にあればの話だけど」

「実は、高校の卒業アルバムを見てみたい」

電話線が断ち切られたような沈黙が三秒ほどあった。

それから彼女はまたコーヒーをひと口飲んでこう尋ねた。

「いま卒業アルバムって言ったの？」

「言った。高校の卒業アルバム、それを見てみたい。いや、その前にきみに見て確かめてもらいたいことがある」

「あたしたちがあの高校を卒業したときに、記念に作られたアルバムのこと？」

「うん」

「うんって、秋間くん」彼女はうつろな笑い声をたてた。「あたしたちがあの高校を卒業したのはもう二百年ほど前よ」

「わかってる。もちろんそれをいまでもきみが持っていればの話なんだ」

「それをいまでもあたしが持っていたとして、秋間くんは何をあたしに確かめてほしいわけ？」

「ある同級生の名前と顔写真」

「確かめてどうするの」

「そいつが本当に同級生だったのか知りたい」

すぐには返事は貰(もら)えなかった。

その間、何か小さな堅い物どうしがかちあう響きが受話器から伝わってきた。

二百年ほど昔の記憶を頼りに私は想像した。鉤型(かぎ)にまげた小指の先で、下の前歯を小突きながら物思いにふけっていた女子高校生が、おなじ癖を持つ四十三歳の女になったところを。

「何だか、とらえどころのない話ね」と太田晶子が答えた。「ねえ、秋間くん。だったらどうして、最初から、きみはいまでも高校の卒業アルバムを持っているか？ って聞いてくれなかったの」

「僕もそう思ってたとこなんだ。たぶん最初からそう聞くべきだったんだろうな。そしたらきみはまず、それはあたしの仕事に関係のあることかと聞き返しただろう。僕が否定すると、だったら副業のほうね、卒業アルバムをだしにあたしに何を売りつけるつもり？ とでもきっと言っただろうな」

「その喋(しゃべ)り方」と、かつての新聞部の部長が指摘した。「高校のときから秋間くんのおはこだったね、その嫌みな喋り方」

「それで、きみはいまでも高校の卒業アルバムを持っているのか？」

「秋間くんのほうは？」

「見つからない。何日かかけて家じゅう探してみたけど見つけられない。ひょっとしたら実家に置いたままなのかもしれない。それとも、どこかで処分してしまってそのことを忘れてるのかもしれない」

「実家って、確か、卒業したあと秋間くんのうちは千葉のほうへ引っ越したのよね？ところで秋間くんはいまどこに住んでるの？」

「父が引退して故郷に戻ったんだ」私は二つの質問に答えた。「いまは僕も千葉県に住んでる。そこからこの電話をかけている」

「どこ？」

「馬橋」

「いま思い出したけど、秋間くんのご両親はふたりともＮＴＴでお仕事されてたんじゃなかった？ご健在？」

「浦安に建てた家にいまも僕の兄夫婦と暮らしてる。知らないかもしれないから教えるけどＮＴＴは大昔には電電公社って呼んでたんだぜ」

「そうだったわね」適当にあしらうように彼女の口調が変化した。

「ごめんなさい。携帯電話が鳴ってるの」

そこでいきなり彼女の声が途切れ、オルゴールの音を録音した『星に願いを』が聞こえ出した。

私は台所の食卓に置きっぱなしのマグカップを取り上げ、底に１センチほど残ったコーヒーをすすって待った。

わが家のドアチャイムが鳴るのと、彼女の声が戻ってくるのとほぼ同時だった。

「そのひとの名前は？」と太田晶子が言った。

こちらとつながった電話のそばで、もう一台の携帯電話にむかって別の人間に尋ねているような、よそよそしさの感じられる声だった。私は答えずに次の言葉を待った。

「秋間くん、あなたが確かめたいと思ってる同級生の名前は？」

ドアチャイムが立て続けに三度鳴らされた。宅配便が届いたようだ。

ちょっと待ってくれ、と玄関先にむけて声をはりあげてから私はその男の名前を口にした。

「北川健」

「キタガワタケシ」おうむ返しに彼女が言った。「東西南北の北に、サンボン川、タケシは健康の健」

「うん、それで間違いない。その名前に聞き覚えがある？」

「そっちの連絡先を教えて」と相手の声が催促した。「急ぎの仕事が入ったの」

私は自宅の電話番号を教えた。

電話を切るまえに、太田晶子はこう言った。

「秋間くん、あとで調べて連絡する。こちらから、かならず電話します」

宅配便の送り主は妻だった。

厚手の紙袋を二つに折り曲げるかたちに包装された届け物を、私は玄関先でサインをして受け取り、配達員が去るとすぐその場で開いてみた。

中身は革張りの四角いケースだった。Ａ４判の本が一冊ぴったりと収まるような形状のケースだ。それが何であるかわかると、包みを開くときに感じたちょっとした気の高ぶりは跡形もなく消えた。まるで贈り物のリボンを解いた箱の中に石ころが詰まっていたかのように。

だが冷静になって考えれば、いまさら妻が私に贈り物などするわけもない。「引っ越しの荷物の中にあなたの私物がまぎれこんでいました。宅配便で返送します」という実際には添えられていなかったメモを、私は想像し、ため息とともにその品物に張りつけてみた。

それから包装の紙袋をその辺にほうり出し、中身だけを持って書斎に入ると、気を取り直してパソコンと向かい合った。

モニターには娘のインストールしたスクリーン・セイバーがかかっていた。画面の右上から左下へむかって斜めに、羽のはえたトースターの群れがぱたぱたと飛び続けるアニメで、同時に流れている音楽はフランシス・コッポラの『地獄の黙示録』のテーマと同じ曲目だった。

私はもう一度ため息をついてマウスに触れ、アフターダークの呪(のろ)いを解いた。

画面上にふたたび横並びの細かい文字が現れた。

北川健の物語の続きを、私は読んだ。

第七章　フロッピーディスク（続き）

一九九八年、九月六日、日曜日。

その夜七時十五分に、僕たちは——つまりきみと僕は——渋谷駅から電車に乗った。吉祥寺ゆき急行電車の前から二番目の車両に。

鮨詰め（すしづめ）というほどではなかったものの電車はかなりの混み様だった。その日は朝からどんよりと曇り、天候は夜を待たずに一気に崩れた。七時前にはどしゃぶりになった。雨を予想した大半の乗客がおのおの傘を手にしていたことも混雑の原因だったかもしれない。

でもそれが僕にとってはおあつらえむきだった。

その車両の混み具合も、その晩の雨も、あのときと同じなのだ。十八年前の九月六日の夜もやはり雨で、同じ車両に乗り合わせた乗客たちのほとんど全員が湿った雨傘の柄を握りしめていた。

これも良い前兆に違いない。今夜僕の身に奇跡が起ころうとしている。それがもう目前まで迫っていることをこの雨が、あのときと同じ雨が直接告げている。

僕は本気でそう信じながらドアの前に立ち、靴底に電車の揺れを感じていた。

この振動がいまに——次のアイリス・アウトそしてアイリス・インとともに——十八年前の同じ日に同じ線路を走っている電車の振動に入れ替わるのだ。

雨のしずくに覆われたドアの窓には、きみの横向きの姿がうつっていた。きみは僕のそばで手摺り（てすり）のポールに寄りかかるようにして立っていた。終始無言で。

おそらく、電車が下北沢駅に着いたときのことを、あるいはそれから後の対処についてきみは考えていたのだろう。

電車に乗りこむ前に、僕たちはじゅうぶん時間を取った。僕は語るべきことをすべてきみに語った。最後に僕は嚙（か）んでふくめるようにきみに言い聞かせた。それは今夜かならず起こるのだと。そしてそれが起これば、おそらく今夜が、この世界でのきみとの最後の夜になるに違いないと。

きみは一言も反論せずに僕の話を聞いてくれた。どことい って欠点のない、でもどうしても自分の趣味にあわない映画を見つづけているような漠然とした目つきで。

僕がそのとき語ったのは長い話だ。

十八年前の同じ夜に戻って、つまり一九八〇年の自分自身に戻って、そこで僕が具体的に何をするつもりでいるのかきみに語った。電車が下北沢駅に着く前と、着いたのちに僕が取るべき行動の一つ一つ。それらの行動によって不幸から救われるのは彼女のみではないはずだという予測。そして最後に、その夜から僕はもういちど十八年間を、二度目の人生と呼んでもいいほどの長い年月を生き直すことになるはずだが、その覚悟と、二度目の人生のおおまかな青写真についても語った。

でも、その話をいまのきみは知らない。

いまこの物語を読んでくれているきみは、その話どころか、ここまで僕が語ってきたことのほとんど全部を知らない。

いったい僕が誰であるかすらきみは知らない。

高校時代のクラスメイトだったという事実も、卒業後、たった一度だけ（十八年前の春に）神保町の岩波ホールの入口で挨拶をかわした事実もきみはとっくに忘れているようだし、むろんそれ以降の僕のことは何も知らない。

それはそれで仕方のないことだ。四十三歳になった男に、二十五年前の同級生の顔と名前をひとりひとり思い出せというほうが無理な相談かもしれない。卒業して一度だけ短い言葉をかわしたことがあるにしても、それはいわば膨大な本数の映画を見続けた男にとっての、取るにたらぬ一本の中のワンカットのように記憶に値しないものかもしれない。

でも、もういちどここで繰り返すが、きみはかつて僕の親友だった。

十八年前の九月六日の夜を分岐点にして、僕にとってのきみはふた通り存在する。僕は十八年間を二度生きた男だ。きみの言い方を借りれば、アルファベットのYのように。

一度目の十八年間の人生において、僕たちは親友だった。ところが二度目の十八年間を僕たちは互いに見知らぬ者どうしとして——それは僕の計算違いが原因なのだが——以前とはまったく別の人生を歩むことになった。

いまの僕はきみにとって、結局のところ、単に高校時代の同級生だったという関係にすぎない。

だから僕はここで、きみにあらためて語っておく必要がある。

僕たちの関係がどうしてそんなにも大きく食い違ってしまったのか。一九八〇年の九月六日の夜へ、あのとき僕は何をするつもりで戻り、実際に何をしたのか。そのことを語る前に、もっと肝心な話をしておかなければならない。

むかし親友だったきみに少しずつそして何度となく語った話を、ここで、いまのきみにも知っておいてほしい。

彼女——水書弓子（みずがきゆみこ）の話だ。

一九八〇年の五月に僕は初めて水書弓子に会った。

ゴールデンウィークあけの渋谷駅でのことだ。

午後七時。彼女はプラットホームにひとり超然と立っていた。

周囲の群衆をまるで映画のエキストラのように従えて、急行電車待ちの列にヒロインがまぎれこんでいる。そんな印象で最初に僕のまえに現れた。

帰宅する勤め人たちの地味なスーツ姿や、黒いスカートの裾をひきずるように長くした女子高校生たちが、彼女のレモン色のジャケットを引き立てていた。

でも僕の目を引いたのは彼女の身につけた色彩だけではなく、まず第一に彼女の姿勢だった。

意識を集中して舞台の袖で出番を待っている。そう思わせるような張りつめた気配が、ほんのわずかに――弦楽器のシルエットを連想させる――反った背中から伝わってきた。彼女のまわりで電車を待つ人々が、というよりも僕自身が、一日の気疲れ仕事を終えてふっとたがを緩めたくなる気分の中にいたので、余計にそう思えたのかもしれない。

僕は彼女が並んだ列の最後尾につき、同じ車両に乗りこんだ。下北沢の駅に着くまで、何度となく彼女の横顔を盗み見た。

当時はまだ目新しかったウォークマンのヘッドホンを彼女は耳にあてていた。幅の狭い金属板の、ヘッドホンのブリッジがちょうど銀のヘアバンドのように見えて頭頂部にかかり、長い髪は後へつめてウェーブのかかったポニーテールにまとめられていた。

何度も何度も彼女の横顔を盗み見たせいで、やや前へせりだし気味の広い額から、上向き加減の鼻の頭を経由して、小さく引き締まった唇と細くとがった顎(あご)の先まで、そのシルエットを一筆書きにできるほどに僕は頭に刻みこんだ。

下北沢を電車が発車したあとも、車内から見えるかぎり彼女の姿を追いつづけた。ぴんと背筋の伸びた姿勢をくずさずに、全体に黒っぽい服装の群衆のなかを颯爽(さっそう)とかきわけてゆく黄色いジャケットの後ろ姿を。

でもそこまでだった。またあの娘とどこかで会えればいい、そのくらいは思ったかもしれないが、それ以上のことは何も望まなかった。少なくとも最初の出会いでは。

立ち姿の印象的な娘が、たまたま僕の通勤電車の同じ車両の中にまぎれこんだだけだ。持ち物からしても彼女のほうは勤め人というふうにも見えなかったし、おそらく再び出会う確率は、銀座で一億円の風呂敷(ふろしき)包みを拾う確率——当時実際にそんな出来事がニュースになっていたのだが——よりも低いだろう。僕は彼女との最初の出会いをそんなふうに片づけた。

だから、翌週、渋谷駅のプラットホームで彼女を再び見かけたときには、僕はその二度目の出会いを、ただの偶然よりももっと別の強い言葉で言い表してみたくなったくらいだった。

ジャケットの色は淡い緑に変わっていたけれど、プラットホームを埋めた群衆の中から一目で彼女を見分けることができた。髪型はポニーテールで、ウォークマンのヘッドホンを耳にあて、先週と同じ大ぶりのナイロンバッグを手に提げている。スニーカーに細みのブルージーンズ。姿勢の良い背中。一目で記憶にのこる長い首。そばに寄るとぴりぴり伝わってくるような、凛とした空気。見まちがうわけがない。

急行待ちの列に並んだ彼女の、真うしろに僕はついた。

たとえば、僕がほとんど毎日利用する急行電車の、しかも僕が乗りつけている車両の到着する位置に今回も彼女が並んでいるのは——つまり僕の電車に彼女が二度つづけて乗ろうとしているのは——ただの偶然ではなく別の意味の言葉に言い換えられるのではないか？　と自分勝手な考え方をしながら。

そして電車に乗りこむと、前回よりも彼女に近い場所を確保して、前回同様に彼女の立ち姿や横顔を盗み見た。下北沢駅で彼女が降りたのも、彼女がホームを歩き去ってゆくのを電車の中から見送ったのも同じだった。

その同じ繰り返しが、それから約二カ月の間に数回あった。

もちろん二カ月が過ぎるころには、渋谷駅のホームで彼女を見かけても、それを僕は偶然とは見なさなくなっていた。待つだけで何回も起こることはもう偶然とは呼べない。

　僕はチャンスを待ち始めた。彼女と口をきき、知り合いになれる好機を待ちながら、一方で、彼女と出会うたびにただ彼女を見守るしかできない自分を歯がゆくも思っていた。当時二十五歳で恋人もいなかった僕には、ヘッドホンで耳をふさいだ女の注意をどうやってこちらへ向け、どう声をかければよいものか見当もつかなかったのだ。

　でも待つこともそう悪くない。待つだけでもしそれが起これば、それは運命なのだと自分を勇気づけることもできる。

　七月初旬に機会は訪れた。

　最初の出会いと同じ場所、ほぼ同じ時刻に、僕は初めて彼女と口をきいた。

　その日、プラットホームのベンチの前に彼女はしゃがんでいた。見覚えのあるナイロンバッグがベンチの上に載っていて、そのナイロンバッグの陰になった何かに彼女の注意はそそがれている様子だった。そばに中年の男性がふたり立っていたので、それが何であるかは隠れて見えなかった。

　中年のふたりは夏物の背広を着た会社員ふうの男たちだった。所在なげな立ち方から見て、彼女と親しい間柄にあるとは感じられないし、離れて電車を待つ人々の中からも、そのベンチのほうへ幾つかの視線が投げかけられている。

いつもの時刻の見慣れた風景のなかの小さな異変。彼女がウォークマンのヘッドホンを外して首にかけている。そう気づいたときには、僕は吸い寄せられるように彼女のそばに近づいていた。

「捨て子かな」

と中年のひとりが、横に立った僕に意見をもとめるような口調でつぶやいた。

でも、そのつぶやきに反応して、彼女が振り仰いだのは僕の顔だった。

「迷子なんです。すみません、駅員のひとを呼んできてもらえませんか？　さっきも別のひとに頼んだのにまだ……」

「ママはどこに行った？」

ともうひとりの中年が尋ねた。

尋ねられた子供は返事をしない。ベンチにちょこんと腰かけたまま真正面の位置にある彼女の顔に見いっている。まだ言葉もろくに喋れない子供だった。くすんだ赤のしかも汚れている服を着せられていなければ、性別も見分けがたいくらいの幼児だった。

僕は左右を見渡して駅員の姿をさがした。電車の到着と発車を告げるアナウンスが立て続けになされ、あたりがいっぺんにざわめき、それがややおさまると、そのベンチには迷子の幼児と、ポニーテールの娘と彼女の大きなバッグと、そして僕だけが残った。

「どれくらい」と意味のない質問を僕はした。「どれくらいここで待ってるんですか」

答えずに立ちあがった彼女が、僕を振り返りざま言った。

「この子を駅員さんのところまで連れてゆきます。すみませんが、このバッグを見ててもらえますか？」

「いや、僕が連れてゆこう」

むずかられることを心配しながら、僕はさきに幼児を抱きかかえた。女の子は抵抗もせず泣きもしなかった。抱きかかえてみると幼児の身体(からだ)からは甘苦いビスケットのような匂(にお)いがした。

「ありがとう」彼女が言った。「あたしも一緒に行きます」

こうして駅員の控室まで僕たちは三人で歩いた。子供を抱いた僕のあとに彼女が自分のバッグと僕の通勤鞄(かばん)とを持ってつづいた。

そのとき三人で歩いたほんの短い距離と時間を、僕はのちのち何度も何度も思い返すことになった。思い返すうちに、その記憶の映像は甘苦いビスケットの匂いとともに僕の夢の中にまで入りこんだ。

僕はふたりの間に生まれた赤ん坊を抱いている。そばには僕の妻となった彼女が寄り添っている——そんな小さな夢だ。小さいけれど決して実現することのない夢だ。

彼女の説明を聞いた駅員は、僕の腕の中からおそるおそる迷子を取りあげたあとで、まるで落とし物を届けた人間に接するような質問をした。

「みずがき？」

と駅員は聞き返し、彼女がボールペンを取って白い紙のうえに書きながら繰り返した。

「水書弓子」

その名前を目に焼きつけたところで僕の出番は終わった。

「どうもありがとう」彼女は僕に気をつかって頭をさげた。「なんだかまだ時間がかかりそうだし、ここからはあたしひとりで引き受けます」

僕はひとりでその部屋を出た。

数分だけドアの外で待ってみたが彼女は出て来なかった。むろんあと数分、いや数十分でも待つべきだったのだ。

そうすれば、僕たちはその日のうちに、もう少し多くの言葉をかわして、もう少し親しい顔見知りになれていたかもしれない。あるいは、渋谷駅以外の場所で次に会う方法を、ふたりで話し合うことすらできたかもしれない。

後悔はすぐに始まった。

ひとりで歩いてプラットホームへ戻り、急行電車待ちのいつもの列に並びながら。

その列の誰かが広げている夕刊の見出しに、自民党・新総裁・鈴木善幸といった活字が踊っているのを目にとめながら。彼女と親しくなるには、この好機をいま逃すべきではないという思いと、これがひとつのきっかけになり、また次の段階に進む好機が訪れるに違いないという思いとの間で揺れつづけた。

でも結局、僕は後者の思いに傾き、そこへやって来た電車に乗り込み、ドアが閉まった直後に、ひょっとしたら今日のこの後悔はもう取り返しがつかぬかもしれない、という理由のない胸騒ぎに襲われることになる。

そして理由のない胸騒ぎは的中した。

翌日から、彼女に会う機会はぱったりと途絶えてしまった。

ほぼ二カ月もの長い間、水書弓子を見かけることは一度もなかった。

こうしてその日を迎えたとき、僕の心のなかには水書弓子という女のイメージが住み着いていた。

たった一度だけ印象的なすれ違い方をして、もう二度と会うことのない幻の女のように——きみも『市民ケーン』を見たおぼえがあるだろう。あの映画のなかで、年老いた男が何十年も昔の記憶を語ってみせる。

長い人生においてただ一度だけ自分の前を通り過ぎ、言葉すらかわすことのなかった若い娘の姿を、いまも当時のまま鮮やかに記憶によみがえらせることができると。

僕には理解できる。二十五歳の僕はすでに同じ心境だった。もしふたたび水書弓子と会うことがなければ、僕はその老人同様死ぬまで彼女の記憶を暖めつづけただろう。

でもそうはならなかった。

一九八〇年の九月六日、土曜日。

その日は朝から雲ゆきが怪しかった。

傘を持ったほうがいいと出がけに母がしつこく言う、それくらいに空は早い時刻から灰色に塗りつぶされていた。

そして僕は——子供の頃からの習慣で——母の忠告に耳をかさなかった。もし降りだせば、降りだしたところで傘を借りるか、または買ってしまえばいい。後生大事に折りたたみ傘を抱えて出勤しても、どうせどこかに置き忘れたりするのが落ちだ。

当時はまだ土曜出勤がめずらしくなかったし、僕の勤める広告代理店も例外ではなかった。土日だろうと祝日だろうとクライアントの企業が活動しているかぎり、僕たちのほうもお付き合いで動きまわり汗をかかなければならない。

雨は昼過ぎに落ちはじめ、またたくまに激しくなった。

いったん会社に戻って近くの喫茶店で仲間と昼食をとっている最中だった。顔なじみの店主が雨傘を一本貸してくれた。これを持っていっても誰も困らないのかと、同僚とふたりで聞き返してみたほどの真新しい雨傘だった。柄の部分に押しボタンのついた黒い傘だ。

結局その傘は、仕事がひけて帰りの電車に乗るときまで、僕が個人的に使わせてもらうことになった。だからその夜、だいたいいつもの時刻に銀座から地下鉄で渋谷へ出て、いつものように乗り換えのホームへと歩いているときにも僕はその傘の柄を握っていたのだ。

そしていつもの乗り換えのホームで、長いあいだ記憶に暖めつづけていた女を、とうとう見つけた。

水書弓子はそのときも、僕の電車の、僕の車両の到着する位置に立っていた。その列の最後尾について、以前と変わらぬポニーテールで頭にはウォークマンのヘッドホンをつけ、やはり大きなナイロンバッグを片手に提げていた。二カ月前のままだ。

僕は彼女の真うしろに並んだ。

涼しげな水色の地の、長袖のワンピースを彼女は身につけていた。その場ですぐに、肩のあたりでも軽く小突いてみればよかったのかもしれない。そうやって彼女の注意をひき、話しかけていれば、その後のなりゆきは多少なりとも変わっていたかもしれない。

でも僕はそれをためらった。ためらっているうちに僕たちの電車があらわれ、ドアが開いた。

車内の混みかたは普段と変わらなかった。土曜日で勤め人の数がやや減ったぶん、ネクタイなしの人間の数が増えて普段と同じだ。季節がらレインコート姿の乗客は少なかったが、誰もが雨傘を手にしていたので普段の雨の晩と同じ混みかたを見せていた。

水書弓子はドアのすぐ前に立っていた。あいかわらずの隙のない姿勢で。手を伸ばせば彼女の肩に触れられる位置を僕は確保し、ドアの窓にうつる彼女の影を意識しながら、その肩に手を触れることをためらいつづけていた。あと二、三分で電車が下北沢駅に着くというときまで。

そこで彼女は降り、彼女が降りたあとも僕は電車に乗り続ける。彼女のイメージを暖めながら。

それなら二カ月前までと何も変わらない。借り物の雨傘はドアのそばの手すりに掛けてあった。永福町に着いたらこれを忘れないように。そう自分に注意をうながしたあとで、僕は急に、午後からの雨と汗のせいで湿っぽい夏背広をひどく重く感じた。

二カ月前、渋谷駅のプラットホームでの出来事を僕は思い浮かべた。ベンチの前にしゃがんで、僕を振り仰いだ彼女の顔。ありがとう、という彼女の言葉。水書弓子、と彼女自身が書いたボールペンの文字。

　僕が鮮明に記憶していることを、どれだけ、彼女のほうは憶えているだろうか。

　いずれにしてもこの機会をのがすべきではない。いまをのがせば、こんどこそこれが最後になるかもしれない。いま彼女の肩に触れて注意をひかなければ、僕たちはこのまま永遠にすれ違い、すれ違いの長い人生を送ったのちに、僕はあの映画の登場人物の老人のように、遠い回想のなかで彼女の姿勢の良さを、彼女の長い首を、彼女のポニーテールをよみがえらせることになるだろう。

　水書弓子が振り返った。

　ゆっくりと振り返って、まず自分の肩に触れた手の存在に気づき、それから次に、顎をややそらし気味にして、ちょっとまぶしそうな目つきになって僕を見た。

　その一連の仕草を、まるで高速度撮影された映像のように僕は記憶にとどめた。激しい揺れをともないつつレール上を疾走する電車の音が現実としてよみがえった。憶えています、と彼女は僕の質問に答えた。

　そのあと彼女に何を話しかけ、彼女が何を答えたか、僕の記憶は細かい点で曖昧になる。

ひとつだけ明らかなのは、彼女があっさりと、思いのほかあっさりと僕の誘いを受けいれてくれたという事実だ。

「もし急ぎの用がなければ」

と断ったうえでの回りくどい僕の誘い文句に、水書弓子はほとんどためらう様子もなくうなずいてみせた。ウォークマンのヘッドホンを医者が聴診器をそうするように首にまわした恰好で。

七時過ぎに電車が下北沢駅のホームにすべりこむ直前のことだった。

別にあてがあってどこかへ誘ったのではない。いつか彼女と一緒に下北沢で降りて、たとえば、看板を見かけただけでまだ入ったことのない沖縄料理の店とか「イタリア仕込みの」ピザを出す店とかで向かい合って食事をしながら話す。それとも最初は駅のそばの喫茶店でコーヒーでも飲みながら話すほうがいいかもしれない、と何通りかの青写真を描いてみたことはあったけれど、そんなものを検討しなおす余裕はむろんなかった。

ただどこかで、一緒に電車を降りてどこかで少し話がしたいと僕は頼んだ。

水書弓子はその頼み事をあっさりと聞き入れた。それから微妙に肩をすぼめるような仕草をして、

「本当はね……」

と言いかけたとき、電車が下北沢駅に停止した。

ドアが開き、彼女の言いかけた言葉は宙に浮いた。

でもそれはあとで聞き直せるだろう。あとでゆっくりと、どこかで向かい合って話すときに。

本当はね、という言葉につづけて彼女は何か秘密を――それが取るに足らない些細な秘密だとしても――僕に語るはずだ。ひょっとしたら、本当は、今夜ほかに会う友人でもいて、そっちをすっぽかすという意味で、いま彼女の顔には微妙な、いたずらっぽさの感じられる笑みが浮かんだのかもしれない。

先に僕が電車を降りた。

自分の幸運を確信しながら。今夜の再会は起こるべくして起こったのだと自分に言い聞かせながら。何もかもが、彼女じしんの気まぐれな心までが僕の味方についてくれる。さっき彼女が肩をすぼめた瞬間、それはまるで見知らぬ男に対する警戒の殻を一枚脱ぎ捨てた仕草のように見えた。

僕のうしろに彼女が続いた。大型のナイロンバッグと雨傘を持って。間違いなく、彼女は僕のあとからホームに降り立った。

そのことを、後方をいったん振り返って僕は確認したはずだ。確認して、奇妙なあせりに似た感覚にとらえられた。たとえば普段は自然に口にできる映画のタイトル・

女優の名前をとっさに思い出せなくて味わうもどかしさのような。

僕は事を急ぎすぎて何かケアレス・ミスを犯しているのではないか？

そのとき僕を呼ぶ声が聞こえた。

下北沢駅から乗り込む人々の列のあいだからその声は聞こえた。と同時に、後方から、つまり停まっている電車の中から、もうひとつ声があがった。そちらは子供の声だった。車内の手すりのそばに黄色い帽子を被った小学生の女の子が立っている。

傘だ。

僕は自分のミスに気づいた。昼間喫茶店で借りた雨傘を電車の中に置き忘れている。

振りむいた僕の表情を水書弓子が読み取った。そして車内の女の子に目をやった。

でも傘は所詮、傘だ。人に借りた傘ではあるけれど、それを電車に置き忘れたことが致命的なミスになり得るだろうか？　いずれどこかで紛失する。遅かれ早かれ手持ちの傘は消えてしまう。それが傘の運命だ。

すでに乗車待ちの列は動きはじめていた。

再度、列のあいだから僕の名を呼ぶ声が聞こえた。

僕はむき直ってその声のほうに歩いた。

「やあ、また会った」

ときみが言った。三月に岩波ホールの前でばったり会って以来、という意味で。

僕たちはほんの一言か二言、プラットホームの雑踏のなかで立ち話をした。

発車のベルが鳴り響いた。

するときみは、きみが乗るはずだった電車のほうへ顎をしゃくって、こう言った。

「連れの人が挨拶をしてる」

発車寸前の電車のドアがちょうど閉まったところだった。僕の立つ位置からむかって右方向へ、まもなく電車は走りだした。

ドア越しに僕は見た。小学生の黄色い帽子と、その横に立つ水書弓子の姿を。彼女の顔に再びいたずらっぽさの混じった笑みが浮かんでいるのと、彼女の手に真新しい黒い雨傘の柄が握られているのをちらりと目にとどめた。そして電車は行ってしまった。

電車を見送ったあとで僕はため息をついた。

「何がおかしいんだ」

ときみに尋ねられて、はじめて自分が笑っていることに気づいた。

僕は照れ笑いのまま事の次第を説明した。彼女が僕の雨傘を取り戻しに電車に再乗したこと。そのまま降りられずに次の駅まで運ばれてしまったこと。おかげで今夜のデイトにははなからケチがついてしまった。

「おれのせいか？」

　ときみが不満そうに言った。

「半分くらいはね」と僕は答えた。「きみが僕の名前を呼ばなかったら、僕は自分で傘を取りに戻ったかもしれないし」

「それで北川君のほうが電車から降りられなくなって、次の駅まで運ばれてたのか？」と茶化したあとで、きみは言い添えた。「でも考え様によっては、こうなったほうがかえって良かったのかもしれないぜ」

「良かった？」

「ケチがついたんじゃなくて、幸先がいいのかもしれない。こんな笑い話みたいな出来事がふたりの間に起こるってことはさ、かえって相性の良さの証明になるかもしれない。彼女は次の駅で電車を乗り換えて戻ってくるはずだろう？　北川君の傘を持って。きっと笑いながら電車を降りてくると思うよ、そしたら前よりいっそう話もはずむんじゃないか？　責任の半分は僕にあるんだから、一緒に彼女が戻るのを待とう」

　確かにそうに違いなかった。これは後々ふたりの間で、笑い話として振り返られる種類の出来事のはずだった。

　僕たちはホームの反対側に場所を移して彼女を待った。

　半年前の岩波ホールでのすれ違いと、フランソワ・トリュフォーの映画をおもな話題にしながら、むかって左方向から入ってくるはずの電車を、その電車から彼女が、片手に大型のナイロンバッグ、片手に自分のと僕のと二本の雨傘を持って笑顔で降りてくるのを待ちつづけた。

でも無駄だった。

いくら待っても彼女は現れなかった。

彼女が現れないだけではなく電車が一台も到着しないのだ。

雨は依然として降り続いていた。プラットホームの屋根や、照明にぬらりと光るレールとレールの間の砂利の上に叩きつけるように降り続いていた。

どれくらい時間が経ってからか、突然、ホームを埋めた乗車待ちの人々のあいだにざわめきが走った。

しびれを切らした大勢のうちの誰かがまず異変を嗅ぎつけた。

ひとりの不安な呟きはあっという間に人々に伝染した。誰もがうなだれた頭をもたげてホームの天井に取り付けられたスピーカーを振り仰いだ。そこにいる者が一斉に顔を上げた。まるでホーム全体にざわざわと鳥肌が立つような不気味さで。

駅員のアナウンスが事実を伝える前に僕たちはそれを感じ取っていた。

事故だ、と誰かの声が言った。

転覆事故だ、と誰かが叫んだ。

第八章　水書弓子

木曜日の午後いっぱいを、私は太田晶子からの連絡を待って過ごした。

徹夜明けの午後の睡魔をどうにか押さえこみながら、連絡を待つ間にも北川健の物語の続きを読んだ。

このままやみくもに読み進むべきかどうか、ときおり目をやすめて考え事をしては、とにかくマウスを使って横書きの物語を画面の下へ下へとスクロールしていった。

物語の続きにはまず、電車の転覆事故の概略が書かれていた。直接の事故原因、負傷者の数、および主に事故直後の火災による死者の数。それらの事実が当時の新聞記事からの引用とも思われる淡々とした文体で記述してあった。

事故の知らせをうけて僕（つまり北川健）は負傷者の運ばれた病院へ駆けつける。いくつかの病院をきみ（私のことだ）と手分けして、電車に乗っていたはずの水書弓子の安否を尋ねまわる。

彼女は無事だった、と北川健は書いている。

「右脚の膝を痛めただけで命に別状はなかった。遠目に見ても意識はしっかりとしている様子だった。彼女が自分で連絡を取ったのか、病室にはすでに身内らしい人間が数人詰めかけていて、僕の入りこむ余地はなかった。

　結局、その雨の晩、僕は水書弓子とは口をきかぬまま別れた。ただ、未練がましく病院の待合い室でしばらく時間を過ごし、そのとき隣り合わせた若い女に——のちに僕の妻となる若い女に——ハンカチと小銭を貸した。それは前にも書いた通りだ。

　涙の止まらぬ女にハンカチを差し出しながら、僕は『不幸中の幸い』といういかにも楽観的な言葉を思い浮かべていた。この女の身内は死んでしまったが、水書弓子は無事だった。膝の怪我だけですんだのは『不幸中の幸い』と言わざるを得ない。

　明日にでも彼女を見舞って謝ろう。謝ればきっと彼女は許してくれる。傘の置き忘れという僕の不注意で彼女が電車を降りそこなったことも、そのせいで今回の事故に遭遇したことも、彼女は笑って許してくれるだろう。

　今夜起こったことはすべて、時が経てば笑い話になるはずだと僕は思った」

　だが北川健の読みは楽観的過ぎた。

　事故の翌日、水書弓子を見舞いに病院へ出向いたところ、あっさりと面会を断られてしまう。

私はそこまで物語を読み進めたところでマウスから手を放した。

両目をつむり、右手を使ってこめかみをマッサージしながら、さきほどまで再三考えていたことを改めて考え直した。

ひとつは太田晶子に確認を頼んだ母校の卒業アルバムの件だ。

卒業アルバムにもし北川健の名前が見つからなければ、そのときは、そもそもの始まりから（あの雨の晩にうちに電話をかけてきたときから）彼が嘘をついていたということが証明できる。北川健という名前にすらもはや意味はなく、要するに私がいま読んでいるこの物語は、読み続ける値打ちもないでたらめなのだ。

だが、もし卒業アルバムに北川健の名前があったとして、そのときは、私はこの物語をどう見なすつもりでいるのか。本人が実体験をつづったと主張し、確かにいくつかの事実に支えられた（しかも私自身も登場する）この物語を、物語全体を私は『トゥルー・ストーリー』としてしまいまで読むつもりでいるのか？

こめかみのマッサージを終えて、パソコンの画面に目を戻す前に、私はなおも考えてみた。

やみくもに物語を読み続けるよりも、その前にやってみる価値のあることはないか？　卒業アルバムの確認の件と同様の意味で、何か自分で確かめられることはないか？

だろうか？

私は椅子を立ち、書斎の壁に吊るしっぱなしの上着から名刺入れを取り出した。

北川健の代理人の名刺はその中にあった。あの加藤由梨という女に連絡を取ることからはじめよう。彼女にいくつかの質問をぶつけてみる価値はあるかもしれない。

だが加藤由梨はつかまらなかった。

オフィスの代表番号に電話をかけると、実に丁寧な応対をする女性が出て、加藤主任は午後から外へ出ていると教えてくれた。お急ぎですかと尋ねるので、私は名前と自宅の電話番号を書き留めさせて電話を切った。そのあとすぐ携帯電話の番号にかけてみたが、そちらはコール音が一回鳴り終わらぬうちに留守番電話サービスセンターにつながった。私はまた名前と自宅の電話番号を記録に残して電話を終えた。

次に、子機電話を持ったまま玄関先まで出た。午前中に妻から送られてきた宅配便の紙袋を見つけ、それに貼り付けてある配達伝票に目をこらして差出人の電話番号を読んだ。

書斎へ引き返しながらその番号にかけてみると、コール音を五回聞いたところでやっと相手が受話器を取った。

「秋間ですけど」

と娘の声が言った。妻の声と似ているけれど娘の葉月の声だった。私は書斎のドアの前で足を止め、適当な台詞を思いつかずにひとつ咳払いをした。

「……母さんは？」

「お父さん？」と尻上がりの声になったあとで娘が答えた。「ママはいまいないよ」

「そうか」

「バレエ・スクールの事務所のほうだと思う。でもそこにもいないかもしれない。秋に定期公演があるから、大忙しで毎日人と会って帰ってくる。知ってるでしょ？」

「……ああ。そっちはどんな具合だ？」

「あのね、いま高校の友達が遊びに来てて紅茶をいれてるところだから。ママに何か用事？」

「いや、急ぎの用じゃない。またかけ直す」

電話を切ったあとで私は考えてみた。

知ってるでしょ？　と娘が言ったのは、あれは妻が経営するバレエ・スクールの事務所の連絡先をという意味なのか、毎年秋に定期公演があることをという意味なのか、定期公演前には妻が連日外で夕食をすませて帰ってくる習慣のことをという意味なのか、それとも、だから昼間のこんな時間に自宅に(母娘で引っ越した千駄木のマンションに)電話をかけてもあなたの妻がつかまるわけがないとの意味がこめられていたのか。

いずれにしても私は私の妻と連絡を取ることを諦めた。妻が携帯電話を持っていることは知っているし、番号も教えてもらったはずなのだが、それをどこに控えてあるかすぐに思い出せない。だいいち妻の携帯に電話をかけたことなどただのいっぺんもない。

書斎に入ってパソコンの前にすわり直した。

子機電話は机の端に置き、タバコを一本時間をかけて吸い、太田晶子からの連絡をひたすら待つ。じっとしていると睡魔に不意を襲われそうだ。作動時間を五分に設定してあるスクリーン・セイバーが働いてパソコン画面にはまた羽のはえたトースターが飛び回っている。

机の上から今朝妻が送ってきた品物を取り上げて中を開いた。長方形のケースの留め金をはずして両開きにすると倍の大きさのゲーム盤になる。オレンジとブルーに色分けされた細長い三角形のポイントのマス目が、互い違いに盤上に描きこまれている。

確かにこのバックギャモンのゲーム盤はもう二十年近く前、私が独身時代に買ったものである。だから妻との別居にあたって、おのおの私物を選り分けるとすれば、文句なしにこれは私の側に属する品といえる。

だがこれは同時に私たち夫婦の思い出の品ということもできる。

結婚する前にも、結婚後も、まだ若い頃の妻はよくバックギャモンの相手をつとめてくれた。私たちはふたりで飽きずにゲームを繰り返し、スコアを付け、他愛のないものを賭けて遊んだ。

トリュフォーの『大人は判ってくれない』の中で、ふたりの少年がベッドの上でタバコを吸いながらこのゲームに興じるように（北川健が指摘するそのシーンを私も記憶しているのだが）、休みの日には朝から夕方まで夫婦でパジャマ姿のまま、手の空いたほうが当時生まれたばかりの娘の様子を見ながら、実際にベッドの上でダイスを振りコマを動かすことに熱中したこともあった。

それから時が流れ、まったく逆の意味合いで、つまり私たち夫婦の関係がもう後戻りできぬほど悪化した時期の思い出の場面でもこのゲーム盤は登場する。

娘の葉月が中学に入ったばかりの頃だから、四年ほど前になるだろうか。たった一度だけ深夜に台所の食卓の上にこのゲーム盤を置いて、妻と向かい合ったおぼえがある。

その晩も妻の帰宅は遅かった。さきに一人で夕食をすませた娘が、私がビールを飲んでいる食卓へどこで見つけたのか懐かしいバックギャモンのケースを持ち出してきて相手をしろとせがんだ。それで私は久々にゲームボードにコマを並べ、ダイスカップを手に取る気になったのだ。

ゲームの規則といくつかの定石を娘に説明しながら、2ゲームほど相手をつとめたと思う。2ゲームともサイコロの目が初心者側の味方についていたので私は勝てなかった。

のみこみの早い娘はゲームを続けたがった。次のゲームのために私たちはコイン型の色違いのコマを十五個ずつ盤上の定位置に置いた。そこへ妻が帰宅した。

玄関まで母親を出迎えた娘は、台所には戻らなかった。

母親の言いつけに従って自分の部屋へ引きあげたのかもしれないし、自分の意志でそうしたのかもしれない。当時中学生だった娘が、両親が顔を合わせるたびにその場に生じる重く倦んだ空気に気づかなかったはずはない。

台所に入ってきた妻は食卓の上に広げられたゲーム盤を見ても表情を変えなかった。あるいは、ビニール袋のなかの買物を冷蔵庫に収めたあとで、仕事帰りのスーツ姿のまま、さっきまで娘がいた椅子に腰かけて私と向かい合うまでゲーム盤には気づかなかったのかもしれない。

私は入れ替わりに立って冷蔵庫から新しいビールを取り出した。元の席につくと、ゲーム盤が私のほうへ大きくずらしてあり、妻の目の前には白い皿の上にナイフと、彼女のお気に入りのスウィーティという名の（グレープフルーツに形も色も似た）新種の果物がひとつ載っていた。

それから私たちはおのおの食べるべき物を食べ、飲むべき物を飲んだ。夫婦で話すべきことはこれといってなかった。少なくとも私のほうから話しかけるのは、彼女の習慣的な鈍い反応を想像すると億劫でならなかった。グレープフルーツと違いその果物の袋の中身はひと粒ひと粒が大きく剝がれやすいので、彼女はスプーンを使わずに直接指先で袋をやぶって果肉を口にふくんだ。私は手酌でビールを注ぎ、妻が娘と私のために用意していた夕食の皿から付け合わせの野菜をときおり箸でつまんだ。

この結婚を悔やんでいる？

と食事の最中に妻がどんなきっかけをとらえて尋ねたのか、もうよくは憶えていない。

あるいは唐突にその質問だけを妻はしたのかもしれない。バックギャモンのゲーム盤をはさんで、軽い口調で投げかけられた質問に私はさほど驚きも感じなかった。

「悔やんでいる」

と私が答えたのは、ひとつには、妻が私にそう言わせたがっているのが分かりきっていたからである。

あたし自身はこの結婚をとうに悔やんでいる、あなたはどうか？　と妻は尋ねたのだ。あたしはこのままベッドの上でバックギャモンでもして一日を過ごしたい、あなたはどう？　と結婚したての頃に聞いたように。子供を産むのはもう葉月ひとりでたくさん、あなたはどう思う？　とすでに結論の出ている問題を私に託すふりをしたときのように。

「それを聞いて安心した」

とスウィーティの袋を噛み切って妻は答えた。決して強がりの口調ではなかった。

「実はあたしもそう。あたしたちはいま同じことを考えてる。でも、具体的な離婚の話は保留にしましょう。葉月が高校に受かって、もう少し大人の分別がつくまで。それでひとつ提案があるんだけど、そのときまであなたは書斎のベッドに寝るようにしたらどうかしら？」

首を振る理由は私にはなかった。

だいいち、それ以前から私は書斎のベッドで寝るのを習慣にしていたのだ。ただ夫婦の間でその点に関する明確な合意が取れていなかっただけの話で。

もともと妻は家の中に夫専用の部屋があること、しかもそこに最初からシングルベッドが据えてあることが気に入らなかったのだし、もっと昔のことを言えば、都内を離れて馬橋という土地に自宅を建てること自体にも乗り気ではなかった。

同じ千葉県内に住む私のほうの親類の口利きで、一九八〇年代後半のあの時代にしては破格の値段で土地が手に入らなければ、また娘が小学校にあがる前に持家をという結婚当初の計画や、その計画を知るたがいの親たちの強い勧めがなければ、私たちはもっと都心に近いアパートでの暮らしを続けていただろう。

そして妻が（夫婦が、とむろん言うべきだろうが）具体的に離婚話をつめる第一歩として、別居に踏みきる時期はいまよりずっと早まっていたはずである。夫婦間の明確な合意があろうとなかろうと、アパート暮らしでは「家庭内別居」という形態を維持するのは難しかっただろうから。

あの晩、妻は離婚の時期を娘が高校に受かるまでと引き延ばしたけれど、それは同時に、亡父の遺産として引き継いだビジネスを彼女が持ち前の強気と社交性を発揮して立て直すまでの時期と重なってもいる。その点はすでに四年前に彼女の計算にふくまれていたと思う。

あなたから何も奪うつもりはない、とあの晩に彼女は明言した。スウィーティを一個まるごと食べ終えたあとで、気まぐれに、ダイスカップに手を伸ばして二つのサイコロを振ってみせながら。

「この家を慰謝料として貰おうなんて考えてもいない。安心して。お金もいらない。あなたが出版社からいくらお給料を貰っているかはよく知っている」

ダイスカップから転がり出たサイコロの目に気づくと、彼女はそのときだけ私に笑顔を見せた。さっきまで中学生の娘が笑っていたのとそっくりの笑顔を。いまでも憶えているけれど二つのサイコロの目はどちらも6だった。

定石通りに盤上の四つのコマを移動させて、彼女はこう言った。

「あなたが葉月を欲しがらないことも知っている。あなたがここで独りで暮らしてゆける人だということも知っている。だからあたしは安心して葉月を連れて出てゆけるの。いずれね。あなたの望み通りに。

あなたはこの家のローンを払いながら自由に独り暮らしをすればいい。あたしはあたしで立派にやってゆける。だいじょうぶ、あたしにはあなたよりもずっと強い運がついているから。葉月のことも心配いらない。娘のこともあたし自身のことも、今後一切、あなたからの援助を受けるつもりはありません。つまり、あなたは自分の将来のことだけ考えて生きていいのよ」

二つのサイコロをつまみ取り、もういちどダイスカップの中に放りこむと彼女はそれを振った。転がり出た目は、こんどは本人にも私にも何の感動も呼び起こさなかった。

だが私は、妻がそのとき振った二つのサイコロの目が、再びどちらも6だったことを鮮やかに憶えている。

そのあと彼女が台所の食卓に置き去りにした皿の上に、反り返った分厚い果実の皮や袋の薄皮とともに剝がれやすいスウィーティの果肉が何粒かこぼれているのを目にとめたことも憶えている。皿にこぼれ落ちたひと粒ひと粒の形が、その気になれば「雨の滴」のように見えたことも。

まだふたりとも若く知り合ったばかりの頃に、雨が降るたび彼女はグレープフルーツの果肉の粒を雨滴に譬えてみせたけれど、いまその比喩を使うならこちらの新しい果物のほうがずっとふさわしいと思ってみたことも。

一九八〇年、私たちが初めて出会ったその日も雨で、まだ二十歳の娘だった妻は、私を見舞いに訪れた病室の窓ぎわに両手を腰の後ろに組む姿勢で立ち、外の降りしきる雨を眺めながら（まるで雨滴の匂いを嗅いでみるかのように上体を折って鼻先をガラス窓に近づけながら）お得意の比喩を口にしたのだった。

しかも最初から、妻は強運という言葉を人生の味方につけて私の前に現れた。

その雨の日の午後、何の前触れもなく私の病室に現れた見知らぬ若い女は、突然の見舞いの理由と、自分自身の強い運とを結びつけて話した。私は狐につままれた思いで聞き、しかし確かに運という言葉を使うなら、それは病室のベッドにふせっている無精髭の私にではなく、この五つ年下の物怖じしない娘の側にあるはずだと納得せざるを得なかった。

その後も彼女はあくまで自分の運にこだわり続けたと思う。たとえば私たちの早すぎる結婚に際しても、彼女にとっての早すぎる出産のときも、常に楽観的な（悪く言えば運頼みの）展望をしがちで、むろん周囲の反対には耳をかさなかったし、私の慎重さなどは彼女の目にはただの弱気としか映らなかったはずだ。

結局、私たちの結婚は失敗だった。

失敗に気づいたとき、彼女がしたのはあらためて強運という言葉を持ち出すことだった。そしてその言葉を結婚生活の最後の数年間でいとも簡単に実証してみせた。彼女は自立の準備を整え、娘を連れて家を出た。一方、私がしたのはただ、そのときが来るのを待つことだけだった。

記憶をたどり出せばきりがない。

四年ぶりに開いてみたバックギャモンのケースを、私は中を覗いただけでダイスカップにも二色のコマにも手を触れず蓋を閉め直した。

そのまま机の上に置くと目ざわりなので、立って本棚の天辺の空いた場所に載せた。椅子に戻り、マウスに手を添えて再びパソコン画面の文章と向かい合う。

馬鹿げている。これが『トゥルー・ストーリー』であるわけなどない。そう思いながらもなぜ私は北川健の物語を読み進めるのだろうか。

物語の続きには、二十歳で事故にあった娘のその後の不幸が書き連ねてあった。

水書弓子の右膝の怪我は重かった。しかもそればかりではなく、彼女の両脚には電車火災による火傷の跡が残ることになった、というような記述が。

「……骨折と火傷は水書弓子の子供の頃からの夢を奪い去った。

彼女の夢と同時に、彼女を存在させている何もかもを奪い去った。二十歳の娘らしい闊達さも、華やかさも、立ち姿から感じられる気高い雰囲気も、颯爽とした歩き方も、迷子への思いやりも、気まぐれに見せるいたずらっぽい笑顔も、電車で声をかけてきた見知らぬ者への好奇心も、僕の記憶する彼女のことごとくを奪い去った。

……それでも彼女が自殺するまでには、一九八〇年の事故から数えて七年の月日を要した。その間に彼女は音楽大学を休学し、治療に専念する生活に入ったが、膝の怪我は手術後も右脚をひきずる後遺症を残した。火傷の跡は手術を繰り返しても完全にもとの状態に戻ることはなかっただろう。その後の彼女は大学復帰を諦め、自宅に引きこもった。つまり七年間で、とどのつまりはあの事故が彼女から生きてゆく気力までも奪い去ったのだ。

……もちろん僕は事故後、彼女と連絡を取ろうと何度も試みた。彼女の自宅を探し出して再三押しかけたこともある。でもそのたびに無駄足を繰り返した。彼女は僕には――たったの二度話しただけでまだ名前も知らぬ男などには――会いたがらなかった。七年後彼女がみずからの命を絶つまで、僕はその声すら聞けなかった」

二十七歳で人生を終えた不幸な娘の話を、私はざっと読み飛ばした。ただ文字面を左から右へ追い続けただけだ。

その章の最後のパラグラフを北川健はこう結んでいた。

「水書弓子という名前をこの物語に見いだしたとき、おそらくきみは眉(まゆ)をひそめて疑っただろう。目をこすりながらパソコンのモニターをもう一度見直したかもしれない。でもその名前に間違いはない。何度でも言うがこれは実話だ。きみが信じようと信じまいと、僕が最初に生きた人生の一九八〇年以後に起こったありのままの事実だ。

きみは彼女が誰であるかを知っている。一九八〇年に二十歳だった彼女の、当時の夢が何であったかも、彼女がいつも持ち歩いていた大型のナイロンバッグの中に何が詰まっていたのかもきみは知っているはずだ。

僕が彼女の夢をだいなしにしたのだ。あのとき僕が傘さえ忘れなければ、彼女は電車に戻ることもなく事故に遭遇することもなかった。僕はあのときに戻ってやり直したいと願う。心の底からそう願う。彼女の夢を叶(かな)えてやるために、いや、二十歳の娘が自分の力で夢を叶えるための当然の権利を取り戻してやるために、一九九八年の九月六日から十八年前の同じ日付に戻り、もういちどその後の人生を生き直す覚悟を決めた」

なぜこんな馬鹿げた物語を私は読み続けるのだろうか。

これが実話であるわけがない。そう思いながらもなぜ、なおも先へ先へと読み進めたい衝動を押さえきれないのだろうか。

確かに私は水書弓子が誰であるかを知っている。

当時まだ二十歳だった彼女の夢が何であったか、彼女がいつも持ち歩いていたバッグの中に何が詰まっていたかも私は憶えている。

水書弓子はこの十八年間、私のそばにいた。

水書というのは私の別居中の妻、秋間弓子の旧姓なのである。

第九章　フロッピーディスク（続き）

十八年前の電車転覆事故の夜まで——アイリス・アウト／アイリス・インを経て——僕の意識が一気に跳躍する直前の時間。

そのときを見届けてくれるはずのきみと、友人として最後に言葉をかわしたわずかばかりの時間。

一九九八年、九月六日、日曜日。

午後七時十五分。

下北沢駅をめざして走る電車の中からもういちど話を進めよう。

僕たちは前から二番目の車両の、中央のドア付近に立っていた。進行方向にむかって左側のドアだ。

雨のしずくに覆われたドアの窓には、きみの横向きの姿がうつっていた。きみは僕のそばで手摺り（てすり）のポールに寄りかかるように立ち、何かを一心に考えている様子だった。

もうじきだ、と僕は思った。あと五分で電車は下北沢駅に着く。きっとその前に僕は十八年前の過去へ戻っているだろう。アイリス・アウトで現在の僕の意識は一瞬途絶え、アイリス・インで一九八〇年の二十五歳の自分自身として目覚めるだろう。

でもそれは同時に、いまここでの、一九九八年のこの電車の中での僕の肉体の死を意味する。

アイリス・アウトが生じた瞬間に四十三歳の僕はこの世界では意識のない抜殻になる。つまりきみは僕の身に起こる奇跡を、僕が死ぬことでしか見届けることができない。

僕たちが同い年の親友として語り合うことはこのさき二度とない。

むろん一九八〇年に戻った僕がきみとコンタクトを取ることは可能だ。でもそちら側のきみはまだ二十五歳で、二十五歳のきみにとっての僕は、顔と名前をかろうじて思い出せる程度の高校時代の同級生でしかない。しかも、仮にコンタクトを取るとして、そのとき僕はもはやきみと同い年の男ではなく、二十五歳の肉体を持つ四十三歳の人間なのだ。

通過駅のホームを電車が走り抜けた。

窓の外を駒場東大前駅の白い表示が流れ過ぎ、電車がまた速度をあげた。

「もうじきだ」と僕は声に出して言った。「二、三分で下北沢に着く、きっとその前に僕は……」

　きみが深いため息をついた。ポールから身体（からだ）を離して、両手で長い髪の毛をかきあげてから、

「きっとこの車両は大騒ぎになる」

　と言い、他の乗客の耳をはばかって、僕のほうへ顔を寄せると小声で続けた。

「おまえの言う通りのことが起これば、おまえは死ぬ。おまえの意識は十八年前へゆき、死体がここに残る」

　僕は微笑（ほほえ）んでみせた。

「おまえの死体を抱きかかえて皆にどう説明すればいい。駆けつけた奥さんにおれは何て言えばいい」

「何とでも」

「家族のことは心残りじゃないのか？」

「もういいんだ。この電車に乗る前に話したように、気持ちのけりはついている。そんなことはもうどうでもいいんだ」

「置き去りにされた奥さんや子供たちの気持ちは……」

「結婚は失敗だった」と僕は答えた。「結婚したことも、子供をつくったこともいまは後悔している。水書弓子の一生をだいなしにしておいて、自分ひとりここまで生き

てきたこと自体を僕は後悔している。後悔しながら人生を続けるくらいなら、この世界から消えてしまったほうがましだ。それに僕がここで死ねば家族にはいくらかの保険金が残る」

「北川、おまえは自分で喋ってることが怖くないのか。これからおまえの身に起こることが怖くないのか？」

「言っただろう、もう何度も経験ずみなんだ」

「でもいままでとは違う」ときみが言った。「今度は十八年前だ、ほんの数秒や数分じゃない、一週間だけ過去へ戻るのでもない。一九八〇年といえばもう思い出せないほどの大昔だ。いまとはまったく別の時代だ。タランティーノもデビュー前だし、トリュフォーだってまだ生きている。世界の果てまで時間を跳ぶようなものだ……。何がおかしい？」

「きみの喋り方だよ」僕は笑顔のまま答えた。「きみが、これから起こることを信じているふうに喋っているからさ。大の男が、電車の中で奇跡が起こったあとの心配をしている。自分で喋っておかしくないのか？」

「おれは真剣に喋ってるんだ」と言いつつきみは苦笑した。「もしこれからおまえの言う奇跡が起こったとしても、その奇跡は誰にも確認できない。あとに残されたおれたちには何も見ることができない。本当のところは、おまえはただ突然死んでしまうだけなのかもしれない。そのことが怖くないのか？　笑いながら話せるようなことか？」

きみの直感はそのとき奇跡を信じかけていたと思う。

いまこの物語を読んでいる――一九八〇年のあの日を境にまったく別の十八年の人生を歩んでしまったほうの――きみではなくて、僕の親友であった四十三歳のきみは確かにそのとき、常識をくつがえす何かがこの世界で生じつつある、という直感に賭けたがっていた。

言い換えれば、これから僕の身に起こる出来事が単なる肉体の死ではなく奇跡の残した痕跡であって欲しいと、僕じしんとともにいくらかは願ってくれていたはずだ。

「どっちにしても結果はすぐに出る」僕はなおも微笑みながら答えた。「もう怖がっている時間はない」

「なあ、北川……」

「時間がない」と僕は繰り返した。「秋間、僕は戻りたいんだ、一九八〇年のあの晩に。戻って水書弓子との関係を一から作り直したい。ほんとうのところはそれがいちばんの願いだ。できれば、僕は彼女を自分のものにしたい。その気持ちは十八年前からずっと変わっていない」

次の停車駅は下北沢だと車内にアナウンスが流れた。

きみがまた両手で苛立たしげに前髪をかきあげてみせた。

四十三歳という年齢にしては若づくりなその長髪を、僕は見納めに見た。洗いざらしの綿パンの上に裾を垂らした縦縞のボタンダウンのシャツを、底の分厚いナイキの青いスニーカーを、僕はきみの見納めの姿として目に焼きつけた。

「いつそれは来るんだ」ときみが聞いた。

「じきだ」

「来たら合図をくれ」

「秋間」

と僕はそれが最後のつもりで呼びかけた。

「この話を本に書け。僕が死んだら、ありのままを物語にして、きみが映画を撮るといい」

「ああ、そうする」

と、きみは大仰な仕草でうなずいて、僕の手を取ると自分の二の腕をつかませた。

「言われなくてもそうする。もともとそのつもりで今日はつきあってるんだ。おれはこの目で結果を確かめる。だからそれが来たら合図に腕を強くつかむんだ。ただ死んだんじゃない。時間を跳んだというしるしに。たとえおまえが死にそこなっても、おれはこれまでの経緯を本に書いて、映画を撮る。奇跡を信じこんだ間抜けな男の話をな」

駅に近づきブレーキの作動した電車が大きく左右に揺れて軋んだ。

秒読みの気配につつまれた緊張を、きみは冗談でまぎらわせようと努めた。

「でも、もし北川が無事に十八年前に行けたら、あっちのおれによろしく伝えてくれ。いや、その前に、下北沢から電車に乗ろうとしているおれを、事故に遭う電車に乗ろうとしているおれを止めてくれ。おまえが今度は傘を忘れずに彼女と一緒に降りてくれば、おれは声をかけるのをためらうかもしれない、ひょっとしたらおまえに気づかない可能性だってある、だから必ず、おまえのほうからおれを見つけて止めてくれ。そしてそのあとで、いいか、二十五歳のおれに、秋間文夫にこう言うんだ」

僕は顔に微笑みを浮かべたまままきみの話を聞いた。きみは僕の顔を見つめて語り続けた。

「秋間文夫、おまえはそのうち本を書き、映画を撮るだろう、二十代の後半には映画界の寵児として世に迎えられるだろう、世間の誰もがおまえをちやほやする、だが浮かれてはだめだ、金を貯めろ、儲かった金を決して無駄遣いせず、将来のために貯蓄にはげめ。一九九八年のこの国は不況で、映画界もどん底だ、映画一本撮るにもまず資金集めに苦労する。それに四十三歳のおれはいま、昔の映画を好きなだけ見るためにホーム・シアターを作る計画を立ててるんだが、それだって予算を見積もると五百万ほどかかる、そんな大金はいま手もとにはない、何をするにも金だ、年を取れば取るだけ金が必要になる、だから二十五歳のおれに伝えてくれ、くれぐれも……おい、北川！」

すでにアイリス・アウトが始まっていた。

視界がまるく絞りこまれる一瞬、僕はきみの腕をつかんだ手に渾身(こんしん)の力をこめた。

下北沢駅に近づきブレーキのかかった電車が横揺れして激しく軋む音をたてた。

僕たちは前から二番目の車両の中央のドア付近に立っていた。進行方向にむかって左側のドアだ。

雨のしずくに飾られたドアの窓には、水書弓子の横向きの姿がうつっていた。

一九八〇年、九月六日、土曜日。

腕時計の針は七時十八分をわずかに回ったところだ。

その瞬間の僕は冷静だった。

奇跡が成し遂げられた瞬間。アイリス・インとともにだしぬけに視力が回復したときも、靴底に走る電車の振動がよみがえったときも、湿気と温度の高い雨の晩特有の空気を肌に感じたときにも、その空気の匂(にお)いがほんの一瞬前——十八年後の世界を走る電車内の空気——よりも濃密に嗅ぎ取れたときにも僕は冷静さを失うことはなかった。

ここがどこなのか、自分がいまどこに立っているのか、そのとき僕は一片の疑いも持たなかった。

一九八〇年の走る電車の中へ意志に反して運びこまれたのではなく、僕はみずからそこまで跳ぶことを望み、しかも望み通りの地点に立てたのだから、いまさら狼狽する理由は何もなかった。

いちどだけ深呼吸をして、自分自身に視線をむけると、明るいグレイの夏背広を僕は身につけていた。

ほんの一瞬前まで着ていた背広にくらべると薄っぺらい生地の安物に思えたが、紺地に黄と緑の縞模様の入ったネクタイとともに確かにその時代の、二十五歳当時の僕の通勤着に違いなかった。

僕は身じろぎをして、両手の指をまげて拳を作ってみた。それが自分の意のままになる肉体であることを確認するかのように。二十五歳の僕自身の身体は、そこへ戻る前よりもかなり痩せていて、ひと回り小柄になったような感触があった。

背広の内ポケットを探ってみれば、定期とか免許証とかその時代の僕を証明するものが見つかるかもしれない。でもそこまで冷静さを保てる時間の余裕はなかった。

まもなくこの電車は下北沢に到着する。

ホームへの降り口は右側になると車内アナウンスが伝えた。僕たちはあのときと同じ左側のドア付近に立っていた。つまり僕たちにとって降り口は反対側のドアになる。そしてそのせいで、いったん電車を降りたあと僕の忘れ物の傘をここに取りに戻るはずの彼女は、ホームへ引き返すのに手間取り、車内に取り残されることになる。

僕が渋谷駅からそのドアの位置に乗り込んだのは、むろん彼女のそばに立つためだった。では彼女のほうは、なぜ最初から下北沢で降りやすい位置に立たなかったのか。僕はいまになってその点に微かな違和感をおぼえた。でもそんな疑問を突き詰めて考えている時間もない。

いまこの瞬間に僕の目の前、三十センチと離れていないところに水書弓子の顔があり、やや首を傾け気味にしてこちらへ笑いかけている。彼女はついいましがた僕に質問でもしたのだろうか。何か僕が答えるのを待っているのだろうか。

僕は彼女の笑顔をまともに見返すことができず視線を逸らした。このまま彼女の笑顔に見とれていると時間が永遠に過ぎてしまいそうな気がする。もういちど深呼吸の必要がある。気持ちを落ち着けて、これから僕がすべきことを、何のためにここへ戻ってきたのかを集中して考えるべきだ。

水書弓子の笑顔ならこの先いくらでも見ることができる。彼女が不運な事故に遭わなければ、下北沢駅でこの電車から降りさえすれば未来は変わり、僕たちがふたたび出会う機会も、ふたたび出会ってお互いをもっと知り合う機会も生まれるだろう。

あるいは今夜、あのときとは違って今夜これから電車を降りたあとで、ふたりで話すことができるかもしれない。二十歳の水書弓子と――あれから十八年もの時間を隔てて――二十五歳の肉体をもつ中年の僕との新たな関係がはじまるかもしれない。

そう考えて僕は冷静さを失いかけた。

「どうしたの?」と水書弓子が尋ねた。

十八年前にたった二度だけ耳にする機会のあった彼女の声だ。

十八年間ただの一度も忘れたことのない美しい立ち姿の娘に僕は視線を振った。

涼しげな水色の地に花模様のプリントのある長袖(ながそで)のワンピース。髪型も記憶している通りのポニーテールで、広い額にはうっすらと汗が浮かんでいた。すでにウォークマンをはずして首にまわしているので、彼女が僕の顔を、以前渋谷駅のホームでいちど言葉をかわした僕の顔を、思い出してくれたあとの時間であることは間違いない。足元には懐かしい大型のナイロンバッグ。

そう、この急行電車が下北沢駅のホームにすべりこむ直前には、僕たちは一緒に降りてどこかでお茶でも飲みながら話をする予定になっている。僕が彼女を誘い、彼女があっさりとうなずいてくれたはずだ。

電車が下北沢駅のホームに入った。完全に停車するまであと数秒しかない。落ち着け、と僕は自分を叱った。

まず傘に注意を払わなければならない。肝心の傘はどこだ。今度こそ忘れてはならないあの黒い雨傘はどこだ。

「どうしたの？」と水書弓子がくりかえし尋ねた。「あなたの名前も教えてくれないの？」

あのとき、電車が停まる直前に彼女は僕の名前を尋ね、僕はその質問に答えたのだろうか？

電車が完全に停車しようとしている。

このあと、ドアが開くか開かないうちに彼女は僕にむかって「本当はね……」とまるで親密な相手に対して小さな秘密を打ちあけるような言葉を呟いたはずなのだが。

雨傘はドアのそばのポールに、ポールと垂直に横に渡した手摺りに柄の部分が掛けてあった。僕は手を伸ばしてそれをつかんだ。いや、つかみかけて放した。

「先に電車を降りてください」と僕は言った。

むろん彼女の返事はなかった。僕はかさねて言った。

「先に降りて、ホームで僕を待ってください」

水書弓子が眉をひそめ、その顔つきから親密な気配が消えた。

落ち着け、と僕は自分に言い聞かせた。

雨傘にこだわる必要などない。要は、水書弓子をこの電車から確実に降ろしてやることだ。それともう一つ、下北沢駅のホームにいるはずの秋間文夫をこの電車に決して乗せないようにすることだ。それからもう一つ……。

「実はホームに秋間という男がいる」僕は頼んだ。「その男を電車に乗せないように引き留めてほしい」

「いきなり何の話？」と水書弓子が言った。

「秋間文夫、僕の友人なんだ」

「その人とあたしと何か関係があるの？」

焦りは一気につのった。

突然激しさを増す雨音のように僕の心臓は音をたてた。……それからもう一つ、この電車の一番前の車両に降ろさなければならない二人の人間がいる。

電車が完全に停車した。

停車時間はどれくらいだろうか。十秒、長くても二十秒、その程度の時間に、僕はやり遂げられるだろうか。ここへ戻って来る前に計画したことをすべて片づけるのは可能だろうか。

「頼む。言う通りにしてくれ。わけはあとで話す。ホームに降りたあとで」

ドアが開いたとき僕はふたたび傘をつかんでいた。やはりこのままにはできない。この傘をここに置いたままにすれば、電車を降りかけた水書弓子に、忘れ物だと声をかける女の子がこの車両のどこかにいるはずだ。

僕は降り口のドアのほうへ水書弓子の背中を押した。不承不承だが彼女はそちらへむかって歩いた。

開いたドアからホームへ降り立つ彼女の後ろ姿を目の端にとらえた次の瞬間、僕は電車の一両目の車両へと急いだ。

片手に雨傘を握りしめたまま、車内に残った乗客の間を早足ですり抜けながら、僕にはすでに予測がついていた。

これから僕のやろうとしていることは無駄なのだと。ほんの十数秒の間に、僕にできることなどほとんど何もないのだと、一両目の車両へ一歩踏み込んだときには僕はなかば諦めをつけた。

その車両も雨傘を手にした乗客で混んでいた。身動きが取れぬほどの状態ではなかったが、座席はすべて埋まり吊り革につかまって立つ人の姿も目立った。そこへ下北沢駅からの客が乗り込んでくる。

このなかから初老の夫婦一組を探しだすのは不可能だ。古い写真でしか顔を見たことのない夫婦をたとえ探しだせたとしても、電車から降りるように言い含めるだけの時間が足りない。

それでも僕は車両のなかほどまで進んだ。

この日、渋谷まで知人の息子の結婚披露宴に出かけて帰宅途中の夫婦。ふたりは並んで座席にすわっているだろうし、披露宴の引き出物を膝の上に載せているかもしれない。

僕は周囲に視線を投げ、確かに、引き出物のそれらしい角ばった袋を目にとめた。電車の進行方向にむかって右側の、奥のドアに近い座席のあたりに。思わずそちらへ走りだしかけると乗客の数人が壁になり、僕の手もとから傘が落ちた。まわりで非難の声があがった。

落ちた傘など気にかけているときではない。僕を呼びとめる声などにかまっている場合ではない。

ところが傘を拾ってくれたのが黄色い帽子を被った女の子であることを知って僕はその場にとどまった。紺色のプリーツ・スカートに丸襟の白いブラウス。ブラウスの胸もとにはプラスチックの名札。制服姿の小学生が土曜日のこの時刻にひとりで電車に乗っている。ランドセルではなくミッキーマウスのイラスト付きの赤い鞄を提げて。

あのとき忘れ物の傘に気づいて声をあげ、水書弓子を車内に呼び戻したのがこの女の子だったのだろうか？

　そしてそのあとで、あのときも電車が下北沢駅に停車中に女の子は二番目の車両から先頭車両へと移動したのだろうか？　そのことと、やはり二両目にいたはずの水書弓子が事故の際に先頭車両に移っていたこととは何らかの関係があるのだろうか？　それとも今回は僕が傘を置き忘れなかったことで女の子の未来はあのときとは違った方向へ進みつつあるのだろうか？

　落とした傘やそれを拾ってくれた女の子にかまっている場合ではない。そんな時間の余裕は残されていないとわかり切っていた。

　でも、もういずれにしても同じことだ。これから時刻表通りに電車が下北沢駅を出てものの何分後かに起こる衝突事故で、最悪の被害をこうむるのがこの先頭車両の乗客たちなのだが、彼ら全員を僕ひとりの力で助けることは到底できない。

　僕にできるのは、いますぐこの電車から飛び降りて自分の身を守ること、もしくは、せめて僕の妻の——十八年後の時代に残してきた妻の——両親をここで見つけ出し、うまく説得して後方の被害の少ない車両へ連れてゆくことくらいだ。それができれば、今後僕と妻が知り合うきっかけは永遠に失われるにしても、少なくとも妻が明日から天涯孤独の身になる不幸だけは避けられる。

　車両中央の開いたドアのそばで、僕は腰をかがめている女の子と向かい合った。女の子が人見知りしない笑顔で傘を渡してくれた。

「ありがとう」僕は言った。「この電車から降りなさい」

人見知りしない笑顔が、何か不思議なものに見入る目つきに変わった。

「この電車を降りて、次の電車を待ちなさい」

女の子は僕を見つめつづけた。まるで言葉を喋るミッキーマウスが前に立ちはだかったように。

そのとき発車を知らせるベルが鳴り響いた。

この女の子を抱きかかえてホームへ跳び降りるならいましかない。

三つ数える間にドアが閉まりこの電車は下北沢駅を出る。僕は覚悟を決めた。

「降りるんだ！」

祈る気持ちでそう命じると、女の子が踵を返してジャンプした。

発車のベルが鳴り止み、スカートの裾をひるがえして女の子がホームに降り立ち、こちらを振り向く前に、両開きのドアが音をたてて閉じた。

電車が下北沢駅をはなれて動き出した。

僕は腕時計に目をこらした。七時二十二分。

次の急行停車駅の手前の踏み切りで大型車両が立ち往生し、そこへこの電車がさしかかるのが七時半頃だ。だからあと八分の余裕がある。

いや、そんな数字はあてにならない。だいいち誰の証言にもとづいて書かれたのか、記憶している新聞記事の中の七時半頃という数字自体が曖昧な表現だし、それにこの時代の僕がいまはめている腕時計が一分の狂いもなく正確な時刻をさしているとは限らない。

吊り革につかまって立つ乗客たちの背中と背中の間を通り抜けて僕は前方へ急いだ。決して到着することのない次の駅をめざして疾走する急行電車の、先頭車両の通路を進行方向へむかって歩いていった。

その夫婦は確かにそこにいた。

先頭車両の右側前方のドアに近い座席にふたり並んで腰かけていた。写真でしか知らぬ顔をはっきりと見分けるのは無理だ。でも妻の面影をその男女の顔にほのかに見ることならできる。特に男のほうの切れ長の目と厚めの唇のあたりに。

しかもふたりとも披露宴帰りと見ておかしくない服装だし、思った通り引き出物の入った袋を膝の上に置いている。その袋に片手を添え、片手にはおのおの雨傘の柄を握っている。

長くても五分間、とタイムリミットを決めて僕は彼らの前に進み出た。

彼らの前に吊り革を持って立つ乗客の間に割りこんで、

「西里さん」

と声をかけた。

五十過ぎの男のほうは目をつむったまま反応がなかった。紋付きの和服姿の女が僕の顔を見あげ、そのあとで聞き間違いと思ったのか視線を隣の夫に泳がせた。

僕は十八年後の世界に残してきた妻の旧姓をもういちど口にした。

妻の母親がもういちど僕を見あげ、今度はすぐに隣の男の膝小僧を、雨傘を持ったほうの手で小突いた。妻の父親が目をひらいた。

「西里真紀さんの御両親ですね？」と立て続けに僕が尋ねた。

初老の夫婦はいったん顔を見合わせ、ほとんど同時にうなずいてみせた。

「大事なお話があります」僕は言った。「これから僕と一緒に後ろの車両に移っていただけませんか」

夫婦はまたいったん顔を見合わせると、ほとんど同時に怪訝な顔つきで僕を振り仰いだ。

「お願いします。このまま何も聞かずに後ろの車両に移ってください」

「きみは、誰」と妻の父親が尋ねた。

「お嬢さんの知り合いの者です」

と答えながら僕はまたしても挫けかけた。これでは到底無理だ。たった五分でこの夫婦を説得し、後方の脱線を免れる車両へ誘導することは不可能だ。

「真紀の知り合い？」と父親が聞き返した。

「同じ会社のかた？」と母親が聞いた。

「真紀が後ろの車両に乗っているのか」と父親がさらに聞いた。

「乗っています」僕は嘘をついた。「さあ、早く立ってください」

　でも彼らは座席を立とうとはしなかった。

　ダブルの黒い礼服を着込んだ父親は僕の言葉にうさん臭さを感じ取ったのか、より警戒するような目つきでこちらを見返しただけだ。ごく短く刈り上げた髪の、鬢のあたりに白髪のめだつ五十男。生真面目さと頑固さの血を僕の妻に遺伝させたはずの父親。時間が足りない。この男を納得ずくで後方車両へ連れてゆくのは不可能だ。

「奥さん、立ってください」僕は妻の母親に呼びかけた。「真紀さんが後ろの車両で待っています」

「嘘だ」と妻の父親が言った。

　次の駅へむかって走り続ける電車が横揺れして僕はたたらを踏み、雨傘を杖にして持ちこたえた。腕時計に目を走らせると、タイムリミットと決めた時間が迫っていた。

　僕は妻の母親の腕をつかんだ。

　妻の母親が叫び声をあげ、引き出物の袋が僕の足もとに落ち、中からデパートの包装紙にくるまれた四角い箱が転がり出た。

「おい、乱暴はやめろ」と誰かの声が言った。僕の左横で吊り革につかまっている見知らぬ乗客だった。

それでも僕は妻の母親の腕を放さなかった。妻の母親が身をよじって抵抗し、妻の父親が立ち上がって拳で僕の胸を叩いた。傘を持った僕の左手を見知らぬ乗客が押さえ込んだ。

僕は妻の母親の腕を解放した。と同時に妻の父親に突き飛ばされて、電車の床の上に見知らぬ乗客をひきずりながら倒れ込んだ。

見知らぬ乗客が馬乗りになって僕の身体を押さえつけた。そこへもう一人か二人、別の男性の乗客の体重がのしかかった。

もう時間がない。

「聞いてくれ」僕は床に押しつけられたまま怒鳴った。こんなことを口にすべきではない。見知らぬ大勢の人間にむかい、いまさら目と鼻の先に迫った不幸を予言してみせて何になる。おそらく彼らの耳は、僕の言葉を不審者のたわごととしか聞かないだろう。それでも僕は怒鳴った。

「この電車は事故に遭う。このままここにいたら危険だ、みんな後ろの車両へ避難したほうがいい」

車内のざわめきがやんだ。

電車の疾走音だけを残して先頭車両が静まり返った。ほんの一瞬だが僕の怒鳴り声を聞いた乗客たちは一様に口をつぐんだ。

僕を押さえつけていた力が緩み、男たちが僕の身体から離れてそばに立った。僕は上体を起こした。乗客たちの傘の先から滴ったしずくのせいで電車の床はたっぷりと濡れて褐色の靴底の跡がそこらじゅうに模様を作っている。僕は尻もちをついた姿勢で周囲を見回し、自分の傘を見つけて拾いあげた。二十五歳の僕がその日昼食をとった喫茶店で店主から貸してもらった傘を。

車内のどこかで失笑が洩れた。

「いいかげんにしろ」と僕の前に立ちはだかった男が言った。

「本当なんだ。この電車は一両目と二両目までが脱線して転覆する、特にこの車両から大勢の死者が出る」

「もう騒ぎを起こすな」男がなおも言った。「次の駅に着くまで静かにしてろ」

「次の駅にこの電車は着かない」

のろのろと僕は起き上がった。

最後のつもりで腕時計に目を走らせると、文字盤の二つの針は七時三十分を示していた。

男が僕の胸倉をつかんでねじりあげた。

もう時間はない。

妻の両親は座席にすっかり腰を落ち着けて、他の乗客とおなじ咎める視線を僕に送っている。いまから僕にできるのは、この目の前の見知らぬ男を殴り倒して、あとは何も考えずにできる限り後方の車両へと走ることだけだ。

そのとき一回目の警笛が鳴り響いた。

目の前の男が口をなかば開き、むろん男の言葉は音にかき消された。

車窓を震わせるほど強く長く警笛は鳴り続けた。先頭車両に乗り合わせた全員にむけての不吉な予言として。全員の心の奥底に眠る、窓の外の闇よりも黒い恐怖心を揺さぶり起こすために。

僕にはまざまざと想像できた。

このさきでわれわれを待ち受ける災厄を。

巨大な茸雲のように夜空へと吹きあがる炎の色を。

僕は目を閉じた。逃げ出す時間はもう残されていない。

ガラスを深く引き掻くような不快な音で車輪が軋み続けた。警笛は最後の最後まで鳴りやまなかった。あのとき、水書弓子もここで同じ音を聞いていたに違いない。

次の瞬間、とてつもない衝撃音を僕の耳はとらえた。

目に見えぬ大波にさらわれたように足もとの感覚が遠のき、僕は僕の胸倉をつかんだ男とともに身体ごと宙を飛んだ。

第十章　回　答

金曜日の午後になって自宅へ電話が二本かかってきた。私は書斎でパソコンと向かい合ったまま、コードレスの子機を使って応対した。

一本目は太田晶子からの電話だった。

「きのう依頼された件だけど」

と彼女はまず用件から切り出した。

「いま実家に寄って問題の卒業アルバムを探しあてたとこなの」

「それで?」

「要するに、あたしの持っているこの卒業アルバムに、北川健、という生徒の名前と顔写真が載っているかどうか、おなじ高校の卒業生として。それが秋間くんの知りたがってる答えなのね?」

「そうだ。その答えを待ってるんだ」

「答えはイエスだけど。ねえ秋間くん……」

「答えはイエス？　アルバムに名前があるのか？　北川健という男子生徒が本当にアルバムに載っている？」

「そうよ、しかも秋間くんとおなじページに。おなじページに載ってるという意味はわかるわね？」

「……ああ、わかる」

　だが太田晶子は念を押した。

「つまり北川健と秋間文夫はクラスメイトだったわけよ、高校三年のとき」

　これで、少なくとも北川健が私の高校時代の同級生として、実在する人物であることは明確になったわけである。太田晶子の声がなおも続けた。

「三年五組、北川健、野球部」

「憶えてるのか？」

「まさか」太田晶子は答えた。「二百年も前のことを憶えてるわけがないじゃないの。野球部って、顔写真の下に記載があるの」

「どんな顔？」

「どんな顔と聞かれても……、これといって特徴のある顔ではないし、あたりまえだけど、若い」

「悪いけど、そのアルバムを貸してもらえないだろうか。宅配便ででもこちらへ送ってもらえないか？」

「いいわよ。あたしはまだ取材でまわるとこがあるから、うちの母に頼んでおく、今日中に送るように」

「ありがとう。必ず返すから」

私は自宅の住所を教え、相手に書き取らせた。

「ねえ秋間くん」太田晶子の口調から歯切れの良さが消えた。「ひとつ聞いておきたいんだけれど」

「別にたいしたことではないんだ」と私は先回りして答えた。

北川健という同級生のことをなぜ調べているのか、当然ながら太田晶子が聞いてくると思ったのだ。

だが彼女の質問はまったく別の方向から来た。

「どうしてあたしなの？」

「……何が？」と不意をつかれて私は聞き返した。

「どうしてこんな頼み事をあたしにしたの？」

「つまり北川健という男の確認の件と、きみ自身との間に何か関係性があるのかという質問なら、きのうも言った通りそれはまったく」

「ううん、そんな質問をしてるんじゃない。なぜ秋間くんはこの頼み事をあたしに持ち込んだの？　他の人間じゃなくて」

　私が質問の意味を考え、答えを用意するあいだに、電話口でタバコに火をつける気配があった。

「きみしかいない」と私は正直に言った。

「あたししかいない？」

「うん。卒業アルバムとつながりのある人間はきみ以外に思いつかなかった。高校時代の同級生で、いまもつきあいのある友人はひとりもいない。同級生たちの名前や顔は、北川健にかぎらず、もう誰（だれ）のことも憶えていない」

「そうね。なにしろ二百年も昔の話だものね。あたしも似たようなものかもしれない」

「でもきみとは卒業後に何度か会っている」

「憶えてるわ」太田晶子が認めた。「最後に会ったのが一九八〇年のちょうど今頃、あたしが秋間くんを見舞ったとき」

　そう、まだ新米記者だった太田晶子は、自社の新聞記事で私の名前を見つけて病室まで訪ねてくれたのだった。

　そのとき彼女はベッドに横たわった私に名刺を差し出し、高校時代に新聞部の部長として世話を焼いていたころを思い出させるような、あるいは映画のなかに登場するやり手の新聞記者を彷彿（ほうふつ）させるような印象的な台詞（せりふ）を残してあわただしく去った。いや、彼女がほんの十分か十五分で見舞いをきりあげたのは、ちょうどそこへ、ドアをノックして見知らぬ若い女が姿を見せたからで、太田晶子はその若い女と私の両方に気をつかってそそくさと病室を出ていったのだ。

確かに、記憶をたどればその順番だった。あの日まず太田晶子が病室に顔をみせ、それと入れ替わりに水書弓子が現れた。むろん太田晶子はそのとき病室のドアの前ですれ違った若い女が現在の私の（別居中の）妻であることなど知るよしもないだろう。

「実はね、きのうの電話をもらったあとで、ちょっと余計なことを考えてみたの」と太田晶子が話をつづけた。「なぜあたしなんかに、卒業アルバムの件で頼み事が舞い込むのかって。秋間くんは自分が忘れてしまったものを、あたしなら憶えていると目星をつけたのかもしれない。自分が持ってないものを、とっくの昔に捨ててしまったものを、あたしがいまだに後生大事に抱えているとあの男は考えた、そう思うと少し苛々（いらいら）した。秋間文夫は自分だけ年を取り、人生を遠くまで歩いてきたと思いこんでいるのかもしれないけど、それは違う、ぜんぜん間違っている」

「わかってるよ」私は答えた。「お互いもう四十三だ」

「あたしはもう昔のあたしとは違う」

「わかってる」私はくりかえした。「そのくらいの想像はつく。だいいち、音楽の趣味だってずいぶん変わったみたいだしね」

「音楽の趣味？」

「きのう電話をかけたときにかかってた曲」

「エアロスミスのこと？」

「エアロスミスか何か知らないが、高校時代のきみからは想像もつかないよ。……いま、ひとつ思い出した、高校のときピアノ曲のレコードをきみに借りたことがある、あれはドビュッシーだったか？」

返事はなかったし、どうしても返事を聞きたい質問でもなかった。彼女はもう昔の彼女とは違う。

「人生の勝負はもうついてしまっている」と太田晶子が言った。「あたしたちの年代の人生はもうあらかた勝負がついてしまった。ときどきそう思ったりする。朝目覚めて、トイレの便座に腰かけていてふと、そんなふうに感じている自分に気づくことがある。普段は鏡を見てまだいけると言い聞かせているのに、気持ちも身体もずっしりと重たくなって動きだす気力すらない、囲いの中の年老いた牛みたいに。ここまでは頑張って生きてきた、と思う。でもこれ以上頑張っても仕方がない。もう勝負はついているし、やり直しもきかない。いまさら外へ出て何をしたって徒労に過ぎないと思う。それもわかる？」

「……ああ」

「いつから自分はこんなに冷めちゃったのかって思う。毎朝毎朝思ってもどうしようもないことばかり思う。そんなとき薬に頼ったりもする。なんとかトイレの便座から離れて、顔を洗って化粧をして通勤の服に着替えて、また新しい一日を始めようと気持ちをかきたててくれる薬を。

エアロスミスもそれと同じ。アルバム一枚聴き終わると、どうにかこうにか立ち直れる。囲いの中から外へ出て、また蝶々でも追いかけてみようかって気になる。ろくでもない人間の係わったろくでもない事件を記事にするのがあたしの選んだ仕事だしね、人生なかばで投げやりになってちゃ若いときの自分に申し訳ないって気にもなる。そんな気にでもならないとやってられない。朝から四十三歳の女のままじゃとてもやり通せない。まだ冷めきっていない時代の、自分自身のイメージを取り戻さないとね。気分だけでも囲いの外へ飛んじゃわないと。それで毎朝CDを聴いてる。テイク・ミー・トゥー・ジ・アザー・サイド。つまり『向こう側まで運んで』もらってるわけ。そこらへんの薬よりもよっぽど効果がある。秋間くんも試してみるといい」

「こっちはそこまで重症じゃないよ」

「でもあたしは会社は休まない」と太田晶子が言った。「二日も続けて休んだりはしない」

それで私にはおおよその見当がついた。

要するに、太田晶子はまず私の勤め先の出版社のほうへ連絡を取ろうとして昨日今日の欠勤を知らされ、そのあとで自宅へ電話をかけてきたわけだ。

「ねえ、何か困ってることでもあるの？　その北川健という男のことで」

「いや、そうじゃない。何度も言うようにそっちはたいした問題じゃないんだ」

「話してみると身体の具合が悪いふうでもないしね。とにかく何度も言うようだけど、朝から顔を洗う気力のないときにはエアロスミスでも聴きなさい」

「そのときは試してみるよ」

「それから秋間くん」太田晶子は最後に言った。「いつでもかまわないから、うちへ電話をかけてくるのに遠慮は要らないから、困ったときは何でも相談して」

電話を切ったあとで、私はまた一九八〇年九月の記憶をよみがえらせた。

あのとき、高校時代の友人としてはただひとり見舞いに訪れた太田晶子は（彼女も私もまだ二十五歳だった）、ベッドに横たわった私に名刺を差し出しながら、やはりいまと同じような台詞を口にした。

「支局のほうへでも自宅のほうへでもかまわないから電話をして。あたしにできることがあれば力になるから、遠慮せずに相談して」

高校時代の新聞部の部長だったころを思い起こさせるような、あるいはまるで映画のなかのやり手の新聞記者を連想させるような印象的な台詞を残して彼女は去り、その後の十八年間、私たちが会うことは（電話で話すことさえ）一度もなかった。あたしにできることがあれば力になる、という言葉を記憶の底に眠らせたまま、彼女にできることで私が彼女の力を借りる機会はついになかった。少なくとも今日の今日までは。

使い終わった子機電話を私は机のはしに置き、引き出しから目薬を取り出して差した。それから再度マウスに手をかけ、画面をスクロールさせて北川健の物語の続きに目を戻した。

物語は結末へむかって進みつつある。

十八年前の雨の夜へ、一九八〇年の走る電車の中へ戻った北川健は、計画通りに水書弓子を下北沢駅で降ろした。だが今度は自分自身が先頭車両に乗ったまま衝突事故を体験し、瀕死の重傷を負う。

そこからさきは、北川健にとっての二度目の十八年間の人生が綴られてゆく、はずだ。

そして物語は一九九八年のいま現在、この私が現実に生きている世界でのいま現在までを語ったところで終わるだろう。一週間ほど前の雨の晩、ちょうど出張から戻った私のもとへ北川健が電話をかけてきた、あの日の直前あたりまで。

私はプリント用紙を一枚取り出してモニターの前に置き、それに思いつくまま万年筆でメモを書きつけてみた。

北川健という男は高校時代の同級生として実在する。その点だけは太田晶子からの情報によって確かなようだ。

では、もし仮に、北川健が一九八〇年からの、すなわち二十五歳からの後の十八年間の人生を二度生きたという事実を、二度生きたという事実で成り立っているこの物語を『トゥルー・ストーリー』だと信用するとしたら……。

仮に信用するとしたら、と条件つきで私はメモを取った。

《一度目の人生において》

一九八〇年九月六日夜、北川健は下北沢駅で問題の電車を降りた。

その際、彼が雨傘を置き忘れたせいで水書弓子は車内に取り残され事故に遭った。

秋間文夫つまり私はホームで彼を見かけて声をかけたおかげで電車に乗りそこね、事故には遭わずにすんだ。

その電車の先頭車両には西里真紀の両親が乗っていてふたりとも死亡している。

それから十八年後、一九九八年九月六日夜、北川健は下北沢へむかう電車内からアイリス・アウトとともに過去へと時間を跳ぶ。

その時点で彼の親友になっている秋間文夫は映画監督を職業にし、六本木近辺のマンションに独りで住んでいる。

その時点で水書弓子はすでに自殺してこの世を去っている。

その時点で西里真紀は彼の妻になり子供をふたり産んでいる。

《繰り返された二度目の人生において》

一九八〇年九月六日夜、北川健は下北沢駅で問題の電車から水書弓子を降ろした。従って、水書弓子は今度は事故にまきこまれずにすんだ。

その際、彼は水書弓子に、ホームにいるはずの秋間文夫を電車に乗せないようにと言い残して、西里真紀の（一度目の人生において妻だった女の）両親を事故から救うために先頭車両へと乗り移った。そしてみずから瀕死の重傷を負った。


……ロイヤル・ブルーのインクで手書きしたメモを読み直して、私は考えた。

ここまでが、いまのところ北川健の物語の中で明らかになっている事実だ。《繰り返された二度目の人生において》のメモの後半、つまり一九八〇〜一九九八年の部分を埋めるには物語を最後まで読むしかない。

だが私には想像がつく。

物語を最後まで読まなくても、十八年後の一九九八年までに主な登場人物がどのような運命の変化をむかえているか、ひとつひとつメモを埋めることができる。

なぜなら、北川健にとっての二度目の十八年間の人生とは、とりもなおさず私がいま生きているこの現実、これまで私が生きてきた十八年間のこの現実にほかならないからである。一九八〇年九月六日夜以降の物語については、私には想像がつく、というよりもむしろ私はそれを知っているのだ。

万年筆のキャップをはずして私はメモに変更を加えた。

《繰り返された二度目の人生において》

一九八〇年九月六日夜、北川健は下北沢駅で問題の電車から水書弓子を降ろした。従って、水書弓子は今度は事故にまきこまれずにすみ、後に自殺することもなく生き続ける。

その際、彼は水書弓子に、ホームにいるはずの秋間文夫を電車に乗せないように言い残したが、水書弓子はその頼み事を実行できなかった。秋間文夫は下北沢駅から問題の電車に乗り込み、衝突事故にまきこまれて左脚を負傷する。

左脚を負傷する、とあっさり書きつけて私は顔をしかめた。よみがえりかけた事故直後の記憶を押さえこむために、私はいつものようにタバコに火をつけ時間をかけて気持ちを静めた。

だが、それはまぎれもない事実だ。一九八〇年九月六日に私個人の歴史に刻みこまれた事実だ。

あの雨の夜、私は現実に下北沢駅から問題の電車に乗り、衝突事故の被害者のひとりになった。そのときの後遺症で、いまだに、左脚を引きずって歩く特徴が私にはある。おそらく北川健の物語は、これからその事実に裏打ちされて結末まで進んでゆくに違いない。

手のひらに滲んだ汗をズボンにこすりつけ、私は万年筆を握り直した。

《繰り返された二度目の人生において》

それから十八年後、一九九八年八月末のいま現在、水書弓子は私の妻・秋間弓子としてこの世に存在する。

いま現在、秋間文夫＝私は十八年前とおなじ出版社勤めで、千葉県の馬橋に自宅をかまえている。私たち夫婦には娘（葉月）がいる。

いま現在、西里真紀は新橋のホテルで働く宴会係で、大崎のマンションに独りで暮らしている。

……メモを取りながらそこまで考えを進めたとき、この日の二本目の電話が鳴った。

机の上の子機電話に手をのばしながら私は思った。

だが西里真紀についてはそれ以上の詳しいことは何も知らない。果たして彼女の両親があの晩私と同じ電車に乗っていたのかどうか、あの事故から生きのびたのかどうか、あるいは、もっと言えば大崎のマンションで西里真紀が本当に独りで暮らしているのかどうかすらこの目で確かめたわけではない。

受話器を耳にあてると北川健の代理人の声が尋ねた。

「どうかされましたか？　オフィスにまで電話をいただいたそうですが、何か、急ぎの御用件でしょうか」

私は加藤由梨のこの人を食った質問にまず苛立った。

オフィスに電話したのも、携帯電話にメッセージを残したのも昨日のことである。従って、本気で「急ぎの用件」かと案じたのならゆうべのうちに連絡を取るべきだろう。

どうかされましたか？　と初対面のときから口癖のように繰り返される無邪気な決まり文句も気にさわる。

代理人とはいえ、絵に描いたような第三者的な物の言い方、まるで彼女の辞書には好奇心という言葉が載っていないかのような（北川健の物語ふうに言えばさしずめアメリカ映画に登場するお定まりの老獪（ろうかい）な弁護士のような）感情を殺した応対の仕方も、思い返すたびに気にさわる。

私は両袖机の右側いちばん上の引き出しに視線を投げた。そこに鍵をかけてあの日受け取った預金通帳と現金の五百万をしまってあるのだが、こんな思いがけぬ物を思いがけぬ人物から託された男（私のことだ）に対して、どうかされましたか？　としか聞けないのはどう考えても芸がなさすぎるだろう。

「別に急いではいない」と私は答えた。「でも、ちょっとあなたに聞いておきたいことがある」

「あたくしに？」

「まず確認だが、あのあと北川健からあなたのほうへ連絡は？」

「ありません」

「こっちにもない」と私は言って反応を見た。

だが反応らしいものは何もなかった。加藤由梨は黙って私の次の質問を待っている。

「あなたは北川健の代理人だから、北川健本人とも直接会っているはずだね？　一度や二度でなく」

「おっしゃる通りです」

「どんな男だ？」

「どんな、とおっしゃられても……」

「背は高いか低いか、色黒か色白か、痩せているか太っているか」

「背は高いほうです、色黒ではなく、太ってもいません」

私は無駄な質問を悔やんだ。

「北川健の写真があれば見せてもらえないだろうか」

「……北川の写真」

「その気で探せばスナップの一枚くらい見つかるだろう」

「あたくしが？」

「電話のそばに他に誰かいるのか？」と私は嫌みを言った。

「探してみます」と加藤由梨が答えた。

「それと彼の仕事の内容も知りたい。北川健が代表をつとめていたオフィス・Kとはどんな商売をやっていたのか」

「失礼ですが」加藤由梨がさえぎった。「秋間さんは、あのフロッピーディスクの中身をもうお読みになったんでしょうか」

「まだ読み終わってはいない」

「あれをお読みになればいま秋間さんがお持ちになっている疑問は解消されるはずです。そのために北川はフロッピーディスクを秋間さんにお渡ししたのではないですか？」

もちろん物語を結末まで読めば、この十八年間に北川健が何をしてきたか、二度目の十八年間の人生をどのように過ごしてきたのか、その疑問はある程度解消されるだろう。

そして同時に、物語を結末まで読むことは、その十八年間が私がこれまで生きてきた現実の十八年間とぴったり重なり合うことを確認する作業にもなるだろう。

私はしばしパソコンの画面の文字面を眺め、さきほどのメモに万年筆で書き加えた。

《一度目の人生において》

一九九八年に四十三歳の北川健は広告代理店に勤めるごく普通の会社員だった。

《繰り返された二度目の人生において》

一九九八年に見かけは四十三歳の（厳密に言えば、繰り返しの十八年ぶん年齢を加えた六十一歳の）北川健は、おそらく電車事故の大怪我（けが）から復帰したあと広告代理店を辞め、オフィス・Kを起こして成功を収め、得体の知れぬ人物としていまもこの世界のどこかに存在する。

厳密に言えば、と括弧でくくった部分を書き足している途中で私はまた苛立った。

いったい私は何を考えて真面目（まじめ）にこんなメモを取っているのだ。最後まで読み終わりもしないうちに、もうほとんどその気になってフロッピーの中身を『トゥルー・ストーリー』と鑑定したつもりなのか？

しかもメモを書き足している途中で、

「どうかされましたか？」と加藤由梨が口をはさんだ。

「フロッピーの中身がどんな内容のものか、北川健はあなたに話したのか？」

「いいえ」

「北川健は代理人のあなたに、僕のことをどう説明したんだ？」

「最初に申し上げた通りです」

「……高校時代の同級生で、親しい友人だと」

「そうです」

「それ以外には」

「それ以外には何も」

「どうして嘘(うそ)をつくんだ」

相手が電話のむこうで怯(ひる)み、身をこわばらせる様子を私は想像した。想像したくなるほどに、われながら声高な詰問口調になった。

「あなたは北川健から、僕の脚のことを聞いていた。僕が左脚をひきずって歩く癖のあることを最初から知っていた」

この推測は的を射ているという直感と、これは若い女に対する卑屈な言いがかりに過ぎないという反省と、とっさに両方が頭に浮かんだ。

そもそも加藤由梨への私の苛立ちは、彼女が最初に背後から顔も見ずに私の名を呼んだこと、そこから端を発しているのかもしれない。

「あなたが何かを隠しているのはわかる。隠そうとして言葉を選び選び喋(しゃべ)っているのもわかる。それも北川健との契約のうちなのかもしれない。だからもうこちらからあなたに何かを尋ねるつもりはない。これ以上無駄なことはしない」

ここまで聞いても加藤由梨は沈黙を守っている。抑制できずに私は続けた。

「でもひとつだけ言わせてもらう。これはデリカシーの問題でもあるんだ。いいか、これから初対面の脚の悪い人間と会うときには、まず正面から顔を確認して、それから誰々さんですか？　と名前を尋ねるんだ。その順番が逆になるとまずい。名前を呼ばれた人間が僕みたいな屈折した男だと、あなたにあまり良い印象を持たないかもしれない。言ってる意味はわかるだろう。人材派遣の会社をきりもりしている女性なら、その程度の気遣いはあって当然だと思うね、加藤主任」

言い終わって私は相手の出方を待った。

このまま無言で電話を切ってしまうか、それとも何も聞かなかったふりをして、どうかされましたか？　とまた尋ねてくるか、可能性の大きいほうから順に二つだけ考えられる。

待つ間に私は目をつむり、右手の親指と中指を使ってこめかみをマッサージした。

「秋間さん」マッサージの途中で加藤由梨が呼びかけた。「とにかくフロッピーの中身をお読みになってください。北川はそれを望んでいます。最後までお読みになって、その上で……」

「加藤主任」私は呼び返した。「怒らないんですか？　中年男にさんざん嫌みを言われて」

「いいえ。じつはお元気そうなのでちょっぴり安心しました。出版社のほうへ電話したら、昨日から欠勤されているということでしたので」

こめかみを押さえていた指の力を抜き、私は目を開いた。

加藤由梨のいまの台詞は、それまでの第三者的な線引きからすると僅かだがはみ出しているような気がする。私は質問をたたみかけた。

「フロッピーを最後まで読めば、その上で何が起こる？　北川健が現れるのか？　またうちに電話をかけてくるのか？」

「いいえ、おそらくそうはならないと思います」

「じゃあどうなる」

「想像ですが、北川に関する秋間さんの記憶がよみがえるんじゃないでしょうか」

「たとえば」

「たとえば、確かに北川健という男が高校時代の同級生にいたと」

「北川健は実際に同級生なんだ」

「では思い出されたんですね？」

「思い出してはいない。事実として、僕たちは高校の同級生だったということなんだ。卒業アルバムの同じページに僕たちの顔が載っているらしい。ただ卒業したあと今日までの二十五年間には一度も会ったおぼえがない。いや、たった一度だけ、すれ違って挨拶（あいさつ）をかわしている可能性はある。でもそれも確かな記憶じゃない」

「そうですか」

加藤由梨が相槌（あいづち）を打った。その声に、落胆の色を聞き取ったのは気のせいだろうか。

「もしよろしければ」と彼女は言葉を続けた。「秋間さんがフロッピーを最後までお読みになって、その上で、もういちどおめにかかりたいと思っています」

「あなたが僕に会いたい？」私は眉（まゆ）をひそめた。

「ええ」

「あなたの意志で」

「そうです、個人的に」

「個人的に、という言葉の意味はわかって使ってるんだろうね？」

当然ながら返事はなかった。私は相手の気のかわらぬうちに別の質問をした。

「それで？　会うとどうなる？」

「わかりません。ただ、このまま北川からの連絡が途絶えたままだとしても、もういちど秋間さんとは、今度は代理人としてではなく、お会いしたいというのがあたくしの希望です」

私はしばらく考えて、加藤由梨の言っていることをおおむね信用することにした。少なくとも現時点で、北川健からの連絡がないという話については嘘がないようだ。

「僕がフロッピーを最後まで読み終えて、その上で、あなたと会う」

「ええ。そうしていただければ」

「来週にでもこちらから電話しよう」

「いいえ、あたくしのほうから連絡します。余計なことかもしれませんが秋間さん、来週からは出版社の仕事に戻られますよね？」

「そのつもりではいる」私は答えた。「月曜の朝、顔を洗う気力があれば」

「はい？」

「いや何でもない。二十代の人には縁のない話だ」

電話を切ったあと、私は手書きのメモを見直しながらタバコをもう一本喫った。

それから太田晶子のアドバイスを忘れないうちに、メモ用紙の片隅に万年筆で「エアロスミス」と心覚えを書きつけて、パソコンの画面に意識を戻した。

その晩のうちに、北川健の物語を結末まで読み通した。

第十一章　記　憶

九月二日、水曜日。

普段なら会うはずのない月初めの水曜日の夜、私は西里真紀と会うために渋谷に出た。

六時十五分に公園通りのいつもの店で落ち合い、時間を調整する意味もあって軽く夕食をとり、七時過ぎにはパルコ・パート3の斜め向かい側に建つビルの中の劇場にふたりで入った。

もっとも今夜はその劇場でかかっている映画を見るのが目的ではないので、上映のはじまりに合わせて時間を調整する必要などなかったのかもしれない。

何をどこで見るかはあらかじめ西里真紀が選んでいて、このあたりで比較的入りの悪いと予測される映画、というのが狙(ねら)いらしかったのだが、入館してみると実際に(特に私たちがすわった二階席の後方には)客は数えるほどしか見あたらなかった。

それでもマナーとして、というか習慣として頭から見ることにしたフランス映画は、主人公の男優をはじめ、脇役の男優も女優ものべつまくなしにタバコを口にくわえて登場し、そのことが印象に残っただけで、シーンがいくつか入れ替わるともうこれがコメディなのか犯罪物なのか暴力が売りの作品なのか私には見当もつけられなくなった。

もちろん最初から筋を追って見る気などなかったという理由もある。隣にすわった西里真紀も私と同様だったはずで、やはり上映開始からいくらも経たないうちに、

「香港映画みたい」

と投げやりにつぶやく声が聞こえたのは、登場人物がやたらとタバコをふかすという意味での類似を指摘したのか、もっと違う意味での連想を伝えたかったのかは知らないけれど、いずれにしても、もともと見るつもりのない映画から早々と気をそらしたがっているのは明白だった。

彼女のつぶやきに、私はスクリーンに目をむけたまま、ただうなずいて見せた。そして香港映画ではなく、たとえばウォン・カーウァイの映画ではなくて、登場人物とタバコがつきものだという点から言えば、そのとき私が思い浮かべたのは、当然ながら若い頃に何度も何度も飽きずに見たフランソワ・トリュフォーの映画だった。あるいは、仮にタバコのシーンなど一つもなかったとしても、今夜の私は最初から、

映画館のシートに腰をおろしたときからそのことを考えていたのかもしれない。

私はスロープのついた二階席の後方の暗闇(くらやみ)にまぎれて、いま上映されている映画とはまったく別の映画のことを考え、隣の女がこれから期待していることとはまったく別の思いにとらわれていた。

西里真紀が期待しているのは、この薄暗い窮屈な場所での私との性行為である。トリュフォーの生涯について書かれた本の中で、彼がまだ少年だった時代、一九四〇年代前半のパリの映画館では、終映後に座席の下から脱ぎ捨てられた女性の下着が見つかるのが日常的だった、というこぼれ話が紹介されている。

いつだったか円山町のホテルでその話をすると、言い出した私のほうがわずらわしくなるくらいに西里真紀は強い関心を示した。ナチス占領下のパリの若者たちの性風俗に関してではなく、現代の東京の映画館の座席で、はたして男女の性行為が可能かという点にのみしぼって。

彼女はその実験をしたがり、私は同意した。《水曜会》の夜ではない水曜日にのこのこ渋谷まで出てきたのだから、同意していると取られても仕方がないだろう。

だが私にはその気がない。実験にぜんぜん興味がわかぬわけではないけれど、北川健の物語を読み終えたいまとなっては、西里真紀と会ってすべきことは他にある。彼女にいくつかの質問をし、彼女の答えを吟味する必要がある。

私にはその気がないことを、いつ、どんなタイミングで彼女に伝えればいいのか。そもそも真偽の見定めのつかない『トゥルー・ストーリー』、十八年間を二度生きたという荒唐無稽な物語を前提とした質問を、私はどのように切り出せばいいのか。

「ひじかけが邪魔ね」

と彼女が耳もとに口を寄せて囁き、私はスクリーンに目をやったまま再びうなずいてみせる。

座席での性行為にはひじかけが邪魔になる。そんなことは前々から、円山町のホテルであれこれとふたりで頭を使ってみたときからわかっていたことではないか？

そう思ってみたあとで私の頭はまたトリュフォーの映画の記憶で占められた。

新婚の妻を演じるジャクリーン・ビセットが、夫の母親から、ふたりが知り合ったきっかけを尋ねられて、

「いとこのドロシーが病気で、彼女の代理にあたしがデートに行ったのが最初です」

と説明し、すると夫の母親が、

「ドロシーには悪いけど、あなたが病気でなくて良かったわ」

と応じる、『アメリカの夜』という映画の中の一場面（正確には、そこに映画監督役で出演しているトリュフォーが撮影中、という設定の劇中劇での一場面）。

確か今年の二月、ふたりで最初に過ごした特別な夜、その夜のしめくくりに私は西

里真紀にこの映画のこの場面の話をしたことがある。

　自分が今夜ここにいる理由をずっと前までたどってゆけば、つまりそもそも《水曜会》に自分がかかわったきっかけを言えば、会主催の特別上映会のチケットをある知人から譲ってもらった時点までさかのぼれるのだと、ベッドを降りながら彼女が打ち明けたとき、私はすぐに思いついてこう言った。

「その知人に感謝しなくちゃいけないな。急用ができたのがきみでなくて良かった」

　すると彼女は声をたてずにそっと笑っただけで、私は何だか物足りず、帰り支度をしながらもトリュフォーの『アメリカの夜』の話を、その劇中劇で花嫁と義母がかわす会話のユーモアを解説せずにはいられなかった。

　だがそんな役立たずの知識をひけらかす前に、私はむしろ、その知人が誰なのかを尋ねるべきではなかっただろうか。西里真紀にとってのいとこのドロシーとは誰なのか？

　あのときはただの同性の知り合いだと聞き流してしまったのだが、いま冷静に考え直せば、彼女の言う知人が男であっても少しも不思議はない。いや、北川健の物語を読み終えたあとでは、その知人が北川健本人であった可能性すら疑えば疑える。

　私たちが知り合うきっかけを作ったのが北川健で、ふたりを知り合わせて、そのうえで、億単位の金額の打ち込まれた西里真紀名義の預金通帳をこの私に託したのだと。

彼の物語が真実か否かは別として、すくなくともこの現実の世界に、私の同級生としての北川健という男が存在するのは事実なのだし……。

西里真紀の右手が、邪魔なひじかけを越えて私の膝に触れ、腿を這いあがってくる。

……北川健という男が存在するのは事実なのだし、だとすれば彼がこの十八年間に西里真紀と接触する機会をもったことは十分に考えられる。なにしろ彼にとって西里真紀は一度目の人生における妻なのだから。いや、一度目の人生における妻だったという設定で彼は物語を語っているのだから、かつての親友だった私を見守るようにして西里真紀の十八年間もずっと陰から見守ってきたに違いなく……。

西里真紀の右手の指がジッパーのつまみを探りあてる。上映中の映画の効果音とは異質な音、ジッパーの嚙み合いの歯がはなれ両びらきになってゆくほんの微かな音が何度かにわけて耳にとどく。その音と指さきの感覚を何度かにわけて楽しむかのように。

……北川健は西里真紀の人生をずっと陰から見守っていたに違いなく、現に、物語中には西里真紀のある男との結婚・離婚について触れられてもいるし、ただ彼がどこまで直接的に西里真紀との接触をはかったのかが、物語を結末まで読み通しても曖昧なまま残るのだ。

西里真紀の右手の指がジッパーのつまみを放し、こんどはシャツの裾の合わせ目を分けてもぐりこもうとする。もし彼女の指がそこへたどりついたとして、そこからあと、どのようにして行為そのものへ移るつもりでいるのだろうか。ひじかけが邪魔にならない特別な方法を彼女は何か思いついているのだろうか。上映中の映画ではまた登場人物の男優がタバコを口にする。タバコを口にくわえたまま拳銃の引金をひく。

……彼女を《水曜会》へと導き、私と知り合うきっかけを作ったのは北川健だったのか。彼がいとこのドロシーの役割を果たしたのだろうか？

『アメリカの夜』の話を披露したあとで彼女がどんな反応をみせたのかはもう憶えていない。だがあれは確かに今年の二月で、ふたりではじめて過ごした特別な夜で、円山町のホテルを出て道玄坂を下ってゆく帰り道、彼女はやや前を歩きながら長野オリンピックのジャンプ競技の話をしたし、私はその話題には乗らず後ろから彼女のコートをほめた。

　西里真紀が着ていたのは深緑色のフード付きのコートで、彼女の年齢から言っても日頃の服装の趣味から言っても多少の冒険のあとがうかがえたのだが、私はそのコートの色と型から、『羊たちの沈黙』のジョディ・フォスターみたいだという感想を思いついて口にしたのだ。

　すると西里真紀は、私の感想をほめ言葉とは受け取らなかったらしく、まだ坂道の途中「１０９」ビルの手前あたりで足をとめて、妙に冷めた目つきで私を振り返ると、

「九〇年代の映画も見てるのね？　トリュフォーやゴダールしか知らない人かと思ってたのに」

とまず皮肉を言い、そのあとで、

「あなたみたいに、何でもかんでも映画に結びつけて話す男のひとは知らない」

とため息をついて見せたのだった。

では他の男はどんな話し方をするのか。きみの知っている男たちはどんな話をしてくれたのかと、あのとき私は聞いてみるべきだったのかもしれない。

きみが結婚していた男、長いあいだ離婚できずに悩まされた男ときみは何を話した？

シャツの裾の合わせ目をくぐり抜けた指先がそこで行き場をうしなって息をひそめ、鷲づかみにしていた彼女の手首を私は持ちあげてひじかけの上まで運んだ。それからジッパーをもとに戻した。

声には出さずに、西里真紀が振り向いて、スクリーン側の顔の半分に光と影の交錯する模様を浮かべて、見ひらいた目だけで私に理由を尋ねる。

「出よう」と私は言った。

「……だって」と彼女が言う。「あたしはもう」

そのあとを聞かずに私は席を立った。

二階席後方のドアを出て階段へむかい、一階席のロビイまで降りる。もぎりのカウンターのわきを通り、さらに緩やかな螺旋状になった階段を下まで降りつくした。

そこがビルの一階にあたり、私は入口のチケット売場のそばに立って西里真紀が追いつくのを待った。おなじ待つにしても、そこまで降りてゆく途中でもっと適切な場所があったに違いないのだが。

悪い日には悪いことが重なる。

やがて西里真紀が姿を見せて私の横に並びかけるのと、前をゆく人込みの中から、斜めむかいのパルコ・パート3側のほうから私を呼ぶ声が聞こえるのとほとんど同時だった。

私は声を無視してビルの前の道を右へ、公園通りのほうへ歩きだした。

「誰？」

と後ろを気にしながら西里真紀が囁く。

会社の同僚だと正直に答え、また右へ折れて公園通りの坂を下りながら、私はつけくわえた。

「反りの合わない同僚なんだ」

坂道に入ると彼女は私の二、三歩さきを歩いた。

映画館での実験と、服装や持ち物とが関係あるのかどうか、西里真紀はこの夏に見慣れたベルト付きのワンピースとは違い、半袖のハイネックのセーターに膝丈の細かいプリーツの入ったスカートを身につけている。いつものハンドバッグとは違い今日は肩から提げるかたちの鞄を持参している。実験が中途になったことも、会社の同僚から逃げ出すように歩きだしたことも、同様に彼女の気持ちを傷つけたかもしれない。

だが彼女が坂道で私のさきを歩くのはいつものことだ。自由にならない左脚のせいで私の歩調が遅く、そのことに彼女がいかにもといった気遣いを見せないだけの話だ。

それにいましがた声をかけてきた編集部の男と社内で反りが合わないのも事実である。今朝も営業と編集の合同でおこなわれた部数会議で、その吉野という私よりも一つ年下の男が編集した単行本をめぐって、私たちは敵味方に対立した。会議が終わっても一言ありそうな気配だったから、私は目を合わせないように努めてそそくさと外回りに出てしまったくらいなのだ。

別に私は、妻以外の女と一緒のところを同僚に見られまいとして逃げたのではない。ただ単にあの吉野という男と一分でも立ち話をするのが嫌だっただけだ。そのことを、西里真紀にひとこと言っておくべきだろうか。

私は足早になって西里真紀の横を歩いた。

「すまない。会社でちょっと嫌なことがあったものだから」

「違う」と彼女が決めつけたので私は驚いた。「会社じゃなくて家庭で何かあったのでしょう？　だから最初から、きょうのあなたは上の空だった。きょうだけじゃない、先週の水曜の晩から変だった。《水曜会》のことで奥さんに何か言われたのね？」

「そうじゃない、妻には何も言われない」

今度は西里真紀が早足になったので私は遅れた。

背後から大声で彼女を呼び止めたいのだが、彼女を何と呼んでいいのかが判らない。最初に出会ったころの「西里さん」という呼びかけではいまさら具合が悪いし、「真紀」と名前を呼び捨てにしたことなどいままで一度もない。それにだいいち周りには人が大勢流れている。大声を出すことじたい憚られる。

公園通りを下り切ってなおも右へ進み、西武百貨店のB館とA館との間の横断歩道の手前でやっと追いついた。

西里真紀の明らかな思い違いに私は混乱していた。妻のことで彼女が私をなじる。これではまるで絵に描いたような「不倫」になってしまう。

だが確かに私たちの関係は世間で「不倫」と呼ばれるその物なのだし、いまのこれが私の現実なのだ。そうだ、私には北川健の現実ばなれした物語にのめりこむよりも先に、対処すべき仕事上の人間関係や、妻との別居問題や、その問題を西里真紀に伝えるべきかどうか迷い続けるといったまるで絵に描いたような現実がある。それらのひとつひとつを今後私は片づけてゆかなければならない。

後ろから西里真紀の鞄に手をかけて、しかし私はそんな思いとは裏腹にこう口走った。

「話を聞いてくれ。先週の水曜から僕の様子がおかしかったのは認める。でもそれは妻とは何の関係もない」

横断歩道に両方向から人があふれて櫛の歯を重ねるようにすれ違い、私たちだけがその場を動かなかった。人々の大半は私たちを迂回して通り過ぎ、人々の幾らかはかまわず身体をぶつけながら歩き去る。

「話してみて」と西里真紀がうながした。

「まず僕の脚の話だ」と言って私は横断歩道を渡りはじめた。

西武百貨店のA館の前を通り、渋谷駅前のスクランブル交差点にたどりつくまで、西里真紀は私の隣で歩調を合わせてくれた。

「僕の左脚は事故の後遺症だ。いまから十八年前、一九八〇年に大きな電車事故が起こった。二十五歳の僕はその電車の二両目に乗っていて事故に巻きこまれた」

「……そう」

「そう、だけかい？」

うつむいて歩く彼女からは、それ以上の期待した返事は聞けなかった。自分の両親も同じ電車に乗っていたのだという台詞はいくら待っても聞けなかった。

私は一息ついて続けた。

「その電車の一両目に北川健も乗っていた」

「誰の話をしてるの？」彼女が顔をあげた。

「高校のときの同級生。先週も話したろう、北川健という名前に心当たりがないか？」

彼女はゆっくりと二度、三度、首を振りつつ歩いた。心当たりなどない、という意味でなのか、こんな話はもう聞きたくないという意味でなのか判断がつきにくい。

「映画会のチケットを知人に譲ってもらったと前に言ったね？《水曜会》に入るきっかけを作ってくれたその知人の名前は、北川健じゃないのか？」

「知らない」と彼女が答えた。「北川という男のひとのことは何も知らない」

「でも北川健のほうはきみのことを知っている」私は引きさがらなかった。「若いころのきみが誰かと結婚していたことも、その誰かとなかなか離婚できずに悩んでいたときのことも」

西里真紀はこの結婚と離婚という言葉に最も強く反応した。

「あたしは何もそのことを隠してたわけじゃないわ」と彼女は告白した。「ただ、聞かれもしないのに話す必要はないから、自分から進んで打ち明けるような話じゃないと思ったから……」

その通りだ。彼女が根ほり葉ほり妻のことを尋ねないから私も何も話さない。だから彼女は私たち夫婦の別居をいまだに知らない。

「じゃあいま聞こう」私は問い詰めた。「その夫とはどうやって別れることができた？　北川健があいだに立って話をつけてくれたんじゃないのか？」

「あいだに立って？」今度は彼女が混乱する番だった。「あなたの同級生が話をつけてくれた？　……わからないわ、あなたが何を言いたいのかさっぱりわからない。これは焼き餅なの？　その北川という男のひとと、あたしとの関係を疑っているの？」

「焼き餅なんかじゃない」私は首を振った。「そんな話をしてるんじゃないんだ」

「じゃあ何、わかるように説明して」

「実はその同級生から……」

と言いかけて私は躊躇した。

西里真紀が本当に北川健という名前の男を知らないのだとしたら、その事実はかえって北川健の物語の信憑性を裏付けることになるだろうか？

そして私はいま彼女にこう言ってやるのが正しいのだろうか？

実はその北川健からきみに渡すようにと大切なものを預かっている。それは西里真紀名義の預金通帳で、しかも億単位の金額の打ち込まれた預金通帳で、……なぜ彼が私にそれを託したかと言えば、私は彼の一度目の人生におけるかけがえのない親友であり、そしてきみは彼の妻であり、彼のふたりの子供の母親でもあったからなのだ。

躊躇した私の顔つきを西里真紀がどう読み取ったのかは判らない。気がつくと、彼女の両手が私の右手をつつみこんでいた。

「どうしたの？」

「いや、何でもない。やっぱりきみの知らない男の話だ。……悪かった、僕はどうかしてる」

「……ねえ、あたしがずっと独りを通してきたとあなたに誤解させたのなら謝るわ。でも、何もかも昔のことなのよ。あたしが結婚していたのも離婚したのも遠い昔の話だし、それに、あなたの脚のことだって、あなたが思っているほどあたしは気にしてない。そんなことはかまわないの、あたしは、お互いの過去まで知りつくすようなつきあいじゃなくてもいい。月に二度、会うだけでも満足できる。あなたの映画の話を聞くのが楽しみで、水曜には渋谷に出てくる。それじゃだめ？　このままで続けちゃいけないの？」

私たちは渋谷駅前のスクランブル交差点で信号を待つ人々の後ろについていた。そこから右へ曲がって「１０９」ビルのそばを通り道玄坂を上ってゆけば道はホテル街へとつながる。それは今年の二月、ふたりで過ごした最初の夜にたどった道順でもある。

そうだ、このままこの関係を続けてはいけない理由があるのか？　と私は自分に問いかけた。

　西里真紀が本当に北川健という名前の男を知らないのだとしても、むろんその事実は北川健の物語の信憑性を裏付けることにはならない。

　現実に北川健という男が存在し、そして現実に私が西里真紀名義の預金通帳を彼から託されているにしても、それが物語全体を現実として鵜呑みにする理由にはならない。

　彼女が北川健の一度目の人生における妻だったと仮定すること、あるいは空想してみること、そこまでは私の自由だ。しかしそこから話を進めて、物語をまるごと現実として彼女に何かを伝えようとしても土台が無理な話なのだ。

　彼女に何を聞いても言っても無駄だ。北川健の話を持ち出したのが私の嫉妬だと思い違いをしたのなら、思い違いのままにさせてこの話はきりあげるべきだ。だいいち（これはあくまでも仮定・空想の話だが）、もし彼女が北川健の一度目の人生における妻であっても、関係を持つまで私はそんなことを知るよしもなかったのだから、いまさら北川健に遠慮してこの関係に終止符を打ついわれもない。

　ここから左へ斜めに交差点を渡れば渋谷駅。右へ坂道を上ってゆけばホテル街へとつながる。二月のあの最初の夜にも西里真紀はいまと同じ場所でいまと同じように私の手を握り、スクランブル交差点の信号が赤から青に変わる前に自分から道玄坂のほうへと歩きはじめ、私はそのあとを追ったのだった。

もうこの話はきりあげよう。彼女の思い違いではなく、事実、私は北川健に嫉妬の感情を抱いているのかもしれない。ひょっとしたら北川健は過去に西里真紀といきさつのあった男で、ストーカーまがいの男で、たまたま《水曜会》で彼女と関係を持った同級生の私に目をつけて、たちの悪いいたずらを仕掛けているのかもしれない。だったらなおさら遠慮の必要はない。

だが、私はとうとう最後まで、このまま続けてはいけないのか？　という西里真紀の質問に答えられなかった。

西里真紀の両手にいちど力がこもり、私の右手を放した。

信号が青に変わった。それでも私は彼女に何の回答も与えてやれなかった。じきに西里真紀が私のそばを離れて歩きだした。

右へではなく斜め左へ、渋谷駅をめざして交差点を移動する大勢の人間とともに私のそばから歩き去った。

私は追わなかった。彼女は私が追いつけないことも、追いつく気がないことも承知の上で駅へむかったに違いない。

遠目に見え隠れする彼女の背中を見送りながら、私はこう思っていたのだ。

それでもやはり西里真紀は思い違いをしている。私は彼女が結婚と離婚のことを隠していたのを責めているのではなく、誰かに嫉妬しているのでもない。おそらく北川健は、過去に西里真紀といきさつのあったストーカーまがいの男などではないだろう。私には判っている。北川健が、たまたま彼女と関係を持った私に目をつけて、たちの悪いいたずらを仕掛けているのではないことも、人はたちの悪いいたずらのために長い物語を書いたり、億単位の金を使ったりしないことも知っている。

何よりも私は自分自身が、もうおよそ北川健の物語を信じかけていることも、もしくは信じたがっていることを知っている。

その夜、もうひとつ悪いことが重なった。

実の娘とばったり出くわすのを悪いことのひとつに数えるのは父親としてどうかと思うけれども、お互いにお互いを苦手とする者どうしが予期せぬ場所で顔を合わせるのは、やはりばつの悪いことには違いない。

たぶん娘のほうでも今夜は「ついてないな」とそのくらいはあとで思ってみただろう。

渋谷のスクランブル交差点で独りになった私は、次の信号まで待って遅ればせながら西里真紀のあとを追った。だが、それだけ時間を置けば混雑する駅舎で彼女の姿を見つけられるわけがない。

私はおとなしく独りで電車に乗った。

渋谷駅から半蔵門線で大手町駅へ出て、そこから千代田線に乗り換え、四十分ほど揺られて馬橋駅に着いた。

馬橋駅に着いて、自宅方面にむかういつもの青いバスには乗らず、ファミリーレストランなどに寄り道をしたのは、ひとつにはちゃんとした夕食をとらなかったので空腹だったせいもある。帰宅して夜食をこしらえるのは考えるだけで面倒だったし、駅から歩いて行ける距離にほかに単独で飯が食えるような適当な店も探せなかった。

だが、寄り道をしたいちばんの理由は、今夜自宅のほうへ例の編集部の吉野という男から電話がかかってくるような悪い予感がして、できればその電話を避けたかったからである。

おそらくあいつは電話をかけてくるだろう。

実は前にも一度そういうことがあって、そのとき吉野は酔っていたのだが、「なぜ俺の作る本になるとあんたは部数を押さえにかかるのか」と何の根拠もない言いがかりから始まって、しまいにその台詞は「なぜ俺を目の仇(かたき)にするのか」とやはり謂(いわ)れのない詰問に取って代わり私を辟易(へきえき)させた。

これだけしか売れないと予測される本はそれだけの部数しか刷れない。営業としての答えは決まっているのだが、そんな型通りの返答では吉野は納得しないだろうし、特に今回は最近の私が仕事を休みがちなことも、休みがちなのはプライベートな問題を抱えているからだという社内の噂も知っているはずだからなおさらだろう。「もっと気合を入れて仕事をしてくれ」というあの男の得意の文句は今回、私の弱みをより直接的に突くことになる。おまけに今夜渋谷のパルコ前で私が呼びかけを無視したことも、あの男の不満をいっそう募らせる結果になったはずだ。

そんな気の重いことばかり考えながら、私は若い男の店員に案内されたファミリーレストランの窓際の席で、鶏の照り焼きと豆腐の味噌汁とレタスとかいわれのサラダとがセットになった定食を食べた。

味もわからずに食べ終わって、ウエイターが食器を盆ごとさげにやってきたときにも、私は確かにまだ自分の仕事のことを、つまり自分のまわりの現実のことを考えつづけていたと思う。

こんど吉野が作った本は前々から目をつけていた作家の自信作らしく、初版は一万部からというのが吉野の希望なのだが、出版界ももろに不景気風をかぶっているこの時期に、そうでなくてもうちの社ではこれまで何の実績もない作家の本を、一万部も刷るというのは営業側から言わせればとんでもない話なのだ。

しかも、月曜日にちょうど電話で話す機会のあった他社の営業部の顔見知りに作家のことをあらためて尋ねてみたところ、「十年くらい前に、うちから出したデビュー作は都合何万か増刷したと思うけど」、だがそれから後は話題になった作品も皆無だとの回答を得ている。

その顔見知りとは今週の金曜日に、札幌から書店経営者が上京してくるので、出版社数社の営業が共同で接待にあたる集まりがあり、その席でもういちど話してみることもできる。また別の出版社の営業の意見もそれとなく聞いてみることもできる。

どっちにしても一万部が理屈に合わぬ部数だとの結論が出るのは火を見るより明らかだ。私を目の仇にして無理を通したがっているのは吉野のほうなのだ、と私は思い、それから次に、ふっと、秋間文夫の本は、すなわち北川健の一度目の人生における親友であった秋間文夫＝私の本は、いったいどれくらいの部数を刷ったのだろうと思ってみた。

そちらの人生では電車事故に巻きこまれることのなかった私は、そして水書弓子との出会いも結婚も経験せずに生きた私は、一九八〇年〜一九九八年の十八年間に何冊かの本を書き、その本を自ら映像化することによって映画監督としての地位を築いたのだ。

私が最初の本を書いたのはたぶん一九八〇年代のなかばから後半にかけての時代だったろう。出版社勤めを辞めたのはそれより前かあとかは判らないが、三十歳前後の私はデビュー作にあたる本を世に問い、かなりの成功をおさめて印税を映画化の資金にあてたのだと思われる。

とすれば、それは後にいわゆるバブルと呼ばれる時代の出来事で、当然出版界も好景気の追い風に乗っていたわけだし、「大型新人の衝撃の」とでも広告の打たれた私のデビュー作は初版一万部は堅かっただろう。

当時の単行本が一冊九八〇円として、十万部売れれば印税はその一割で九八〇万。それではいくらなんでも映画化には間に合わないから、私の本はもっと売れたはずで、ひょっとすると少し先の時代での『ノルウェイの森』や最近で言えば『失楽園』なみのミリオンセラーだったのかもしれない。

三十歳前後の私が書いた本とは何だろう。いったい私はどんな内容の本を書き、映画を撮ったのだろう？　せめてそのデビュー作についてだけでも、北川健が詳しく触れてくれていたらよかったのに、と私は残念がってもみた。

もうひとつの人生での一九九八年、四十三歳の映画監督である私は六本木のマンションに仕事場を持ち、そこに出入りするスクリプターの若い女と親密な関係にある。たぶん私は彼女と寝たのだろう。むこう側の四十三歳の私は、西里真紀ではなくもっと若い女と恋をしている。

むこう側の私は、こちら側の私が事故に遭い水書弓子と結婚し子供を作り出版社勤めをつづけて、書店まわりや地方出張や会議や単行本の原価計算や著者別のスリップの仕分けや読者からの電話の応対や報告書の作成や取次との交渉の仕事をつづけて、年を取って次第次第に人生に倦(う)んでゆく間に、結婚もせず本を書きつづけ映画を撮りつづけ数々の女と恋をし寝たことだろう。

……と、そこまで考えたあとで私は笑った。定食の盆をさげるのと入れ替わりに運ばれてきたコーヒーをすすりながら私は声もなく自分自身を笑い、妄想に片をつけた。

それから腕時計で時刻を確かめると席を立ち、レジのそばの公衆電話まで歩いた。

北川健という男が実在する。そのことが彼の物語をまるごと真実だと証明するわけではない。十八年間を二度生きた男が実在するとの証明になっているわけではない。公衆電話の前に立って自分にそんなふうに言い聞かせながら、十桁(けた)の番号を押した。

月曜、火曜、そして今日の午前・午後と何度も押し続けているので、加藤由梨の携帯の番号はとっくに暗記している。

だがまたしても彼女の声は聞けなかった。留守番電話サービスセンターにつながっただけだ。日付と時刻と名前を記録させて、受話器をフックに戻した。

加藤主任は休暇を取っている。月曜日にオフィスのほうへかけた電話で私はそう知らされた。例によって実に丁寧な応対をする女性が出て、「おそめの夏休みということですね」と教えてくれたのだ。

私にフロッピーを読むように指図して北川健は行方をくらまし、フロッピーを読み終えたら会いたいと思わせぶりな台詞を残して加藤由梨も姿を消した。息の合ったコンビだ。私は首を振り振り窓際のテーブルへと引き返した。

飲み残したコーヒーでもう少し時間をつぶそうと通路を戻りかけて、途中で足を止めた。

私の窓際のテーブルはむかって左手にあり、通路をはさんで右に空席のテーブルがある。その空席と仕切りの低い壁を隔てたもうひとつ右のテーブルに女ばかり三人の客がついている。

あまりに長く見つめすぎたのか、三人のうちのひとりが私の視線に気づいた。肘でつつかれた隣の女が吸いかけのタバコを唇にあてたままこちらを振り向き、私は私のテーブルに戻った。

悪い日には悪いことが重なる。

飲み残していたコーヒーはほんの二口で空になった。通りかかったウエイターにお代わりを頼むつもりで見まわしたが誰も通りかからない。私はハイライトを取り出して火をつけた。火をつけたはいいが灰皿が見当たらないことに気づいたとき、娘がむかいの長椅子に腰をおろした。

背もたれに背中をこすりつけるようにして窓側へ位置をずらし、私の正面にすわる

と悪びれずに目を合わせて、

「怒らないでね」

とまず言った。

私が苦手なのは、このような状況で父親顔をしてものを喋ること、それ自体ではなく、私が父親顔をしてものを喋ることを牽制するかのように、常に先手を取って発せられる娘の一言一言のほうなのだ。

「一緒にいるふたりは誰だ」と私は聞いた。

「こっちに住んでる友達」

「高校の友達か？」

「ひとりはね」

「もうひとりは」

「お父さん、こんなとこで何してるの」

まわりを見渡したがウエイターは見つからない。私はタバコの灰をコーヒーカップの受皿の端に落とした。

「こんなとこで、こんな時刻に、高校生がタバコをすってていいと思ってるのか」

「夏休みだもん」

「もう九月だ」

「学校は来週の月曜から」と娘はすまして答えた。「毎日ここで御飯食べてるの?」

「二学期が始まったらすぐに試験だろう」

「デニーズでお父さんを見たって言えばママにはうけるかもしれない」

「おまえのママは、こっちに来てることを知ってるのか?」

「おまえのママ」娘が私の不用意な発言をとがめた。「正式にはまだあなたの妻でしょ?」

「質問にちゃんと答えなさい」

「だいじょうぶだよ。あたしが馬橋に来てるってわかっても、お父さんに会いに行ったんだなんてママは絶対に思わないから」

「そんなことを心配してるんじゃない。こんな時間におまえが家にいないことを、お母さんは知ってるのか?」

「こんな時間て十時半じゃない」

「どうしてこのテーブルには灰皿も置いてないんだ」

私はまたタバコの先を受皿のふちに当てて叩いた。

「心配要らないって、お父さん、あたしべつに、離婚寸前の両親のせいでぐれたりしてないし、夏休みの課題だってちゃんとやってる。あっちにいる子たちだってふつうの高校生だよ」

「普通の高校生なら」私は言葉尻をとらえた。「二学期の前に髪を染めたりしない。夏休みだからと言ってタバコをすったりはしない」

「まじ?」と娘が言った。「タバコをすうくらい何でもないよ。成績のいい子だってみんなすってるよ。お父さんのときとは時代が違う。それに、あたしはママの若いときとも違って、バレエに熱中してるわけでもないから、髪を気にしなくてもいい。葉月の自由にしていいってママも言ってる」

「どこに行くんだ?」

「灰皿」

色の褪せたジーンズに丈の短いTシャツ姿の女子高生が灰皿を取りに立つのを見守りながら、私は、それは確かにこの娘と若いときの母親とではぜんぜん様子が違うと思った。

先月十七歳になったばかりの秋間葉月と、その母親、秋間弓子が二十歳だったとき(まだ旧姓の水書弓子としてはじめて私の前に現れたとき)とでは、まず何よりも立ち姿を一目見たときの印象から違う。

娘の身体つきには母親にあった伸びやかさがない。決定的にない。背の高さも足りないし、手足の長さも目をみはるほどではない。特に際立っていた母親の長い首も娘には遺伝していない。

子供の頃に厳しい躾をうけたせいでの、姿勢の良さの名残のようなものは娘の背中からもうかがえるけれど、それも二十歳だったあの水書弓子の、一般の躾から達成されたものとは異質な、いつどんな場所でも立っていさえすれば人目を引きつけた完璧な姿勢とは比べようもない。

私の妻は一流のバレリーナになる夢のために幼いときから練習を続けて、夢の実現の一歩か二歩手前までいった女だから、小学生ですっかりバレエをやめてしまった娘と体型を比較するのは酷かもしれない。だが、その点を当人たちがどの程度酷と感じるかといえばそれはまた別の話で、体型の違いほど母娘の気質に食い違いはなく、バレエを始める前もやめた後も娘はずっと母親の側にべったりだった。

なにしろ、額の広さと目尻の垂れ具合が醸しだす顔全体の印象は良く似ているので、ふたりはまるで表紙が同じで判型がまったく違う本のようだ。

父親が癌をわずらって亡くなる前の二年ほどの間、下北沢の実家へ妻は娘をともなって頻繁に里帰りした。週末でなくても小学校を休ませてまで娘を連れてゆきたがり、娘のほうも父親と一緒に残るよりは母親の車の助手席に乗るほうを選んだ。おかげで長いときには一週間も十日も私は馬橋での独り暮らしを強いられたのだ。

やがて妻の父親が亡くなり、妻はそれまでのバレエ・スクールの講師の仕事に加えて、バレエ団の経営を引き継いで強運を発揮しはじめる。都心の女子中学校へ進学させた娘とふたりで、毎朝私よりも先に車で家を出るようになった。特別の場合を除いて、夕方帰宅するときも彼女たちは一緒だった。私ひとり夕食に遅れて帰るのが常だった。

ちょうどその時期の記憶だが、ある日、久々に親子三人で食卓を囲んでいて、彼女たちの会話（学習塾の夏季講習か何かの話だったと思う）を聞きながら私は突然、娘がもうバレエをやっていないという事実に気づかされた。そのことに触れると、ふたりは顔を見合わせたきり黙りこみ、あとになって娘のいないときに、妻は不快をあらわにした顔で、

「いまごろ気がついて、あんなことを言うなんて」

と私をなじった。

「せっかくバレエを諦めて勉強に身が入ってきたところなのに。こんどが初めてじゃないけれど、あなたのデリカシーのなさには毎回毎回失望させられる」

娘がバレエをやめたといまごろ気づかされたことに私も失望している、とはむろん言い返せなかった。

だから娘は娘なりに（母親の場合とはレベルの違う段階での）挫折を経験しているわけなのだが、その挫折から立ち直りまでの期間にどんないきさつがあったのか、母娘でどんな話し合いがもたれたのか、妻の父親が癌で苦しんでいる間ずっと馬橋にい

つづけた私はいまもって何も知らない。

コーヒーカップの受皿の端に三つめの灰のかたまりを落としたとき、娘が灰皿を持って戻った。

もし、ついでに自分のタバコを持ってきて私の目の前で火を点けるようなまねをしたら、そのときは本気で怒るつもりで構えていたのだが、それはなかった。おそらく父親のテーブルに長居するつもりはないのだろう。

手渡しされた灰皿にハイライトを押しつけて消しながら、私は、さっきむこうの席で娘がタバコを指の間にはさんでいるのを見たとき一瞬、娘を娘と確認するまでの空白の時間があって思わず彼女の横顔に見惚れてしまったのは、あれは同じように若く額の秀でた娘がタバコを唇にあてて友人に微笑んでみせるトリュフォーの映画のシーンでも思い出していたのだろうかと疑ってみた。だがそもそもトリュフォーの映画の登場人物に、タバコはつきものだとしても、印象的なショートヘアの少女はいただろうか？

やはり一目で秋間葉月と水書弓子の違いはその髪型である。娘の髪は短くしかも茶色がかっている。水書弓子はバレエを続けていたせいで常に長い髪を要求されていたし、普段は、特に夏場は後ろで束ねてポニーテールにするのが習慣だった。それに一九八〇年代の若い女たちは誰も髪を茶色に染めたりはしなかった。娘の言う通りもう時代が違うから、もしかしたら、一九九八年のいまはショートヘアの茶髪のバレリーナ志望の娘もいるかもしれないけれど。

「お父さん」と娘が言う。「じゃああたしもう行くね」

「どこに行くんだ」

「帰るんだよ、友だちと一緒に」

「電車で千駄木まで帰るのか？」

「友だちんちに泊めてもらう」

「友だちはどこに住んでる。おまえのママは……」と言いかけて私は口ごもった。

「あたしのママはあたしがどこにいるか知ってる」と娘がフォローした。「友だちのお母さんとも知り合いだし。それにママはきょう下北沢に泊まることになってる。おばあちゃんの具合が悪くて、寂しがってるから」

「ママと一緒に行かなくていいのか」

「おばあちゃんは癌じゃないいんだよ。ただ二階の間借り人たちが香港に旅行に行ってて、それでママに甘えたがってるだけ」

「お父さんが友だちの家まで送ってもいい」

「まじ？」と娘が言ったので私はうなずいてみせた。

「車もないのに、いいよ」

娘が腰を浮かした。テーブルに両手をついて腰を浮かしたまま友だちの待つ方向をちらりと見て、こう言った。

「いいこと教えてあげようか」

「いいこと？」私は同じ方向を見た。

「あのね、お父さんはもっと本を読んだほうがいいよ」

私は娘の顔を見つめて表情を読み取り、やはりほんの一瞬二十歳だった水書弓子の顔を連想して昔に引き戻される自分を感じながら、娘が私をからかっているのではないことを確認した。

「ママと初めて会ったときお父さんは本を読んでたんだよね？　本当はママは、そのときすぐにお父さんを好きになったんだって。本を読む恰好(かっこう)が普通の人とは違ったんだって。恰好良かったんだよ。本のページをめくる手つきとか、本を閉じる手つきとかに見とれて好きになったんだって。だからお父さん、もっと本を読んだほうがいいよ、こんなとこでぼーっとしてるくらいならね。本でも読んでたら、また誰かがそれを見て好きになってくれるかもしれないよ。ママと離婚しても恋人ができるかもしれないじゃん。ね？　最近は本なんか読まないでしょ」

私は空のコーヒーカップを受皿ごと脇へよけ、灰皿を引き寄せて、ハイライトをもう一本つけた。

「お母さんがそう言ったのか？」

「そう言ってた。お父さんの怪我が脚で良かったって。もしあのひとが手を怪我してたら、葉月はこの世に生まれていなかっただろうって。当たってるよね」

私には想像できた。

仲の良い母娘がマンションの一室で寄り添って、遠からず離婚することになる夫の、デリカシーに欠ける父親の噂話をしている場面を。秋間弓子ならそのくらいの冗談を娘に言ってみせるだろう。そしてそのあとで「いま思えば、馬鹿みたいね」とでも付け加えて陽気に笑ってみせるだろう。

私には思い出すことができた。

いまから十八年前の九月、電車事故で左脚を負傷した私と、突然私の病室に現れた水書弓子との出会いの場面を。あれは高校時代のクラブ仲間で新聞記者の太田晶子が見舞いに来てくれたのと同じ日だったから、事故の翌日に違いないのだが、そのとき私に本を読む余裕などあったはずもなく、明らかに秋間弓子は、後に何回も見舞いに通ってきたときの記憶と最初の出会いの記憶をまぜこぜにしているのだ。

六週間もの入院期間中に二度の手術をうけた私は、松葉杖をついて歩き回ることすら億劫でベッドに横になり本ばかり読んでいた。そしてベッドの脇にストゥールを置いて腰かけた水書弓子は、果物ナイフでグレープフルーツを半分に切りわけながら私の読んでいる本に、たとえば村上春樹という新人の小説に関心を示し、すぐに名前を憶えて次の見舞いに新作の載った雑誌を持参することもあった。

十八年前のあの時代のあの日へ、あるいはもっと以前の、左脚の怪我も失敗に終わる結婚もまだ私の年譜に書き込まれていなかった日まで、いまからもしさかのぼれるのならそうしたいという思いに突如として私は駆られた。

もし北川健の物語のようにそれが可能ならば、いや北川健の身に現にそれが起こったようにいま私の身にも起こるのならば、私は目の前にいるこの娘を置き去りにしてでも、そこへ戻ってゆく覚悟がつけられるだろうか？

娘がテーブルを離れる前に、友人の女子高生がそばに来て携帯電話を差し出した。娘と似たようななりで短めの茶色に染めた髪をオールバックに撫（な）でつけている。ジーンズのポケットに親指をかけたまま突っ立ち、私には挨拶（あいさつ）の一言もない。挨拶をされたところで私のほうにも返す言葉などないのだが。

娘の携帯に電話をかけてきたのは母親の秋間弓子だ。娘の話ぶりからそれはすぐに判った。

できることなら、いますぐ携帯電話を奪い取って彼女に尋ねてみたい気がする。いまから十八年前、一九八〇年の九月六日、下北沢駅でおまえをあの電車から降ろした男の名前は北川健ではなかったのか？

おまえは北川健の顔を憶えているか。おまえをあの事故から救うために、ただそれだけのために妻とふたりの子供を置き去りにして時をさかのぼってしまった男の顔を憶えているか?

すると秋間弓子はこう答えるだろう。

あたしがあの事故に巻きこまれなかったのは、誰に救ってもらったのでもない、あたし自身の強運のおかげだと。

最初に彼女が水書弓子として私の前に現れたときこう呟(つぶや)いたように。

「あたしは幸運だったんです。よく知らない人に一緒に電車を降りようと言われて、気まぐれをおこしたのはあたしだから」

だがそれは違う。

それは真実ではない。よく知らない人はおまえを事故から救ったと同時に、この私も救おうと試みたのだから。あのとき北川健はホームにいる私を電車に乗せるなとおまえに頼んだのだから。

十八年前のあの時代のあの日へ、一九八〇年の九月六日までいまから時をさかのぼれるのならば、いま目の前で携帯電話を使って母親と話している実の娘を置き去りにしてでも、そこへ戻ってゆく決心がつけられるだろうか?

だがこの設問も無意味だ。私は自分にむかってむしろこう問いかけるべきなのだ。

一九九八年のこの現実の世界に属している自分自身を置き去りにしてそこへ戻ってゆけるか?

そうだ、北川健はそれをやった。過去への旅とは現在の自分を殺して出発する旅のことだ。

彼はむこう側の現実の世界から、時間を過去へと跳躍することで、こちら側の現実の世界へと乗り移った。むこう側の一九九八年九月六日に彼は電車の中で死んでいる。その死をそばで見取ったのはむこう側の私だ。

四十三歳のいまも独身で、本を書き映画を撮り続けている、もうひとりの私だ。

「ねえ」と娘が私を呼んだ。

携帯電話を載せた手のひらを差し出して、母親を連想させる笑顔で、母親似の娘には母親の側につく権利があると主張するような大人びた笑顔で尋ねた。

「ママだけど、かわる?」

私は首を振った。

第十二章　フロッピーディスク（続き）

事故から三日後に意識が戻ったとき、僕は救急病院の集中治療室にいた。

一九八〇年、九月九日の朝のことだ。

まず最初に目に入ったのは見知らぬ女の顔で、その女はまるで赤ん坊を慈しむような優しい目で僕を見おろしていたのだが、彼女が白衣に白いキャップを被った看護婦だと気づくまですこし手間取った。

しばらくしてもうひとり看護婦がそばに立ち、続いて男の医者が呼ばれ、男の医者の数も二人で、四人がかりで何らかの処置が僕にほどこされた。それからまた何人か別の人間が治療室内に入って来た。

「たけし」と聞き覚えのある女の声が僕を呼んだ。

医者のひとりが僕の顔を覗きこむようにして、名前と生年月日を尋ねた。

「北川健」と僕は答えることができた。「一九五五年七月十一日生まれ……二十五歳」

こうしてあの電車の一両目に乗っていて事故に遭った被害者のうち――何とか命を

とりとめた人間のうちの――最後のひとりの身元が確認されたわけである。

　でもそれは本人の口からという意味であって、実際には僕の身元は事故の翌日から翌々日には家族によって確認が取れていたと思う。治療室内にはそのとき医者と看護婦の他に、すでに僕の両親と姉が駆けつけてくれていたのだから。

　あとになって周りから聞かされた話では、僕の身元を証明するものは事故後の火災によって焼失していた。

　当然、僕の顔の一部にも上半身にも電車火災の跡が刻印されていたから、あるいはそのために身元確認のマスコミ発表が他の生存者よりも遅れたのかもしれない。残る一人の乗客の身元が判明、という小さな記事が朝刊に載ったのは、僕が意識を取り戻した翌日のことだった。

　でもそんな記事のことはどうでもいい。当時のきみがその記事を見て、高校時代の同級生としての僕の名前に気づいたのか気づかなかったのか、あるいは記事そのものを見逃してしまったのか、そんな話をするつもりもない。

　もちろん治療室のベッドの傍らで涙を流している母や姉を――いっきに十八年ぶん若返った母や姉を――見るのは懐かしかったし、また同時に辛くもあった。特に、一九九八年にはすでにこの世を去っていた父の顔を目の当たりにするのは、言葉で言い表せぬほどの格別な感慨があった。

でもその話をするつもりもない。

僕はできる限り、一九八〇年に戻った当時の僕の気持ちを正直に語ろうと思う。

意識が戻ったとき僕の関心は、僕自身の空白の三日間には向かなかった。二十五歳の僕の肉体が負った火傷にも向かなかった。懐かしい僕の家族たちにも向かなかった。もっと言えば、僕はそのときさみのことすら考えてはいなかったかもしれない。

僕が唯一知りたかったのは水書弓子の情報だった。

三日前の事故の夜、水書弓子は下北沢駅で確実にあの電車を降りたのだろうか。二度目の今回は、僕の意図した通り彼女は事故に巻きこまれずにすんだのだろうか。

彼女は本当に無事でいるのか?

でも、実を言えば、この先をきみに語るのは無意味だ。

ここまで語ってきた物語の結末にあたる部分を、まるでサスペンスを掻き立てるかのように——彼女は本当に無事でいるのか?　と書き出すのはまったくのところ無意味だ。

なぜならきみはとっくにその答えを知っている。

僕が戻った一九八〇年九月六日は、いまこれを読んでいるきみが現実にそこにいた一九八〇年九月六日のことだから。

それ以降の出来事は当然きみも知っている。むしろきみのほうが僕よりもたくさん知っている、そう言い直すべきかもしれない。

だからこの先のことを僕はもう詳しく物語るつもりはない。

この物語を書き出したとき、前半の部分を僕はこれには色彩がないと言った。映画でいえば回想にあたるモノクロのシーンだと。同じたとえを用いるなら、ここから先には色彩が復活する。いまこれを読んでいるきみにとっても、文字通りの意味での現実の十八年間の要約になる。

彼女は本当に無事でいるのか？

もちろん水書弓子は無事だった。

きみも知っているように、水書弓子はあの日あの時刻にあの電車から降りた。だから事故には巻きこまれずにすんだ。

ただし、下北沢駅のプラットホームできみを探し出して電車に乗せないように、との僕の頼み事は果たせなかった。だからきみはあの電車の二両目に乗り込み、事故に巻きこまれたのに違いない。

それらの事実を、僕は意識が回復してしばらくのちに、事故当時の新聞に発表されていた被害者リストから推測することができた。

死亡者、重傷者、軽傷者に分けられた被害者名の中にはまず、僕の妻の両親の名前が発見できた。西里真紀の両親、西里真佐男と西里芳江はやはり今回も死亡していた。次に重傷者のリストにきみの名前があがっていて、そのかわり水書弓子の名前はどこにも見当たらなかった。

水書弓子の消息については、もっとのちに、僕自身立って歩けるようになってから電話で確認を取った。

水書姓の番号を電話帳で調べて——僕にとって一度目の一九八〇年にも同じことをしたから、調べ直して、と言うべきだろうが——下北沢の自宅へかけてみると、母親と思われる年配の女性が出て、弓子は大学の授業に出ていると教えられた。それだけ聞けば十分だった。僕は名乗らずに電話を切った。

同じ頃、きみの怪我の具合についても確認を取った。勤め先の出版社に電話で様子を尋ねてみると、きみがまだ千葉の実家のほうで療養中だと知らされた。ただし年明け早々にも仕事に復帰できそうだとの話だった。それが一九八〇年、十二月上旬の話だ。

年が押し迫っても僕のほうは依然として入院生活が続いていた。

その頃の日々を振り返り、僕の気分を言い表すなら、言葉がたった三つあれば足りる。

郷愁と、心細さと、精神の不安定だ。

一九八〇年には、僕たちと同い年の江川卓も元気で活躍していたし、ローラ・ボーだってまだ可愛かった。僕はかつて見た彼らの若い姿を見直して確かに郷愁のようなものを感じた。でもそれは、同い年の人間として再び時代を共有できるという幸福にはつながらなかった。

実のところ僕は同い年の彼らを十八歳年長の男の目で眺めている自分に気づき、この時代にまぎれこんだ他所者としての自分をひどく心細く感じた。そしてむしろ十八年後のもう若くはない江川卓やローラ・ボーのほうに強く郷愁をおぼえる、という奇妙な精神状態におちいることになった。

たとえば病院の待合い室で見つけた古い週刊誌——表紙には引退前の山口百恵が、美容室でセットしてきたばかりという感じで、真っ黒な量の多い髪を雲のようにたなびかせている週刊プレイボーイ——を開くとスター・ウォーズの新作『帝国の逆襲』の試写会招待のページを見つける。すると僕は過去に見たその映画を懐かしむよりも、十八年後の『タイタニック』が人気を集めた時代へ懐かしく思いを馳せた。

そしてその、時間的に本来とは逆向きの郷愁について、僕は誰かに、いや真っ先にきみに話したいと思う。でも僕が話をしたいと思うきみはこの時代で事故に遭った二十五歳の秋間文夫ではなく、十八年後の電車の中で僕に腕をつかませ僕の死を見取ったほうのきみなのだ。

　たとえばテレビでは新型車のCMが流れるのだが、どのメーカーの車体も見事に角張っている。たとえばルービックキューブに夢中になっている入院患者が数多くいる。たとえば見舞いに来た姉夫婦が、この夏から電電公社がサービスを始めたというコレクトコールについて話をする。たとえばセブンスターが自動販売機で百八十円で売られている。たとえば日比谷の野外音楽堂でジョン・レノンの追悼集会が開かれたというニュースがクリスマス・イブに流れる。

　それらを見聞きするたびに僕は、たとえば流線形のボディの車が主流の時代を、たまごっちやプリクラの時代を、携帯電話が街にあふれている時代を、セブンスターが二百三十円の時代を、初老のミック・ジャガーが現役でコンサートをこなしている時代を思い出し、郷愁に沈むのだ。

　千葉のきみの実家に電話をかけてみる気になったのは十二月下旬のある晩で、僕は自分の身体(からだ)に残った火傷の跡や、その火傷の跡を目立たなくするための今後の手術や、手術後の二度目の未来への寄る辺のない気分に襲われて、かなりまいっていたのだと思う。

　最初から名乗るつもりで電話をかけた。

「突然で驚くかもしれないけれど、僕たちは高校のときの同級生で、今年の三月にもいちど岩波ホールの前で会っている、トリュフォーの『緑色の部屋』がかかっていたときに」

そんな説明から始めて、できればまた一から、この時代でのふたりの友情を築き直したいと願いながら。

ふたりの友情がもとの形に復活すれば、いまはまだ考える余裕のない今後の水書弓子と僕との問題についても、以前と同じようにきみに相談に乗ってもらうときが来るかもしれない。

ところが、電話に出たのはきみの気さくなお母さんで、きみがもう都内のアパートのほうに戻って暮らしていると教えてくれた。ではそこの電話番号を、と切り出す前に、お母さんは喋（しゃべ）り始めた。でも今夜はクリスマスで、たぶんこの時刻ならあちらのお宅にうかがってると思いますよ。

あちらのお宅？

「下北沢」

とお母さんが答えた。

あんな事故の巻き添えを食って一時はどうなることかと心配もしたけれど、結局あの事故が、文夫の脚の後遺症のことはあるにしても、文夫と弓子さんの縁を取り持ってくれた、そう考えて前向きに生きていくしかない、本人もそのような考えでいるようだ、という意味のことをお母さんは喋り続け、耳を疑った僕は途中でこう聞いた。

「秋間君が婚約した相手は、下北沢の水書さんのお嬢さんなんですね？」

「ええ。水書弓子さん、大学でバレエの勉強をしてる」

そのまま電話を切り、僕は松葉杖をついて病室に戻った。


あの事故からまもなく、水書弓子ときみとの間に現実にどんな物語が展開したのか、僕が考えてみたのは次のようなことだ。

僕が事故から三日目にようやく意識を取り戻した頃、きみのほうは、火災の影響の少なかった二両目の乗客をおもに運び入れた病院のベッドにいて、思いがけぬ水書弓子の訪問に面食らっていたのではないだろうか。

たぶん彼女は新聞かテレビが報じた被害者名の中に秋間文夫という名前を発見したのだろう。そしてともかくもきみの入院先の病院を訪れ、きみを電車に乗せるなと頼んだ男の話を、つまり僕のことをきみに尋ねてみたのだろう。

そのときさみがどう答えたのかは知らない。きみたちが僕のことをどんなふうに想像して話し合ったのか見当もつかない。

僕に言えるのは、その日をきっかけにしてきみたちの交際が始まり、事故から三カ月も経った頃には——それは僕が何とか松葉杖をついて歩きだした時期にあたる——

ふたりの関係は結婚を予定するところまで早くも突き進んでいたという事実だ。

きみたちふたりの間にどんないきさつがあったにせよ、事実は僕を打ちのめした。

きみのお母さんに事実を知らされた夜から、何時間も、何日も、何週間も僕は虚脱した状態で決して答えの出ない疑問を考え続けた。なぜだ？　なぜ水書弓子と秋間文夫が婚約するという事態が起こってしまったんだ？

僕はなにも世界の歴史を組み替えるために過去へ戻ってきたのではない。ほんの個人的な理由で――ひとりの女を危険な電車から降ろすために――そうしたのだし、実際に僕はそれだけのことを成し遂げた。

でもこのとき僕は、僕の知っている世界がグロテスクにねじ曲がり、今後もねじ曲がりつづけるのではないかとの予感に脅(おび)えた。もしかしたらこの一九八〇年は、僕が郷愁をおぼえるあの一九九八年にはまっすぐにたどり着かないのではないか？

一九八一年が明けた。

気の重い正月が過ぎ、二月に顔の火傷跡の一回目の手術がおこなわれ、翌月には二回目と顔以外の部分の手術が始まり、夏が来る前に僕は二十五歳の僕の顔をほぼ取り戻した。

そして世界はあるがままの姿でそこにあった。あらゆる出来事が僕の記憶したままの形で起こっていた。どうやら、ねじ曲がってしまったのは水書弓子と、きみと、僕との個人的なトライアングルだけらしい。

テレビは僕が記憶しているCMや歌番組やニュースを流した。新聞が伝える殺人や災害や政治家の汚職やスポーツの結果も僕の記憶しているままだった。この年、ピンク・レディは解散し、千代の富士は横綱になり、日本シリーズはジャイアンツが制覇した。『ルビーの指環』がヒットし、『窓ぎわのトットちゃん』がベストセラーになり、「ハチのひと刺し」という言葉が流行った。エジプトのサダト大統領が暗殺され、英国皇太子がダイアナ・スペンサーと結婚し、七年後のオリンピック開催地は名古屋ではなくソウルに決定した。

夏の終わりに、僕はもういちどきみの実家に電話をかけて、あいかわらずのお母さんのお喋りから情報を仕入れた。三月にきみたちが結婚式を挙げたこと。八月なかばには早くも女の子が誕生したこと……。

秋に退院する頃には、もう心の整理がついていた。

同じ電車の一両目と二両目に乗っていたふたりの男の運命が二つにわかれる——一方は片脚の骨折ですんで水書弓子を手に入れ、一方は骨折ばかりではなく火傷の跡までしょいこみ水書弓子を失った。でもそれは運命のいたずらという訳ではなくて、もとはといえば僕の意志が招き寄せた結果である。誰を恨むべきことでもなく、過去へ戻って二度生きることを決めた僕が当然支払うべき代償というべきかもしれない。

それに僕は、きみの怪我が比較的軽かった、などと言うつもりもいまはない。消しても消えぬあの事故の後遺症が、僕の火傷の跡や手放せない杖と同様に、きみの左脚にも刻みつけられているのを知っているからだ。

僕はきみたちの結婚を祝福するべきだ。

今回の水書弓子は事故を逃れ生き続ける。おそらく自ら命を絶つことはないだろう。それは僕が望んだ彼女の人生、いやあのとき僕が雨傘を忘れる失敗さえ犯さなければ疑いなく彼女が生きたはずの人生である。彼女は本来の人生を取り戻した。そのために僕はこの時代に戻り、やるべきことをひとつ果たした。

僕ではない誰かと水書弓子が恋をして結婚する、その事実は事実として骨身にこたえたけれど、かつて僕の失敗のせいで彼女が若いままこの世を去った不幸を思えば諦（あきら）めもつく。しかもその誰かというのが、ほかならぬ僕の親友、秋間文夫なのだから。

僕はこの二度目の人生における自分自身の運命を、水書弓子ときみと僕との不思議な因縁のトライアングルを甘んじて受け入れることにした。ここからはもう僕の出る幕ではない。

水書弓子の新たな人生のために僕はもうやるべきことをやった。次は自分の二度目の未来を心配する番だ。

幸い、世界は僕が見慣れた姿のまま緩やかに変化している。きっとこの時代は、僕の知る一九九八年まで僕の記憶をなぞるかたちで進んでゆくだろう。きみたちが結婚し子供をもうけたくらいで、あるいは僕が杖なしには歩けない身体になったくらいで、世界の歴史は大きくねじ曲がったりはしない。

そのことを前提として、僕は二度目の未来への対処を考え始めた。二十代の肉体を持つ四十代の男として、この時代に自分の意志で運ばれて来た他所者として、何とか独りで生きてゆく手立てを考えることにした。

一九八一年秋、事故からまる一年後、僕は杖をつきながら病院をあとにした。

きみたちの前から姿を消すことに決めて。


その後、時代がどのように変わって行ったか、あらためてきみに語るまでもないと思う。

すべてきみの知る通りだ。

すなわち僕の知る通りに、かつて僕がいちど生きたままに時代は変化した。

たとえば翌年には『E.T.』がヒットし、翌々年には東京ディズニーランドが誕生した。赤川次郎の本がベストセラーになり、ミニスカートが復権し、『おしん』が高視聴率を記録し、禁煙パイポのCMが当たり、「かい人21面相」が世間を騒がし、フランソワ・トリュフォーが世を去り、『風の谷のナウシカ』が話題になり、清原和博がライオンズに指名され、日航ジャンボ機が御巣鷹に墜落し、「スーパーマリオ」が爆発的に売れ、エイズという言葉が新聞の見出しになり、チェルノブイリで原発事故が発生し、使い捨てカメラが商品化され、三原山が噴火し、スーパードライが売れゆきを伸ばし、『サラダ記念日』が売れ、江川卓が引退し、フリーターという言葉が生まれ、『ノルウェイの森』が売れ、リクルート社の未公開株譲渡が解明され、「ドラゴンクエストⅢ」の発売に行列ができ、坂本龍一がアカデミー賞を受賞し、ホークスをダイエーが買収し、『少年ジャンプ』が五〇〇万部発行され、オグリキャップが有馬記念を勝ち、時代は昭和から平成に移った。

天安門広場が世界の耳目を集め、吉本ばななが立て続けにベストセラーを書き、ベルリンの壁が消滅し、紀子様ブームが起こり、アルベルト・フジモリがペルー大統領に選ばれ、サダム・フセインがクウェートに侵攻し、バッファローズのルーキー野茂英雄がMVPを獲得し、NTTがダイヤルQ²のサービスを開始し、ソビエト連邦が解体し、ボスニアでは内戦が続き、バブルが崩壊し、CDがレコードに取って代わり、パソコンが急速に普及し、大雨が降り、干ばつがあり、大地震が起こり、地下鉄にサリンが撒かれ、ローラ・ボーがアル中で入院していたとの記事が紙面を飾り、ドジャースの野茂英雄がノーヒット・ノーランを達成し、援助交際が非難され、O‐157による食中毒が発生し、『脳内革命』と『失楽園』とプリクラとたまごっちと数々のゲームソフトがヒットし、香港が中国に返還され、ダイアナ元皇太子妃が交通事故で死亡し、インドとパキスタンが核実験を強行し、フランス・ワールドカップで日本は三敗し、橋本龍太郎内閣は倒れた。

そして一九九八年夏。

それがいまだ。僕は見かけは四十三歳の男として、つまりきみの高校時代の同級生のひとりとしていまこの世界に実在する。

北川健という僕の名前を知る者の数はそう多くない。でもいま僕の手もとにはかなりの財産がある。

確かきみが教えてくれた例の小説では、過去に舞い戻った主人公はまず記憶を頼りに競馬でひと儲(もう)けする。儲けたその金を元手にビジネスに乗り出し、これも記憶を頼りに株式相場で莫大(ばくだい)な財を築く、そういった成り行きだったと思う。

僕はもともとギャンブルには縁のない人間で、かろうじて記憶してるのはオグリキャップの勝った有馬記念くらいだ。それだって一九八一年から言えばずっと先の話で、そのときまで見舞金や補償金やいくらかの貯金を食いつぶしながら独りで生きてゆくわけにはいかない。

一九八一年の十月に僕は正式に会社勤めを辞め、実家を出て、都内某所に部屋を借りた。そこを事務所兼用の住居にして、当時はまだ通院しながらではあったけれど、ぼつぼつと金のなる木を探しにかかった。

　ちなみに、僕が永福町の実家を出たきり寄りつかなくなったせいで、父の死後は僕の姉が、夫や子供たちとともに母と同居する運命になった。でも、たとえそっちに電話をかけて僕を探し出そうとしても無駄だからやめたほうがいい。彼らのほうからは僕に連絡の取りようがない。僕はそんなやり方で長い年月を人前に顔をさらさずに生きてきた。

　一九八一年に僕が取りかかったのは、いま思えば雲をつかむような漠然としたビジネスだった。

　前にも言ったように、この先の未来の出来事は、僕の知る一度目のときとまったく同じかたちの展開を見せる、そのことを前提とした上で成立する金稼ぎの方法が見つかるかもしれない。その程度の目論見（もくろみ）でオフィス・Ｋはスタートしたのだ。

　かつて四十三歳まで広告代理店に勤めた人間として、僕のアンテナにひっかかっていたすべての出来事、一九八二年以降に市場に出回るすべてのヒット商品を思い出せるかぎり並べてみた。その上でまずいまからパテントの取れそうなものは取りに動いた。

　それからヒットしたＣＭ、テレビドラマ、映画、コミック、アニメ、玩具（がんぐ）、ゲームソフト、小説、小説以外の本、演歌、ポップス、ロック、日用品、台所用品、電化製品、スポーツ用品、食物、飲物、自動車、衣服、靴、アクセサリー、建築物、イベント、テーマパーク等々について、いまからアイデアを持ち込めそうなものはすべてしかるべき場所へ持ち込んだ。

それらの仕事に僕は単独で取り組んだのではない。

僕の右腕になって働いてくれる人間を、というよりも最初は僕の不自由な脚代わりになってくれる人間を選ぶつもりで、若い女性をアルバイトに雇った。面接のとき、近い将来に施行されるはずの男女雇用機会均等法の話を僕からして、反応の良かった女子学生を最初にひとり採用した。しばらく経ってから彼女のつながりで学生をもうひとりと、小説家志望の女性をひとり加えた。

何年もの間、彼女たち三人が、僕のＣＭのアイデア、僕のコミックのアイデア、僕の映画のアイデア、その他僕のあらゆるものに関するアイデア――僕の頭の中に記憶としてあるもの――を持ち込みに都内を走り回った。

彼女たち自身が僕のアイデアを文章にし、イラストにし、あるいは不確かなメロディを正しく歌ってみせ、彼女たちのつてを頼った誰かが僕のアイデアを譜面にし、演奏し、設計図を引き、すなわち僕の記憶に形を与えた。

たとえば、後年世界中でヒットするはずのアメリカを舞台にした映画のあら筋を僕が喋り、小説家志望の女性がめりはりのあるシノプシスに仕立て、学生のつてで英訳を頼み、それをハリウッドの製作会社にかたっぱしから送りつける、といういささか曲芸じみたことも僕たちは試みた。

ところがそのアイデアに対して反応があり、本当にその巨額予算のハリウッド映画が——僕の記憶する通りのタイトルで——製作されてしまったこともある。告白すると映画の監督や出演した役者の名前にちょっとだけ僕の記憶と異なる部分があったけれど、まあその程度ハリウッドの歴史をいじっても世界全体に影響はないだろう。おかげで僕の事務所には莫大な、日本映画の場合と比べるとゼロが二つ多い金額が転りこんだ。

むろん彼女たちは、百科全書的な僕のアイデアに常にどぎもを抜かれつづけた。時代が昭和から平成に変わる頃には、少なくとも彼女たちの間では北川健＝よく当たる占い師といった感じの位置付けが確立していたので、時代の先を見とおすヒットメイカーとしての僕の能力についても、もっと言えば僕自身に対しても三人は深い好奇の目を向けつづけた。

でも彼女たちは決して僕を疑わなかった。その時代の常識に基づいて社主の能力を信じ、最後までオフィス・Kの表に立って僕の代わりに動いてくれただけだ。未来を占う人間を不思議な目で見つめることはあっても、未来を知る人間の存在を認めることは彼女たちの常識が許さなかったと思う。

年齢的に言えば――むろん僕の見かけの年齢の話だが――彼女たちと僕との関係は兄妹も同然だった。手足になって外を走り回る妹たちと、家の中でアームチェアにすわって指示を与える兄。世間の常識に照らせば大いに異色な指示の内容にも、事務所内での関係にも彼女たちはのめりこんだ。あるときは社主以上にのめりこみ、僕の尻を叩くことさえあった。

教祖さま、というのが彼女たちのお得意のジョークだった。神の啓示をお聞かせください。私に課せられた次の任務は何ですか？

五年も過ぎると彼女たちは走り回る必要がなくなった。依頼は少しずつむこうから舞い込むようになった。それこそ占い師にうかがいを立てるように、クライアント側からなされる商品の改良についての打診は、打診自体がヒントになり、さらに僕の記憶を呼び起こした。

こうしてオフィス・Kは発展した。都心に自社ビルを建てるような発展の仕方ではなかったけれど、世間の目を引かぬ程度に事務所のスペースを拡張し、女性スタッフを増員した。何人増やしてもスタッフは女性のみ、というのが彼女たち三人の方針だった。

僕は住居専用の小さなマンションを購入しそこに独りで住んだ。彼女たちの誰にもその場所は教えなかった。以降、重要な案件のあるときにはこちらから連絡を入れる、そのやり方をずっと通した。

そして一九九八年夏。

僕のアイデアはここで枯れる。

当然のなりゆきだが、オフィス・Kは今年の夏で事務所をたたむことになった。結局、僕たちの手もとにはそれぞれ使い切れぬほどの莫大な金だけが残った。

長年僕の右腕として働いてくれた最初の学生は、文句も言わずに事後処理を一手に引き受け、最後に電話で話したときにも僕には一切何も尋ねなかった。その際に本人の語った内容を信じるなら、今後彼女はハワイに移り住みただのんびりとした生活を送る計画らしい。

もうひとりの学生は、アイデアの持ち込み仕事のかたわら女性だけの人材派遣チームという発想を実現させ、のちに会社組織に発展させて現在も自ら社長職にある。小説家志望のほうは、どこの出版社・どの作家に持ち込んでも相手にされなかった僕の小説のアイデアを溜めこんでいたのか、それとももともと才能があったのかオフィス・Kを退社したあと本物のミステリー作家になった。

自慢話はここまでだ。

僕が僕の力で何をやり遂げたか、これ以上事細かにきみに語るつもりはない。

僕は、この二度目の十八年間を僕がどう生きてきたかではなく、二度目の十八年間を生きてしまったいま、僕が何を思っているか、最後にそれをきみに語ろうと思う。

その前に西里真紀の話に触れておこう。

あの事故からちょうど七年目の九月、オフィス・Kのビジネスが拡張しつづけていた頃、僕は一度目の人生でもそうしたように、九月六日の合同慰霊式に出席し、ただし今度は遠くから彼女の顔を眺めた。

むろん彼女は僕のことなど知るはずもない。事故当夜、両親の死に涙にくれたのは一度目も二度目も同じだったに違いないが、二度目の今回はハンカチや電話の小銭を差し出すべき僕自身がそこに居なかった。だから西里真紀にとって、今回の僕はただの通りすがりの男にすぎないのだ。

かつて僕たちがつきあい始めたとき、西里真紀は身寄りのない二十代後半の女として、堅実で質素な暮らしを送っていた。

早番と遅番のある勤め先からまっすぐに帰宅すると、どんな時間帯でも独り分の食事をこしらえて食べ、風呂につかり、少し本を読んで眠る。目覚めるとまた独りで食事をとり、着替えて通勤電車に乗る。たったそれだけの毎日を延々と繰り返している、本人がそう語るのを聞いたこともあるし、そうでなくても彼女の――まるでその後の堅実で質素な結婚生活への準備期間であるかのような――暮らしぶりは地味な服装や初めて訪れたときの部屋の様子からも十分に想像できた。

その印象は今回も変わらなかった。

西里真紀の喪服姿を見て僕は結婚前の妻をまざまざと思い出すことができた。あのときのままだ。おそらく西里真紀はあの頃と似た堅実で質素な独り暮らしをしているに違いない。

そして僕の推測はほぼ当たっていた。ただひとつの大きな相違点を除けば。

今回の彼女にはすでに男がいたのだ。

男は彼女と同じホテルに勤める和食の料理人で、ふたりは一九八七年の秋のうちに結婚し、揃って退職するとこぢんまりとした割烹の店を持った。一度だけ僕は新橋駅の裏手にあるその店を覗いてみたことがある。僕ではない男と所帯を持ち、カウンターの内側で立ち働く西里真紀を見ても嫉妬の感情はわかなかった。この結婚がうまくゆけばいい、心からそう思ってしばらくは彼女のことも忘れることができた。

ところが、まる一年ほど経って、再びその店を訪れてみるとそこにはまるっきり別の看板が掲げてあり、むろん経営者も代替わりしている。狐につままれた思いで僕は西里真紀の消息を追った。彼女たちの結婚までは探偵社に調べさせたのだが、今度の件については、ちょうどその時期オフィス・Kで採用した新しい女性スタッフに任せることにした。

隠しておいても仕方がないから先に言っておくが、新しい女性スタッフというのは加藤由梨のことだ。この夏にオフィス・Kが解散するまで加藤由梨は僕の有能な秘書役をつとめてくれた。僕が事務所のほうへ顔を出さなくなった後も、加藤由梨とだけは直接、個人的に会い続けた。

加藤由梨の報告で、西里真紀が元の勤め先のホテルに復帰していることを知らされた。料理人の夫のほうは一日中自宅にいて仕事をしている様子がないことも。それだけではなく、加藤由梨は新橋のホテルの従業員からもっと悪い噂も仕入れてきた。

割烹料理店の失敗で夫婦は借金を抱えている。旦那のほうは借金を返す気力も甲斐性もないから女房が働くしかない。でも女ひとりどう働いたところで大きな借金が返せるわけもない。おまけに女房は旦那の酒癖に手を焼いている。こないだから眼帯をしてごまかしているのは旦那に殴られたからに違いないし、先月続けて仕事を休んだのはどこか別のところを殴られるか蹴られるかして動けなかったのだ。

僕は一晩考えた末に自分から出向くことにした。西里真紀の留守中に飲んだくれの夫に面会し、相手が腰をぬかすほどの金を積みあげ、うむを言わさず離婚届に判を押させ、今後西里真紀には近寄らないという誓約書まで取った。悶着は起こらなかった。男が萎縮してしまったのは、目の前に積まれた金額が金額だったせいか、サングラスに杖をついて現れた僕をただ者ではないと感じ取ったせいかよくは判らない。

西里真紀はまもなく以前の生活に戻った。

大崎にマンションを借りて、そこから電車で通勤し、勤めが終わるとまっすぐに帰宅して独り分の食事をこしらえて食べ、風呂につかり、少し本を読んで眠る。翌朝目覚めるとまた独りで食事をとり、着替えて通勤電車に乗る。おそらくそんな毎日の繰り返しだっただろう。

正直に言うと、僕は早まったのかもしれないと半分は後悔していた。

夫に無理やり離婚届に判をつかせ、僕の力で西里真紀の肩の重荷を取り除いてやろうと考えたのは早計だったかもしれない。どう贔屓目に考え直しても、こちら側の世界ではもはや彼女とは赤の他人にすぎない僕に許される振る舞いではない。

暴力をふるう夫との結婚生活と、堅実で質素な独りぼっちの毎日と、どちらかを選択するのは他人ではなく、当然西里真紀本人であるべきだろう。僕は彼女の人生に不必要な手を加えてしまっただけなのかもしれない。

最後にいちどだけと言い聞かせて、大崎駅の改札口で帰宅途中の西里真紀を待ち伏せたとき、そして彼女が僕のすぐ脇を、見覚えのある伏し目がちの表情で、独り暮らしの堅い殻に閉じこもった女の表情で歩き去るのを目にしたとき、僕はより大きな後悔にさいなまれた。

もう二度と彼女の人生に立ち入るべきではない、と僕は心に誓った。いちど立ち入ってしまったのを悔やんでも仕方がない。それでも、これ以上は他人の人生に余計な手を加えるべきではない。

　そう考えたのは事実だ。

　でも、にもかかわらず、とここで僕は告白しなければならない。にもかかわらず僕はやはり気持ちのどこかで、かつての妻だった女への責任、ないしは罪滅ぼしという言葉を捨て切れなかった。

　西里真紀の人生から目を離さなかったのはそのためだ。

　彼女が離婚してのち今日に至るまで、僕は加藤由梨に言いつけて定期的に様子を見守らせてきた。

　従って《水曜会》の件も、会員名簿にきみの名前が含まれていることも、加藤由梨からの報告で僕は知っている。

　いまの僕はそれ以上のことまで把握している。

　馬橋に自宅を構え、十八年前とおなじ出版社の営業部員である秋間文夫のこと、バレエ・スクールの経営に辣腕(らつわん)を発揮している秋間弓子のこと、ふたりの間の女子校に通う娘のこと、すなわち秋間家のかなり細かい事情までも把握している。

　もっと率直に言おう。

　西里真紀と秋間文夫の関係も僕は知っている。

秋間夫婦の仲が冷えていることも知っている。

秋間、僕はきみが今回の人生で水書弓子を妻にし、結婚を失敗に終わらせたことや、西里真紀とまで関係を持ってしまったことをあれこれ言うつもりはないんだ。

そんなことを最後にきみに語りたいんじゃない。

僕はこの十八年間、きみたちの前から姿を消し、あるひとつのことに望みをかけて生きてきた。オフィス・Kを設立したときにも、三人の妹たちの力添えでビジネスを発展させてゆく年月にも、ここ数年独りでマンションに引きこもってからも常に頭の隅にはその希望があり続けた。

アイリス・アウト、そして、アイリス・イン。

あの現象がまた僕を襲うのではないかとの微かな期待だ。

こちら側の世界にやってきて僕は水書弓子を電車事故から救った。やるべきことを遂行したあと、僕は二度目の新しい人生を始めるにあたり、どこかに、代わりの誰かがいるのではないか、いつか、その代わりの人間を見つけられるのではないかとの淡い期待も抱いていた。すなわち水書弓子の代わりの女。秋間文夫の代わりになれる男。

でもそんな人間はどこにもいない。僕はそのことを身をもって知った。かけがえのない人間の代わりなどどこにも存在しない。

あるいは僕は最初から、事故の翌年に杖をつきながらこちら側の現実に一歩を踏み出し、きみたちとも家族とも離れて生きてゆく覚悟をつけたときから、心の底では気づいていたのかもしれない。たとえ別の人生を生き直しても、きみたちの代わりの人間など見つかるわけがないし、僕自身もそれを求めてもいないことを。

だから僕はこのときを待ち続けていたのだ。

再び訪れる一九九八年の夏。

アイリス・アウトで視界が黒く塗りつぶされる瞬間。アイリス・インで過去へと引き戻される瞬間。それを待って、僕は三たび生き直し、きみたちをこの手に取り戻すことができるかもしれない。

そしてそれは僕の望んだ通りに来た。

数秒前に火をつけたはずのタバコが消えているのを僕はこの目で見たし、数分前に乗ったはずのエレベーターに同じ階から乗り込もうとしている体験もした。何もかもあのときと同じだ。ファール・チップに譬(たと)えられる短い時間の逆行は今後も続くだろう。このまま続いて九月六日の夜七時十五分過ぎには必ず、僕はあの時代のあの電車の中に舞い戻ることになるだろう。

秋間、ひょっとすると僕は十八年という時間の永遠の繰り返しの中に閉じ込められてしまったのかもしれない。あるいは、ひょっとすると僕は次の十八年間で、僕にとっての三度目の人生で何らかの充足を得て、そちら側の世界にとどまり数奇な物語の結末を迎えることになるのかもしれない。

　でもいまはそんな先のことは考えるまい。いずれにしても、僕はこのままこちら側の世界で孤独な、不自由な身体の老人として人生を終えるつもりはない。

　僕の年齢は正確に数えるならいま六十一歳だ。なあ秋間、笑わずに聞いてくれ。少しだけ感傷的になるのを許してくれないか？

　いままで僕が語ってきた物語は、実のところ、きみ自身が書いたかもしれぬ物語なんだ。すなわちあちら側の世界で、僕の死を見取った秋間文夫が、のちにちょうどこのような物語を書いた可能性はある。僕の言いたいのはそういうことだ。

　だから僕は、たぶん秋間ならこう書いたかもしれない、秋間ならこんな言い回しを使ったかもしれない、と考え考えここまでパソコンに文字を打ち込んできた。

　そして物語を書き終えたいま、僕はこの世界に北川健という人間が生きた証（あか）しを残してゆきたいと願っている。

　むろん僕には母や姉といった身内がいまもいる。むこうからは連絡の取りようがないにしても、もし僕がこの世界から消えれば彼女たちに財産の一部が残る手はずにもなっているし、それなりに北川家の長男の思い出は残るだろう。でも僕が欲しいのはそんな意味での生きた証しではない。

かつて秋間文夫の親友だった北川健として、西里真紀の夫だった北川健として、それから若い頃にいちどは水書弓子の人生にかかわった北川健として、僕はこちら側に何らかの痕跡(こんせき)を残してゆきたいと願っている。

この物語もそうだ。加藤由梨からきみに手渡されたはずの現金も、西里真紀名義の預金通帳もそうだ。

五〇〇〇万の現金は、映画監督だった秋間文夫が望んでいたように、もしきみもホーム・シアターでトリュフォーの映画を存分に見たいと思うのなら、そのための資金に当てるといい。

預金通帳については、きみから西里真紀に手渡してくれればそれに越したことはないけれど、手渡すための説明が思いつかないのであれば、きみの手もとに置いて、今後ふたりに金の入り用なときに役立ててもらってもいい。どちらを選ぼうと、それはここまで物語を読んでくれたきみの判断に任せる。

秋間、これで僕はもう語るべきことをすべて語りつくした。

きみがどこまで僕の『トゥルー・ストーリー』を信じてくれたのかは判らない。でもこれで、僕がこちら側の世界でやるべきことはやりつくした。

あとは静かに待つだけだ。

あの雨の夜を。

渋谷発吉祥寺ゆき急行電車を。
アイリス・アウト、そして、アイリス・インを。
一九九八年九月六日の夜がまた訪れるのを待つだけだ。

第十三章　一九九八年九月六日

九月六日、日曜日。

私は東京駅にいる。

大阪から帰京するはずの妻を待って、新幹線のぞみ20号の到着ホームでしびれをきらしている。

だが待つしかない。

時刻は夕方六時二十分を過ぎたところだ。

のぞみ20号の到着予定時刻は十八時二十四分。

今日ここに来るまでに、私はいくつかのことをした。普段よりも倍も長く感じられる週末と、眠れぬ夜を過ごした。

木曜日の朝には、神保町のDPEスタジオで北川健の写真を手に入れた。太田晶子が送ってくれた卒業アルバムからページを一枚切り取り、そこに載っている個人撮影の（縦4センチ×横2センチの小さな長方形の中の）顔の拡大を依頼してあったのだが、私が受け取ったのはキャビネ判に引き伸ばされた一枚の写真だった。

粒子が粗く、鮮明とは言い難い。だが詰襟を着た十八歳の北川健が唇に微かな笑みを浮かべている、それくらいの見分けならつく。無断でページを切り取った件については、あとで太田晶子に謝らなければならない。

写真を手に入れるとその場で私は妻に連絡を取った。

下北沢の実家の電話には義母が出た。弓子は大学の授業があるのでもうこちらにはいないという。それを聞いて私は妻が舞踏クラスの講師を務めている大学の名前を思い出そうとした。すると義母が、午後からは中野のほうにいるはずで、そっちへ電話をしたほうがいいと勧め、弓子のほうでも何か秋間さんに話があるようだと教えてくれた。

電話を切ったあと、義母の「秋間さん」という呼び方が耳に残った。いままでは下の名前で呼ばれていたような気もするのだが、でもそれも確かではない。なにしろ私は下北沢の妻の実家とは可能なかぎりつきあいを避けてきた。

勤め先の出版社のビルまで歩きながら私は思い出した。十八年前、初めて下北沢の家を訪れた夜、バレエ関係者の大勢集まった居心地の悪いクリスマスの夜。……あの夜に、北川健は入院先の病院から私の実家に連絡を取っていたわけだ。

私はその晩明らかに場違いなところにいると感じていた。場違いなだけでなく、松葉杖(づえ)をついてそこにいる二十五歳の自分を、事故の話以外に誰(だれ)の関心も引かない自分を、取るに足らぬ存在のようにも感じていた。アメリカ映画を好んで見ている西里真紀になら、「自分を糞(くそ)みたいに感じる」という言い回しで私の気持ちは通じるかもしれない。

当時、私の味方は水書弓子ひとりだけだった。

彼女の両親が娘の早すぎる結婚に反対なのは判(わか)りきっていたし、そのことがかえって弓子の決心に、火に油をそそぐような影響をおよぼしただろうこともいまなら想像がつく。結局、両親が折れるしかなかったのは弓子の妊娠を知ったせいだ。つまりまだ母親の腹のなかにいた娘の葉月が、私たちの結婚を決めた。

弓子の両親は、あの晩いきなり松葉杖をついて自宅に現れた青年が、時が経(た)っても決してもとの身体(からだ)に戻れないのだとは思っていなかったふしがある。それは翌年の三月の結婚式で、松葉杖こそ不要になったものの、まだ片脚をひきずっている私に接したときの彼らの様子から察せられた。あるいは、ともいまの私は疑うこともできる。当の弓子にしても私の脚のことは軽く見ていたのかもしれない。あの事故で負った私の怪我(けが)は、時が経ちあの事故が記憶から薄れてゆくようにいつかは完全に治癒できるものだと、少なくとも結婚前の弓子は思い込んでいたのかもしれない。

木曜の午後、書店まわりの途中で中野のバレエ・スクールに電話を入れてみると、先生は神宮前の分校のほうだと思う、と教えられた。電話番号を聞いてそちらへかけ直してみたが、弓子はつかまらなかった。

夜、自宅から千駄木のマンションに電話をかけてみると、娘の葉月が出て、ママは夕方の飛行機で福岡に発ったという。提携校の新設の準備でそちらに一泊し、それから大阪へとんでやはり提携校の生徒の発表会の指導にあたり戻るのは土曜の夜になるという話だった。

その間ひとりで大丈夫なのかとは尋ねなかった。きっと娘は普通の高校生の友だちが泊まりに来ているると答えるだろう。私は弓子の福岡の宿泊先を尋ねた。用があるならママの携帯に電話すればいいと娘に言われて電話を終え、弓子の番号を控えた手帳を繰った。

だがその晩は何度かけても携帯にはつながらなかった。

私がほぼ二週間ぶりに妻の声を聞いたのは金曜の朝のことである。当然ながら福岡での仕事に取りかかる前だったので弓子の応対は素気なかった。私は土曜の夜に時間をさいてもらえないだろうかと頼んだ。土曜の夜は無理だけど日曜の午前中だったら空いていると妻が答え、私たちは電話を終えた。

それで今朝、私はまた千駄木のマンションに電話をかけた。するとコール音を十回も鳴らしたあげくに娘が出て、寝ぼけた声で、ママはゆうべは帰らなかったという。

予定が一日延びて、東京に着くのは今日の夕方らしい。私は妻の携帯に連絡を取った。予定の延びた大阪での仕事に取りかかる前の弓子はやはり素気なかったが、私はねばった。彼女が乗るはずの帰りの新幹線の時刻を聞き出し、東京駅のホームで待っているからそのつもりでいてくれと念を押した。

そのあげくにいま私はここにいる。

ついいましがた、のぞみ20号がこのホームに到着するとのアナウンスが聞こえた。

今朝、私は弓子と会うはずだった時間を利用して、あの衝突事故からちょうど十八年目の今日、井の頭線新代田駅にほど近い寺院で催された合同慰霊式にも出席した。

ほんのわずかながら期待をかけていたのだが、出席者の中に北川健の顔を探し出すことはできなかった。黒い杖をついたそれらしい中年の男はいなかったし、もうひとつ言えば西里真紀の姿も見かけなかった。

西里真紀が今日の慰霊式に出なかった理由は判らない。だが、西里真紀の両親があの電車に乗っていて死亡したのも、北川健があの電車に乗っていて重傷を負ったのも、いまの私は確かな事実として知っている。

金曜の夜から、私は北川健の物語を読み返しにかかった。

最後まで徹夜で読み返して、土曜の朝、まずパソコン通信のネットワークを通じて問題の新聞記事を探してみた。だがいずれの新聞社も一九八五年以前の記事の提供はおこなっていない。つまりパソコンで事故の記事を検索するのは不可能だ。

午後から私は松戸市立図書館まで出向き、一九八〇年度の九月分の朝日新聞縮刷版を借り出して、七日および八日の記事を探しあてた。

満員電車が踏み切りで立ち往生する大型車両（可燃性のガスを積んだトラック）に衝突したという記事。私が二度と思い出したくないあの雨の晩の事故について、新聞記者が冷静にペンを走らせて解説している記事だ。そしてそこに北川健の言う通り、「死亡した人」という見出し入りで西里真紀の両親、西里真佐男（四十七）と西里芳江（四十三）の名前を見つけた。

プラットホームにのぞみ20号の到着を知らせるベルが鳴り響き、近づきつつある車両の先頭部分が視界に入ってきた。

次に私は九月十日の頁に移り、縮刷された見出しの一つ一つを指でたどった。そして物語に書かれた通り、ごく小さな見出しの小さな記事を発見することができた。意識不明だった乗客の身元が判ったという記事で、乗客の名前は北川健（二十五）と確かにあった。

図書館から帰宅すると私は高校の卒業アルバムをあらためて開き、巻末に収録されている生徒の住所・電話番号簿を調べ、無駄だとは思いつつも高校時代に北川健が住んでいたはずの家に（番号の頭に3を加えて）電話をかけた。するとやはりそこは永福町の実家らしく、北川健の姉という人が電話を取り、弟とはもう長いこと会っていない、だから同窓会の通知をこっちにされても困るのですといった受け答えをされた。

つまりはそういうことだった。

ここまで私の知る事実はことごとく北川健の物語と合致している。

東京到着のアナウンスが繰り返され、のぞみ20号の長く連なった車両がプラットホームに横づけになった。

時刻は六時二十四分。

私はグリーン車の停車位置に立って弓子が降りてくるのを待った。

乗降口のドアが一斉に開いて乗客が降り立ち、私はひとつの車両の二つの乗降口に目を配りながら待つ。別の車両から降り立った乗客たちが靴音を響かせて私のほうへ押し寄せ、ホームの出口へむかって私の前と背後を足早に歩き去る。

人々が歩いてゆく方向とは逆の乗降口に視線を振ったとき、黒い大きな鞄を持った女が目に留まった。

濃い黄色のスーツを身にまとった背の高い女が大型の黒いナイロンバッグを提げてこちらへ歩いて来る。闊歩する、といった感じの外股の勢いのある歩き方は十八年前から変わらない。体重もそして体型もほとんど変わらないというのが本人の自慢で、変わったのは顎のラインで全体を短く切り揃え、もうポニーテールには結えなくなった髪型くらいだ。

大型のバッグのほうはもちろん十八年前とは別物だろうが、その中身は昔もいまもさほど変わらないだろう。

当時、二度目か三度目に私の見舞いに訪れた水書弓子はバッグの口を開けてグレープフルーツを取り出しながら、「手品みたいに何でも出てくる」という私の軽口に答えて大荷物の説明をした。トウシューズ、レオタード、替えのレオタード、バスタオル、替えのバスタオル、水筒、カセットテープ、ウォークマンの予備の電池、化粧道具、授業のテキスト……。そして私はそのとき初めて彼女が大学の舞踏科に通う学生であること、父親が水書バレエ・スクールの校長であることを知らされたのだ。

あれほど念を押したのに、弓子は本当に私が東京駅で出迎えるとは思っていなかったのかもしれない。誰を探すふうでもなくまっすぐに前を見据えて歩いて来るので、いきなりそばで名前を呼ばざるを得なかった。夫に名前を呼ばれたうえに行く手を遮られ、妻は不意を打たれた表情になった。

それとも弓子は今朝電話で私と話したことなどとうに忘れているのだろうか？

「びっくりさせないで」

と弓子は私を認めて言い、短い吐息をついた。

左手に大型の黒いナイロンバッグを提げ、もうひとつ小さめの黒革のバッグを右肩から掛け、右手には新幹線のチケットを握っている。

最後に会ったのは私が出張に出る前の晩だったからまだ三週間も経っていないのに、妻の立ち姿に違和感をおぼえるのは、それだけ私が物語の中の水書弓子のイメージに捕らわれているからだろうか？

「話があるんだ」私は上着の内ポケットから例の写真を取り出した。

「話？」と聞き返して弓子が歩き出した。「こんなところで」

私は早足で追いついて横に並んだ。弓子がやや歩調を緩めた。

「これを見てほしい」

目の前に差し出された写真を一瞥（いちべつ）して、弓子はこう言った。

「でも、ちょうどよかったわ、あたしからもひとつ話がある」

「もっとよく見てくれ」

「あたしたちの離婚のことだけれど」

「この写真の顔をよく見てくれ」

「葉月のことを含めてきちんと決めるべきことは決めておきたいの、だからあたしのほうは全部知り合いの弁護士さんに手続きをお願いすることにした、かまわないわね？」

「かまわない」私は言った。「離婚の話はきみが好きなように進めてかまわない。それより、頼むからこの男の顔をよく見てくれ」

弓子が足を止めた。切符を持ったほうの手で写真をつかみ取ると、ほんの三秒ほど、高校時代の北川健の顔を眺め、それから目をあげて私を見た。

「誰なの」

「思い出せないか？」

「知ってる人？」

私はうなずき、弓子の左手から大きいほうのバッグを取り上げて代わりに持った。

「十八年前のちょうど今日、きみはその男に会っている」

「十八年前？」

と呟いて弓子はかぶりを振った。

「ねえ、いまは時間がないの。大阪の段取りが悪かったせいでスケジュールがまる一日押してるし、これから神宮前の教室に直行しなくちゃならない。どうしても七時までにはむこうに着かないと。だから十八年も昔の話にのんびりつきあってる暇はないの」

「一緒に行こう」私は片手にバッグを提げて先に歩き出した。

「一緒に、神宮前まで？」

「タクシーの中でも話せる」

時間がないのは私のほうも同様だった。

今夜、七時十五分に渋谷を出る急行電車に北川健は乗る。必ず乗る。前から二番目の車両の、進行方向へむかって左、中央ドア付近に。

北川健はふたたびアイリス・アウトで十八年前の過去へ跳ぶつもりでいる。そして私はその瞬間に立ち会うつもりでいる。私自身の手で物語にピリオドを打つつもりでいる。たとえそれが起こるにしても起こらないにしても。北川健にとっての一度目の人生において、一九九八年九月六日日曜日の今日、秋間文夫がそうしたように。

だがその前にどうしても弓子に聞いておきたいことがある。いまから十八年前、一九八〇年九月六日土曜日の今日、問題の電車が下北沢駅に着く直前、そして下北沢駅に停車中の短い時間に、弓子と北川健と私との間に実際に何が起こり何が起こらなかったのか知っておきたい。

八重洲中央口からタクシーで神宮前へとむかったのは六時半過ぎで、上空には厚い雲がたれこめていたがまだ雨は落ちていなかった。

朝から灰色の曇り空を何度見あげたか判らない。天候はいまにも一気に崩れそうでなかなか崩れない。

タクシーが日比谷公園を過ぎ警視庁にさしかかったところで、私に言われてもういちど写真に見入っていた弓子が顔をあげた。座席に深く沈み込むようにすわり、顎をそらし気味に、視線を運転席の帽子を被った運転手の後頭部のあたりにじっと据えている。

記憶をたぐりよせているふうにも見える妻の横顔は、旅行疲れのせいもあるのだろうが、東京駅のホームで私のほうへ大股に歩いて来たときの第一印象に比べるとずっと老けて感じられる。三十八歳になった水書弓子、と私はあらためて思った。二十歳のときの弓子を知っている北川健はいまの弓子をどこかで見かけたことがあるだろうか。

西里真紀を大崎駅の改札口で間近に見たように、年を取った水書弓子の顔をそばに寄って（いまの私のように）しげしげと見守ったことがあるだろうか。女の顔はボクサーのように傷みやすい、というトリュフォーの『恋愛日記』の主人公が手記に書きつける文句を、年を取った弓子の顔を見て（いまの私のように）思い出してみただろうか？

「やっぱりわからない」写真を手にしたまま弓子が音をあげた。「これは誰なの？」

「僕の高校の同級生だ。北川健というのがその男の名前だ」

「その名前も聞いたことがない」弓子が嫌みを言った。「あなたに高校の同級生の知り合いがいるというのも初耳だけど」

「それは高校三年のときの写真で、その七年後、つまり北川健が二十五歳のときの顔をきみは見ている。見覚えがないか？」

「ないわね」

「一九八〇年九月六日、十八年前のちょうど今日、きみは夜七時過ぎに渋谷駅にいた」

「……十八年前のちょうど今日」弓子が思い出した。「さっきから何の話をしてるのかと思えば。今日があの事故の日なのね？」

　私はうなずいた。

　信号待ちでタクシーが停車し、正面をむいたままぴくりとも動かない運転手が聞き耳を立てているような気がしたが、かまわずに続けた。

「あの日きみは渋谷駅から、七時十五分発の急行電車に乗った。前から二番目の車両に」

「運転手さん」弓子が腕時計に目を走らせて言った。「ちょっと急いでください」

「渋谷を出た急行電車が下北沢に着くまでの五分ほどの間に、きみは若い男に声をかけられた。その男は下北沢で一緒に降りようときみを誘った。憶(おぼ)えてるか？」

「ええ」弓子が投げやりな返事をよこした。「憶えてるわ。でも、その男は詰襟を着た高校生じゃなかったわね。だいいち、そんな話をいま蒸し返してどうするの。あの事故の話をずっと避けてたのは誰？」

「事故の話をしてるんじゃない、きみに声をかけた男の話をしてるんだ」

弓子は肩を落としてため息をつき、窓の外に視線を逸らした。私は話を続けた。

「ところが、下北沢に着く直前に男の様子が変わった。ちょうどきみが彼の名前を尋ねたあたりだったと思う。……彼は返事をしなかった。穏やかな表情が一変して、急に妙なことを言い出した。下北沢のホームに秋間文夫という男がいる、その男を電車に乗せないように引き留めてほしいときみに頼んだ」

「ちょっと待って」弓子が遮った。「……そうだったかしら？」

「そうだったんだ」

だがこれは二週間ほどの間に北川健の物語を読み、読み返し、また私自身の記憶を何度もたどり直して行き着いた事実だ。弓子の記憶がいきなり追いつけないのも無理はない。

「そうだったかもしれないわ」弓子が言った。「でも、もう詳しいことはよく思い出せない」

「事故のあくる日、初めて僕の見舞いにやってきたとき、きみはこんなふうに言った。自分は、ある男の人からあなたを電車に乗せないようにと頼まれた。でも下北沢のホームであなたを見つけることが自分にはできなかった。もし見つけていれば、あなたがこんな大怪我をすることもなかったはずで、そう思うと悔しい。ただ、自分は、あなたのお友だちだというその男の人をよく知らない。名前も知らないし、実は会うのはきのうが二度目で、どこの誰かも知らない。そんな男の人にいきなりあんな頼み事をされて、自分が戸惑ったのも判ってほしい。それに、あのあと電車がトラックに衝突するなんて思いもかけなかった。もし事故が起きると知っていたら、あたしだってもっと本気であなたを探して引き留めていたはずだ」

「そうね。そんなふうに話したと思う」

「不思議な話だと思わないか？」私は自分自身に問いかけた。「そいつはまるで事故が起きるのを知ってたみたいだ。いったいその男は誰で、どこに消えたんだ？」

もちろんこの疑問はいまではなく十八年前に、もっと深く問いかけてみるべきだったのだ。

「自分はあとから降りるとその男は言ったの」弓子が記憶をたどった。「あとでホームで会おうって。……いま考えても訳がわからない。確かにあなたの友だちだってその男は言ったのよ、でもあのときあなたはそんな男には心当たりがないって答えた。あたしがいくら思い出してみてと頼んでも、狐につままれたみたいな顔をして、そんな男は友達にはいない、高校の同級生とはもうつきあいがないし、大学の友だちになら何人か電話をかけて確かめてみてもいいけど……」

そこまで喋ったところで弓子は右手に持ったままの写真を思い出した。息をつめて数秒見つめ、それから私を振り向いた。

「ほんとうに、この人が……？　でも、あたしが見たのは高校生なんかじゃなかったのよ」

「言っただろう」私は辛抱づよく繰り返した。「実際にきみが見ているのは、その写真から七年後の顔だ」

「ああ……」だしぬけに運転手が声をあげ、独り言にしてつけ加えた。「とうとう降ってきたな」

タクシーは青山通りに入っていた。

私の待ちかねた雨が降りはじめた。突然の激しい雨に歩道をゆく人の大半が駆け出し、残りの幾人かが雨傘を取り出して広げる。時刻は六時四十五分過ぎ。

『その日は朝からどんよりと曇り、天候は夜を待たずに一気に崩れた。七時前にはどしゃぶりになった』

これでまたひとつ北川健の物語から事実が証明された。

いや今度は未来への予言がひとつ実証された。少なくとも彼の一度目の人生におけるこの日の天候と、二度目の人生におけるこの日つまり今日の天候とはまったく同じになった。彼が一度目で体験し記憶した通りにいま東京には雨が降りはじめている。

「それで北川健という人は」と弓子が聞いた。「あのあとどこに消えたの？」

「下北沢できみを降ろしたあと電車の一両目に乗り移った。そこで事故に巻きこまれた」

「……死んだの？」

「いや、死んではいない。北川健が生きのびたから僕はこの話を聞いて知っている」

「下北沢であの電車の一両目に乗り移ったなんて」弓子はそこで言葉を選んだ。「よほど運がなかったのね」

「違うんだ。あのとき電車の一両目には、北川の、知り合いの人間がふたり乗っていて……」

「その人たちも運がなかった。あなたと同じように」

「違う。北川は下北沢できみを降ろし、僕をあの電車に乗せないようにきみに頼んだ。そのうえで、一両目にいるふたりの知人をできるだけ後ろの車両へ移動させるつもりだった」

「何のために？」

われわれを事故から遠ざけるために、と答えかけて私は躊躇（ちゅうちょ）した。

車内にしばし沈黙が降り、外の雨音を際立たせた。

「馬鹿（ばか）ばかしい」弓子が勘を働かせた。「それじゃまるで、北川という人は事故が起きるのを知ってたみたいじゃないの」

　私は何も答えられなかった。

　北川健の写真を私の膝（ひざ）の上に放（ほう）り、腕時計に目をやって弓子が続けた。

「十八年前、あたしがいくら言ってもあなたはその北川という人のことなんか思い出しもしなかった。それがいまごろになって、北川が僕を電車に乗せないようにきみに頼んだなんて、さも重要なことみたいにあなたは言う。いったい何のつもりでこんな話を蒸し返すのかさっぱり判らない。その写真の顔をあたしが思い出せばどうなるの、何かが変わる？　あたしたちの関係が十八年前に戻るの？　いまさら驚きはしないけど、あなたはいつだって自分の都合を最優先して物事を考える。あんなに事故の話をするのを嫌がってたくせに、あたしも葉月もあなたの脚のことには触れないようにどれだけ気を遣ってきたか判らないのに、こっちの都合なんておかまいなしに、東京駅までのこのこやってきて、写真をつきつけて事故の晩を思い出せって言う。北川って男に何を吹き込まれたのか知らないけど、でたらめもいいとこよ。あなたはいま、北川があたしを下北沢で電車から降ろした、という言い方をしたわね？　それは間違ってる。あの電車を降りたのはあたしの意志でしたことよ。見ず知らずの男に誘われて気まぐれを起こしたのもあたしだし、そのあと妙な頼み事をされて、胸騒ぎがしてとにかく電車を降りようと決めたのもあたし自身だった。あの電車を降りて事故に遭わずにすんだのは、あたしに運があったからよ」

弓子は確かにいまあの晩の出来事を思い出している。十八年前、私はいまの台詞と同じ意味のことを彼女の口から聞かされた覚えがある。

表参道を過ぎたあたりで弓子が運転手に道順の指示を与えた。

雨脚はいっこうに弱まる気配がない。後部座席の窓に、まるでスウィーティの果肉粒のように見えて無数の雨滴がこびりついている。

私は北川健の写真を背広のポケットにしまい、用意していた質問をした。十八年前の私には、さほど重要だとは思えなかった謎。北川健の存在を知ったいまとなってはぜひとも解き明かしておきたいひとつの謎。

私の質問に弓子はすぐに答えた。

「いまさらそんなことを答える必要はないわ」

……答える必要はない。では、弓子はその答えを十八年経ったいまも憶えているわけだ。

北川健の顔を忘れてしまった代わりに。

私自身、あのとき下北沢から電車に乗ろうとしていた理由をもう思い出せもしないのに。

事故当夜、下北沢駅で電車を降りようとした水書弓子は「本当はね……」という曖味な台詞を口にした。一度目の一九八〇年九月六日、つまり彼女が雨傘を取りに車内に戻り事故に巻きこまれたときの話として、北川健はそのことを忘れずに書き記している。

私は頭の中を整理しながら弓子に話しかけた。

「当時、きみは下北沢の実家に住んでいた。つまり下北沢はきみの降りる駅だった。だったらなぜ、当然降りるべき駅で降りたことを、自分に運があったと言える？　……事故の起きた晩、きみははなからそこで降りるつもりがなかった。電車の中で北川健に声をかけられるまで、きみは下北沢を乗り越すつもりでいた。そうだね？」

弓子の返事はない。私はさっきと同じ質問を繰り返した。

「あの晩、きみはどこに行こうとしてたんだ？」

「それを聞いてどうするの」弓子が苛立った。「あたしに何を言わせたいの」

「きみが自分の強運を信じた、そもそもの理由が知りたいんだ」

「あたしはあの晩は下北沢で電車を降りるつもりがなかった。だのに気まぐれで降りてしまった。それで十分でしょう」

「下北沢で降りるつもりがなかったというその理由が知りたいんだ。些細なことかもしれないが、きみはそのことを十八年間も憶えている。つまりよほどの理由だったんだと思う。それに……」

それに、と私は口には出さずに思った。それに、その理由は北川健が一度目のときも二度目のときも唯一知り得なかった彼女の小さな秘密でもある。

おそらく北川健は一度目の一九八〇年九月六日、水書弓子が下北沢駅で当然降りるものと考えていたはずで、だからこそ（自分も）一緒に降りてどこかで話したいと彼女を誘った。そしてそのとき自分が車内に置き忘れた雨傘のせいで彼女が不幸な事故に巻きこまれてしまった事実を、後々まで悔やみ続けた。

だが、もしそれがそうではなかったとしたら（彼の考えた事実とはいくらか違っていたとしたら）、たとえあの晩北川健が水書弓子との接触をはからなくても、結局のところ彼女はあの電車に乗り続けて事故に遭遇する運命にあったのだとしたら、北川健の後悔は皮肉な意味を持つことになる。

彼女の運命を狂わせたのは自分だと北川健は書いている。自分のミスがなければ彼女がもともと生きるはずだった、薄幸とは縁のない人生を取り戻すために過去へ戻ることを願ったのだと。

ところが話は逆になる。もともと彼女が生きるはずだった不運な人生を、強運な人生と取り替えるために北川健は過去へ戻ったことになる。彼女の小さな秘密は彼の運命を大きく変えてしまったことになる。

私は迷った末に、いまこの場でふと思いついた疑問を口にした。

「……男か？」

本当に聞こえなかったのか聞こえぬふりをしたのか、弓子は身を乗り出して、運転手に前方で曲がるべき角の目印を教えた。

「あの晩、どこかで誰か別の男と会う約束があったのか？」

「馬鹿なこと言わないで」

と弓子が小声で私を叱り、青山学院大学のそばで二つほど角を折れてタクシーが停まった。

左手に歩道をはさんで真新しいビルが建っている。神宮前に新設されたバレエ・スクールはたぶんその白いビルの中だろう。

七時五分前。このままタクシーで渋谷駅へ駆けつければ、北川健が乗るはずの急行電車をつかまえることができる。

だが私は妻の十八年前の小さな秘密になおもこだわっていた。

後部座席の左側のドアが開いたので私が先に降りた。激しい雨はやむ気配がない。

運転席からの操作で車のトランクの蓋が開いた。

ナイロンバッグを取り出していると弓子がそばに立った。きっとこう言うに違いない。あなたのデリカシーのなさにはほとほと愛想がつきた。

「そんなに知りたければ教えてあげる」と弓子が言った。

私はバッグを提げて雨に打たれながらビルのほうへ歩いた。

「あの晩、吉祥寺まで行くつもりだった」弓子が追いついて話し始めた。「吉祥寺に好きな男の人がいたから」

一階入口に突き出したアーチ型の庇(ひさし)の下に入り、バッグを置くとハンカチを引っぱり出して濡(ぬ)れた髪を拭(ぬぐ)った。硝子(ガラス)の扉越しに奥にエレベーターが二基見える。その手前の壁に取り付けられたステンレスの郵便受けにざっと目をやったが水書バレエ・スクールの名前は見分けられない。

「あたしの言ったことが聞こえたの?」

「北川に声をかけられて、なぜ下北沢で降りる気になったんだ」

「だから何べんも言ってるでしょう。あたしには運があったのよ。あの電車に乗り合わせたあなたも、その北川という人のことも気の毒には思う。あなたたちが十八年前の事故の記憶にいまだに悩まされ続けているのもわかる。あの電車に乗っていた人たち全員の運命はあそこで狂ってしまったんだから。でも……」

「そんな話を聞きたいんじゃない。見ず知らずの男に声をかけられたくらいで、なぜ吉祥寺に行くのをやめたんだ」

「でも、あたしの運命もあそこで変わったのよ。好きだけど迷ってたの、このまま会いつづけるのが良い事なのかどうかあの頃のあたしには判断がつかなかったの。あの晩電車の中で不意に肩をたたかれて、一緒に降りようと誘われて、なぜその気になったのか言葉では説明できない。ただ、降りてしまったことで、何かが確実に変わったの。そのときは気づかなかったけれど、次の日に病院であなたと出会って、そこでもうあたしは昨日までのあたしとは違うことを考えてた。

妙な頼み事をしてそのまま消えてしまった友だちのことを、あなたはまったく知らないって言う。最初のうちは、まるであたしが夢でも見てるんじゃないか、この女は怪しいんじゃないかって疑ってるみたいだった。あたしだってあんな大きな事故が起きてしまって混乱してたの。実際あたしは夢でも見てたんじゃないか、見ず知らずの男から声をかけられたと思いこんではいるけど、あなたに言わせればそんな男がこの世に実在するかどうかさえ疑わしい。ゆうべ下北沢を出た電車がトラックに衝突したのは事実だけど、直前の下北沢の駅での出来事は全部、電車を降りたあとであたしの見た夢だったのかもしれない。それきり事故の話をするのをあなたは嫌がったし、あとからあたしはあたしなりに考えて結局、あなたとの出会いも結婚も不思議な縁なんだと思うことにした。確かにあの電車の乗客たちにとっては最悪の事故だったけれど、直前に不思議な男がひとり現れたおかげであたしは不幸を免れ、しかもあなたと知り合うことができた。不思議な男は実在しないのかもしれない。あとであたしの見た夢の中にしかいないのかもしれない。でもとにかく、秋間文夫という男は現実にあたしの前にいる。それで吉祥寺のほうとはしばらくしてきっぱりと別れた。こうなるのがあたしの運命なんだと思うことにした」

それから十八年の月日が流れ、いま私たちはここにいる。不思議な縁で結ばれた結婚は失敗だった。だがこうなってしまったことも、弓子は運命だと思って諦めをつけるのかもしれない。

「ところが北川という男が実在したわけね？　いまごろになって、あたしが望んだわけでもないのに、突然そんな話を聞かされるなんて。……なんだか、夢から無理やり揺り起こされたような嫌な気分。あのとき思ったこととは反対に、いままで生きてきた十八年間が、あたしの人生のほうがまるごと夢だったと宣告されたような気がする。おそらく今日が人生で最悪の日だわ。言っておくけれど、あたしはあなたとの結婚をいい思い出だったとごまかすつもりはないのよ。あたしはこの十八年間一緒に暮らしてきて、あなたに感謝しなければと思うことは何ひとつない。まったく未練もないし、早いとこ離婚届に判を押しちゃえば気分だってすっきりする。ただね、ひとつだけ、吉祥寺のほうと別れられたのはあなたのおかげだったと思ってるの。あの頃もしあなたに出会えなければ、後々までぐずぐずした関係が続いていたかもしれない。それをきっぱりと断ち切れたのは、やっぱりあなたがそばにいてくれたからだと思う。だから、そのことだけ、あなたには感謝してる。ほかには何もないけど。……そういう話よ。どう、これだけ聞けば気がすんだ？」

雨に濡れた前髪を払いのけて弓子がナイロンバッグを持ち上げるために腰をかがめた。停車中のタクシーがクラクションを鳴らしている。

「……不倫か」私は思わず力のない言葉を吐いた。

「聞かなくてもいいことを聞きたがったのはあなたよ」

私を急かすためのクラクションが二度鳴り響いた。

腕時計の針は七時を一、二分回っている。渋谷駅で北川健の乗る急行電車をつかまえるにはもうぎりぎりの時刻だ。

「近いうちに弁護士さんのほうから連絡がいくと思うから、そのつもりでいて。それから」

エレベーターホールへの扉に手をかけて弓子が振り返った。

「北川という人にまた会ったら伝えておいて。あの晩あたしの背中をたたいて、気まぐれを呼び起こしてくれたことには感謝してる。電車を降りてからもあなたの頼み事を無視したわけじゃない」

私は激しい雨のなかへ歩き出した。

「あたしはやるだけのことはやった。下北沢の駅のホームで、あたしは秋間文夫の名前を何度も呼んだ」

そうだ、確かに私はその声を記憶によみがえらせることができる。

十八年前の九月六日、土曜日の雨の晩、下北沢駅のホームで電車に乗り込む寸前に私は私の名前を呼ぶ女の声を聞いている。

車内に立ち、振り返った私と、ホームに残った女との間をそのとき電車のドアが遮断した。私には相手の顔すら区別がつかなかった。電車は走りだした。次の駅へではなく、踏み切りで立ち往生するトラックに向かって。

その瞬間私は鳴り響く警笛を聞いていた。

窓の外の暗闇(くらやみ)に飛び散る白い火花を見た。満員の乗客が同時にあげる意味のない声を聞き、電車の車輪が激しくレールを嚙(か)む音、嚙まれたレールが泣き叫ぶ音を聞いた。大地が盛り上がるかのような震動とともに地割れの轟音(ごうおん)が耳をつんざき、直後、割れた地面が粉々になって吹き飛ぶ噴火の音が他のすべての音を圧した。片手で支柱を握り締めていたはずの私の身体は意志とは裏腹に宙に跳ね、短く意識が途切れ、頭上からぱらぱらと窓硝子の破片が降りそそぎ、続いておびただしい雨が降りそそぎ、気がつくと身体の下にも車両の反対側の窓があった。頭上の窓の消失した空間からは外の暗闇よりも濃い黒煙がうかがえ、そのとたん黒煙の匂(にお)いを私の鼻が嗅(か)ぎ取り、割れ残った硝子が雨に濡れながら炎の色をちらちらと照り返しているのが見えた。すぐそばで誰かが泣き叫んでいた。誰かが誰かを呼ぶ声が聞こえた。私は動けなかった。私にできたのは濡れそぼった頭をもたげて震える指で硝子の破片をたったひとつつまんでみることくらいだった。

私はただ待っていた。下半身の痛みに耐えながら、不吉な黒い雲のように頭上を流れてゆく煙を目の端にとらえ、燃えさかる炎の気配がいまにも間近に迫るのを感じじつつじっと横たわって救いを待つことしかできなかった……。あれが私の人生で最悪の夜だ。

だが私のために弓子はやるだけのことをやった。

見ず知らずの男からの奇妙な頼み事をできるかぎり果たそうとした。下北沢駅のホームで私の名前を何度も呼んだのは真実に違いない。その声が私に届かなかったのは、もちろん彼女の責任ではなく、この私に運がなかっただけの話なのだ。

タクシーが渋谷駅の東口に着いたのは弓子と別れておよそ五分後で、私は腕時計もろくに見ずにとにかく駆け出すことにした。

雨はまだ降り続いている。そうでなくても駅構内は日曜の人出で混みあっているのだが、なにしろ濡れた傘を持った人間がしじゅう前に立ちはだかって邪魔になる。それに私は（二十五歳以前の私にそれができたようには）全力で思う存分走ることが不可能だ。

だがいまは走らぬわけにはゆかない。走らなければ北川健の乗る急行電車を逃してしまう。

駅の北口側へむかって走り、井の頭線への連絡通路を走り続けた。

普段走ったことのない人間が走ったせいでじきに息があがり、背中から汗だくになった。自動券売機のいちばん短い列の後ろについてそこでコインを取り出す前に、両膝に手をついて喘(あえ)ぐ時間は持てたが上着を脱いでいるゆとりはなかった。

改札口を通り抜けるとまもなく発車を知らせるベルが鳴った。ホームの表示板で十九時十五分発吉祥寺行き急行電車を確認することはできた。が、その電車の前から二両目のドアまではもう行き着けない。それが最後尾の車両であろうと取り敢(あ)えず開いているドアから駆け込むしかない。そうした。私が駆け込んでいくつ数える間もなくドアが閉まった。

ドアのそばの支柱を片手につかんで喘ぎながら私は思った。

北川健はこの電車の前から二両目に乗っている。進行方向へむかって左、中央ドア付近に立っているに違いない。相手のいる場所は判っている。もう急ぐ必要はない。

渋谷駅から下北沢駅までこの急行は約五分かけて走る。車内には雨傘を手にした乗客の姿が目だつ。鮨詰(すしづ)めというほどの混み様でもないが空いた吊(つ)り革(かわ)がほとんどない程度には混んでいる。吊り革につかまった乗客の間を擦り抜けて、前から二番目の車両までたどり着くにはどのくらい時間がかかるだろう。だいいち私はこの電車の前から何番目の車両にいるのだ？

電車が走りだした。私は電車の進行方向へ急ぎ足で歩いた。吊り革につかまって立つ誰かの背中や雨傘に私の腕やズボンの膝が当たるのはもう仕方がない。短気な誰かが私の背中に非難の声を浴びせるのも仕方がない。そんなことにいちいちかまっている場合ではない。

最初に乗り込んだ車両の連結部のドアを開け続いて次の車両のドアを開けて一両進み、同じことを繰り返してもう一両進み、何枚かのドアを開け閉めしているうちに何両前に進んだのか判らなくなった。判らなくなっても私はかまわずに突き進んだ。連結部のドアの窓越しに前方を見渡してそこに運転席があれば、それは先頭車両だから私はそのときすでに二両目にいることになる。

雨傘を手にした乗客の間を掻き分けてなおも前へと進みながら、だが私は次第に目的を見失いつつあった。

私は奇妙な思いに捕らえられはじめた。十八年前のちょうど今日、ほぼ同時刻に北川健も（二番目の車両から先頭車両への一両ぶんではあるにしても）いまの私と同じようにドアを二つ開けて前へ歩いたわけだ。最も被害の大きかった車両に乗っている西里真紀の両親をどうにかして事故から遠ざけるために……。

　再びよみがえりかける事故の瞬間の記憶を押さえこんで私はこう思った。だが私は何のためにドアを二枚ずつ開けて前へ歩き続けているのか。

　北川健は今夜アイリス・アウトを起こして十八年前の過去へ跳ぼうとしている。その前に彼をつかまえて何を話せばいいのか。私は彼をどんな不幸から遠ざけるためにドアを二枚ずつ開けて前の車両へ進み続けているのか。

　水書弓子はおまえの考えているような娘ではない。おまえがこれから戻ってゆく一九八〇年九月六日の夜、水書弓子は吉祥寺で別の男と会う約束をしている。その男との絵に描いたような不倫の関係におちいっている。だから彼女ははなから下北沢駅で降りるつもりがなかった。おまえが後ろから肩をたたいて振り向かせようと振り向かせまいと彼女はもともとあの電車に乗り続けて事故に遭う運命だった。彼女の怪我や火傷(やけど)や後々の自殺についてまでおまえが全責任を感じるいわれはなかったのだ。

　それに彼女はすでにあの時点でプロのバレリーナになる夢を捨てかけている。ほんの数カ月のちに妊娠が知れたとき、彼女は私の目の前でこう言ってみせることになる。

　自分の踊り手としての才能にはもう見切りをつけているのだと。……バレエのことは秋間さんよりもあたしのほうがよく知ってるし、残念がってもらう必要もない、誰がどう反対しようとおなかの子を授かったのを運命だと思ってそれに従うしかない。

だから、おまえが何べん過去へ戻ったところであいつは結局バレリーナにはなれない。

そう言ってやることはできる。そもそも一度目の一九九八年九月六日からアイリス・アウト／アイリス・インで二度目の一九八〇年九月六日へ跳んだこと自体が無意味だったのだと、北川健にむかって私の口から、かつての親友秋間文夫の口から言い聞かせてやることはできる。

だが、その私が口にする一度目の一九九八年九月六日とか、二度目の一九八〇年九月六日とかにはそもそも意味があるのか？　アイリス・アウト／アイリス・インとか、かつての親友秋間文夫とかの言葉には意味があるのか？　いったい私はいつから、何を根拠に、北川健が十八年間を二度生きた男だと本気で信じこむようになったのだ。

物語をどう読み返し何をいくら考えたところでそれが現実かどうかの見きわめは結局のところ曖昧なまま残る。たとえ今日夕方からの雨を北川健が予言し的中させたにしても、天気予報がひとつ当たったくらいでは何の証明にもならない。

それよりいま私にはもっと気にかかっていることがあるはずだ。次から次へドアを開けて前へ進みながら、まるで過去へと連結する扉を二枚ずつ開けるようにして歩き続けながら、妻の弓子が二十歳の水書弓子であった頃の秘密にもっと奥まで手を伸ばしたがっているはずだ。

ほんの数ヵ月のちに妊娠が知れたとき、そして結局はそれが理由で結婚を決めたとき、水書弓子は私の目の前でこうも言った。

(秋間さんは本の虫で、世間のことなんかには疎いかもしれない、でもあたしはこう見えても実践的だから、だいじょうぶ、家計のやりくりも、育児にも自信がある)

あれから十八年後のいま私の耳に水書弓子の言葉はまるっきり違った響きで聞こえる。まるでトリュフォーの映画『突然炎のごとく』の中のジャンヌ・モローの台詞のように。

(あなたはうぶで、私は男を知ってる。平均がとれて、いい夫婦になるわ)

もちろん考え過ぎかもしれない。

だが弓子はほんの十五分くらい前に現にこう言った。

「それで吉祥寺のほうとはしばらくしてきっぱりと別れた」

しばらくして、とはいったいどれくらいの期間を指す言葉なのだろう?

一九八〇年九月六日の時点で弓子がその男とつきあっていたのは本人の口から聞かされた事実だ。

私たちが出会ったのがそのあくる日。結婚を決めたのがその年の暮れ。結婚式が翌年の三月で、娘の葉月は八月なかばに誕生した……。ぎりぎりで計算は合う。娘の父親が私であっても、仮にその「吉祥寺のほう」の男であったとしても。

私は目的を見失いつつあった。次の車両へ乗り移るためのドアを二枚開けて私は思った。これが現実なのだ。ひとり娘の葉月が実の娘であるかどうかさえもはや確信が持てない。

娘の父親は他の男であるかもしれない。少なくともその可能性はある。しかもその可能性に、あれから十八年も経って離婚する間際になって思い当たる。これが私の現実なのだ。

見ろ、北川健などどこにもいないではないか。サングラスをかけて黒い杖をついたそれらしい中年などひとりもいないではないか。私はなおも乗客と乗客の間を擦り抜け、次の連結部のドアに手をかけたところで気づいた。運転士の背中が見える。この先が先頭車両だ。つまり私はいま前から二番目の車両を歩いてきたのだ。

踵(きびす)を返して中央ドア付近まで戻った。

進行方向へむかって左。私の立つ位置からむかって右。乗客たちの間から見え隠れする窓越しに停まらない駅の表示板の明かりが通り過ぎる。駒場東大前か、それとも池ノ上か。いずれにしても時間はもう残されていない。じきに下北沢に着く。

私はそこに立つ乗客たちの顔を見回した。

だが北川健はいない。写真を取り出して確認するまでもない。この数日、穴があくほど見続けたからいまなら何も見ずに似顔絵だって描ける。いや似顔絵の描けるほど目鼻立ちに特徴のある顔ではない。実物を見て、ああこんな顔だったと思い出せるようなありふれた日本人の顔だ。だが私はそれを見れば判る。必ず見分けられる。サングラスで顔を隠して杖をついたそれらしい中年もいない。車内アナウンスが停車駅下北沢の名と降り口が右側であることを告げる。

無駄だ。ここでは何も起こらない。アイリス・アウトもアイリス・インも、北川健のかつての親友秋間文夫もみんな絵空事だ。このまま何事も起こらぬまま電車は下北沢駅の右側一番ホームに着く。そして私の前には絵空事ではない現実だけが残る。

十八年前の冬、弓子が身ごもっていた子の父親は私ではなかったのかもしれない。少なくともその可能性は現実として残る。今日から私はその可能性に苛まれながら日々を送るだろう。おそらく今日この瞬間の無力感を忘れないだろう。聞かなくてもいいことを聞いてしまったのは私だ。あるいは今日が人生で最悪の日になるかもしれない。

窓越しに下北沢の街明かりが見えてきた。

駅に近づきブレーキの作動した電車が大きく左右に揺れて軋んだ。

また頭の隅に十八年前の事故直後の記憶がよみがえりかける。

……私はただ待っていた。下半身の痛みに耐えながら、不吉な黒い雲のように頭上を流れてゆく煙を目の端にとらえ、燃えさかる炎の気配がいまにも間近に迫るのを感じっつじっと横たわって待つことしかできなかった。窓硝子の破片を靴底で踏みしめて誰かがそばに立ち、誰かが私のそばにしゃがみ、私の身体のどこかに手を触れて、おい聞こえるか、と私に声をかけ、私の腕を取って助け起こそうとする……。

私の腕が誰かにつかまれた。

私の右腕をつかんだ男の声が耳元で囁いた。

「……秋間」

名前を呼ばれて私はようやく我に返った。

黒いスーツに身を固めた男が私の右側に寄り添うようにして立っていた。

男は左手で私の右腕をしっかりとつかんでいた。右腕に加わるこの握力には記憶があった。

そうだ私はこの右腕に加わる握力を物語を読んで記憶している。

はじまる。

私は一瞬にして悟った。見覚えのある男の顔をあらためて見直すまでもなく、男の右手に握られている黒い杖に気づくまでもなく。

男の顔は微笑んでいた。

物語と同じことがはじまる。私はその笑顔を鮮明に思い出すことができた。背広の内ポケットの写真を取り出すまでもなく、一九八〇年三月、神田岩波ホールの入口前ですれ違ったときの記憶を呼び起こすまでもなく。

男は左手で私の右腕をしっかりとつかまえたまま微笑んでいた。

私はこの男に何かを言うのだった。そのつもりでここまで息を継ぐ間もなく歩いて来たのだった。いやそうではない。むこう側でのかつての親友秋間文夫として何かを言い聞かせてやるべきなのだ。だが私の思いはなかなか言葉にならない。言葉は声になりそうにない。

はじまる。

いまにも私の腕をつかんだ男の手に力がこめられる。右腕を締めつける男の握力を私はふたたび経験する。私はそのときを待つしかない。

「秋間」

と男が聞き覚えのある低音の声でもういちど私の名を呼び私は男の目を視つめ私の右腕に絞り込むような力が加えられた。

その瞬間に私は見た。

映画のスクリーン上ではなく人間の目の中で生じるアイリス・アウトを。

男の茶褐色の瞳が微かに震えながら一気に収縮してゆくさまを。

電車が下北沢駅のホームにすべりこんだ。

男の握力がふっと弱まり、男の左手が私の右腕から右手首をたどり右手の指先をつかみそこねて離れ、男の右手に握られたままの黒い杖が床に当たって音をたて、男の身体が崩れ落ちた。

乗客がひとり悲鳴をあげた。

電車が下北沢駅のホームに横づけに停まった。乗客たちが異常に気づいた。騒ぎは私が立っている場所から起こり、周囲へ伝染した。立ちつくす私を人々が押しのけ北川健の死体を取り囲んだ。

電車のドアが開き、駅員を呼べと男の声が言い、運転士に知らせろと別の声が言い、ホームに駆け出す乗客と、新たに乗り込んでくる乗客とがいた。

そのとき背後からまた誰かの手が私の二の腕をつかみ、私を人の輪の中から引き離した。

「秋間さん」その女は言った。「北川の身体は死にました。こちら側の世界から北川はいま消えました」

第十四章　残されたもの

それから私は下北沢駅の外へ連れ出された。

外へ連れ出されて女にうながされるまま車の助手席に乗った。

女が車を走らせているあいだ私たちは口をきかなかった。これからどこへゆき何をするつもりでいるのか、彼女は一言の説明もしなかったし私からもそれは求めなかった。

この一週間、携帯に何度連絡を取ろうとしたかわからないという文句も私は口にしなかった。どんな文句を口にするのも億劫（おっくう）だった。彼女のほうから何かを切り出してこないかぎり、私はものを喋（しゃべ）る気にもなれなかった。

私が物語を読み終えたあとで、もういちど個人的に会いたいと先週彼女は言った。確かなのはそれだけだった。いつ会うとの具体的な約束まではしなかったけれど、たぶん今夜がそのときなのだろう。

車は彼女だけが知る目的地へむかって雨の首都高速を走り、一般道へのカーブを曲がりさらに夜道を走り続けて、やがてある脇道の通りで左側に車体を寄せて止まった。

加藤由梨がサイドブレーキを引きエンジンを切りドアを開けて外へ降りた。

私は助手席側のドアから降り立ち、目の前のビルの地下にあるらしい酒場の看板を眺めた。見たことも聞いたこともない店の看板だった。だが七階建てのビルのたたずまいにはおぼろげな記憶がある。

私たちは一階からエレベーターを使って五階まで上がった。加藤由梨が先にエレベーターを降りて廊下を歩き、二つあるうちの奥の部屋の扉の前で立ちどまった。加藤由梨がキイを取り出してその部屋の扉を開けた。

扉を開けてノブに手をおいたまま私がそばに寄るのを待ち、先に中に入るようにと目でうながした。私は従った。エレベーターを降りて右へ歩く狭い廊下にもこの部屋の扉にもおぼろげな記憶がある。

玄関の照明は点いていた。靴脱ぎはきれいに掃き清められていて一足の靴も見当たらない。一歩上がるとすぐそこがＤＫで、部屋は奥にひとつだけ。そちらの照明も点灯している。

私は奥へ歩いた。その室内の様子をひと目見て記憶は鮮やかによみがえった。

私はこの部屋を読んで知っている。

広さは畳にすれば十二畳ほどのフローリングの部屋だ。突きあたりの窓際に、左の壁に寄せて両袖机が据えてある。反対側の壁際には長さが2メートル半ほどもある革張りのソファ・ベッド、その手前に32インチの大型テレビが床に直置きにされている。大型テレビの横には黒塗りの箱型ラックがあり中に数十枚のレーザーディスクが立て掛けてある。もちろんレーザーディスクは「クライテリオン盤」に違いない。

加藤由梨が隣に立ち、私の反応をうかがっているのが感じられる。ここで私がどんな顔をすれば彼女は満足するのだろうか。両袖机のパソコンに目をやって私は尋ねた。

「ここで北川健は物語を書いたのか？」

「そうです。でも、ここは北川の部屋というよりも、北川が秋間さんのために用意した部屋です」

「僕のために？」

「ここはかつて、北川が知っているもうひとりの秋間文夫が住んでいた部屋です。そう言えばお判りでしょう？」

「北川健の親友だった秋間文夫」と呟いてみて私はため息をついた。

「ええ、それに映画監督でもあった秋間文夫」

「きみもあの物語を読んだのか？」

「読みました」加藤由梨は悪びれずに答えた。「そのことでいくつかお話があります」

「個人的に」

「どうかそこへお掛けになってください」と加藤由梨が手で示したのは両袖机の前の椅子だった。

私は加藤由梨の示す方向へ歩み寄り、だが肘かけつきのその回転椅子にはすわらずに馬鹿でかいソファ・ベッドの端を選んで腰をおろした。

部屋の入口に立った加藤由梨が私を見て、ちょっと物足りない表情になった。それから臍の前あたりで両手を組み合わせると、こう言った。

「何からお話しすればいいのか迷っています」

「迷うことはない」私は言い返した。「北川健の肉体の死を悲しむところから始めよう。ちょうど喉も渇いたし、缶ビールを用意してくれないか。ふたりで飲みながら話せば通夜らしくなる」

かろうじて押さえつけていたものがあふれ出す、そんな感じで加藤由梨の表情が見る見る変わった。

私は苛立ちをそのまま言葉にしてしまった軽率さを後悔した。

声をあげずに泣く女を見るのも、立って泣く女を見るのも、あふれ出る涙を手のひらで拭う女を見るのも初めてだった。泣く女にハンカチを差し出すような振る舞いは苦手なので、黙ってその様子を見守ることしかできなかった。

長い沈黙の時間が流れた末に、加藤由梨は立ち直った。完璧に元の自分に戻ってみせた。鼻もすすりあげなかった。なぜ突然泣いたのかという理由の説明もなかった。もちろんそんなものは私のほうで想像すべきことなのだ。

まるで時計の針が五分前まで戻ったかのように、そしてそこから今夜の人生をやり直したがっているかのように、加藤由梨はもういちど臍の前あたりで両手を組み合わせると、こう言った。

「何からお話しすればいいのか迷っています」

「迷うことはない」私は言い返した。「北川健の物語を読んでどう思ったか、お互いに感想を述べ合うところから始めよう。まずきみから、手みじかにやってくれ」

「まだあのことを怒っていらっしゃるんですか？」

「あのこと」

「デリカシーに関する問題」

「僕は怒ってるんじゃない。きみたちの、徹頭徹尾芝居がかったやり方に呆れてるんだ。そっちに感想がないのなら僕のほうで質問がある。この数年、きみは西里真紀の私生活をのぞき見していた。物語にそう書いてある。だとすると……」

加藤由梨が組んでいた両手を離して何か言いかけた。おそらく私のデリカシーに欠ける言葉遣いでも訂正するつもりだったのだろう。私はその暇を与えなかった。

「きみは西里真紀が《水曜会》にかかわったきっかけも当然知っているはずだ。教えてくれないか。彼女が《水曜会》に入ったのは北川健の差し金なのか？」

「いいえ違います。あれは偶然です。あのかたと秋間さんの縁だとあたくしは思います」

「北川健の物語をどこまで信じてるんだ？」

「全体を信じています」

「今夜あの電車の中で北川は死んだ。でもそれは肉体が死んだだけで、北川の意識はまた十八年前に時間をさかのぼった。そのことが信じられる？」

「疑う余地はありません」と加藤由梨が答えた。

「悪いけど」私は頼んだ。「そこに突っ立ったまま喋るのはやめてくれないか、目ざわりで仕方ない」

　加藤由梨がソファ・ベッドに近づき、ほんの三十センチほど間隔を空けて私の左隣に腰をおろした。

「話してくれ」私はタバコを取り出して火を点けた。「疑う余地のないという理由を話してみてくれ」

「第一に、あたし自身があの物語に登場しています」

「それは知ってる。きみは北川の秘書だ」

「いいえ、そうではなくて。秋間さんと同じような立場であたしも登場する、という意味です」

私が聞き返すまえに加藤由梨が席を立ち、台所から灰皿を持って戻った。その灰皿が目の前の小テーブルの上に置かれた。きれいに洗ったクリスタルの灰皿だった。

「まず北川がこちら側にやって来て十八年を生き直す以前、北川にとって一度目の人生の部分で、いまのあたしと同じ年齢のもうひとりのあたしが登場しています。物語に沿って言えば一九九八年八月二十八日、この秋間文夫の部屋で、詳しく言うとこの部屋の前の廊下で」

数寄屋橋の交差点で初めて会ったときの加藤由梨と、今夜の加藤由梨との服装の違いが、そのときようやく私の注意を引いた。

あのときは麻のスーツに身を固めていた女がいま普段着で私のそばにいる。色落ちしたジーンズに、ろくにボタンも留めずに羽織った木綿のシャツ。一見むぞうさに横分けにされた短い髪型だけ変わらない。が、今夜の恰好(かっこう)はどう見ても人材派遣会社の加藤主任らしくない。

「秋間文夫についていたスクリプターがきみなのか?」

「そうです」

「なぜそれが自分だとわかる」

「北川があたしの顔を憶(おぼ)えていました」

私は思わず鼻を鳴らした。

「物語を書いたのは北川だよ。北川が誰の顔を憶えていようと驚くにはあたらない。逆に、きみが北川の顔を憶えていたというのなら話は別だけど」

「でも、そう考えるとすべて辻褄が合います」と加藤由梨は涼しい顔で続けた。「なぜ北川が西里真紀さんや秋間さんのことを、つまり自分の秘密にかかわることをあたしに調べさせたのか。それはあたし自身が、北川の一度目の人生に何らかのかかわりを持つ人間だから、そう考えると納得がゆくんです」

「僕には納得がゆかないな。こちら側での加藤主任が、なぜあちら側ではスクリプターなんかやっているんだ？　都合がよすぎるだろう」

「理由は簡単です」加藤由梨が答えた。「いまから十年ほど前、大学生だったあたしは実入りのいいアルバイトの誘いを受けました。誘ってくれたのはあたしの従姉で、北川の物語にはオフィス・Kに参加した二番目の学生として書かれている人です。でも当時、あたしはすでに別のアルバイトを始めたところだったので最初は従姉の誘いにも乗り気じゃなかったんです。でもとにかく代表の男の人に会ってみてくれと言われて、いちど会うことにしました」

「その面接のときに、北川がきみの顔を憶えていると言ったのか？」

「いいえ、そうじゃありません」

「じゃあいつだ？」

加藤由梨は質問に答えず、話を進めた。

「当時あたしがやっていたアルバイトというのは映画の製作会社の仕事でした。従姉の母親、つまりあたしの伯母にあたる人は長いあいだ映画のスクリプターをつとめてきた女性です。あたしは伯母のそばについて、その仕事を見よう見まねで学びはじめていたところで、自分で言うのも何ですが、覚えが早く、今後もずっと続けてゆけそうな予感がしていました。大勢のスタッフと一緒に映画の撮影に立ち会っていると、大学の授業なんかでは得られない充実感があるし、任せられた細かい作業もぜんぜん苦にはならないんです。だから思うんですが、あのときもし従姉の誘いがなければ、つまりオフィス・Kの代表としての北川に出会わなければ、あたしはいまごろ独り立ちしたスクリプターとしてお給料を貰っていたかもしれません。あちら側でのあたしと同様に、こちら側でもそうなっていた可能性があるんです。もちろん秋間さんは、こちら側では映画を撮ってはいないから、誰かほかの監督さんについていたと思いますが」

「もし北川にその話をしたのなら……」

「していません」

「直接しなくても従姉から、きみの昔のアルバイトの話が北川に伝わったのだとしたら、それは物語を書くときの辻褄合わせの材料に使えただろうね」

すっかり短くなったハイライトをクリスタルの灰皿の底に押しつけて消した。それから左隣の女の顔を私は見つめた。

「そう思わないのか？」

「さっきの面接の話ですが」加藤由梨が話を戻した。「そのとき北川は、あたしの顔を憶えているとは一言も言いませんでした。実はその後も本人の口から言われたことはありません。でも北川の気持ちは秘書としてしじゅう一緒にいるあたしには伝わりました。あたしのほうでも同様に北川の顔に懐かしさを感じていたからです。北川はそれを承知であたしをそばに置いたのだと思います」

馬鹿馬鹿しい、という言葉を私はあえて口にはしなかった。ただ相手がどこまで本気で喋っているのか確かめたい一心で、左隣の顔を見つめ続けた。

「なぜあたしに北川の顔が懐かしく思えるのか……」

と言いかけて加藤由梨がいきなり立ち上がり、両袖机の前の椅子に場所を移した。

「そのわけも簡単です。物語に書かれている通りのことがあたしの過去にあったからです。つまりあたしは、現実にいちど北川の顔を見ているんです」

「この部屋の前の廊下で？」

「違います。それでは現実に見たことにはならないでしょう？　ここの廊下ですれ違ったのは北川にとっての一度目の現実にすぎないわけだから。あたしが言ってるのはそうじゃなくて、あの電車の中でのことです。いまから十八年前の九月六日、下北沢にあの電車が停車している最中に、あたしは北川に会ってるんです」

私はもう一本ハイライトを取り出して口にくわえた。……十八年前、加藤由梨はまだ十歳になるかならないかの子供だったに違いない。

タバコに火を点けるまえに私は思い出した。あの晩、下北沢駅を電車が出る直前、ドアが閉まる間際に北川に言われてホームに降りた小学生がいたことを。

タバコをくわえたまま私が目をあげると、加藤由梨がすぐにうなずいて見せた。

「ええ、あのとき黄色い帽子を被(かぶ)っていた女の子があたしです。十八年も昔のことだけど、はっきりと憶えています。知らない男の人に降りなさいと言われてあたしは電車を降りた。まちがいありません、物語に書かれた通りです。ですから、北川が一度目の人生であたしの顔を憶えていた、それも事実であると同時に、その逆もまた確かな事実なんです」

「……小学生のときに見た北川の顔を憶えてたのか?」

そう尋ねてみるのがやっとだった。

加藤由梨は会心の笑みで答えた。

「あたしの人生でいちばん不思議な体験なんです。いつか、もういちど会いたいと心から願っていた人の顔なんです。見間違えるわけがありません。面接で会ったとき、いっぺんでこの人だと判りました。それであたしはスクリプターの仕事を棒に振る決心をしたんです」

「秋間さんにフロッピーをお渡しする前に中身を読んで、あたしは自分なりに考えてみました」

加藤由梨は話し続けた。

途中で彼女が台所に立ち、冷蔵庫からやっとビールを持って来てくれた。それでちょうど物語の中の北川と私の話し合いの場面のように、小テーブルの上に銀色の缶ビールが二つ並ぶことになった。

「あちら側の、つまり北川の一度目の人生での事故のとき、忘れ物の傘に気づいて電車の中から声をかけたのはたぶんあたしです。物語を読めばそういうことになります。おかげで水書弓子さんは傘を取りに車内に戻ってそのまま降りられなくなった。でも、ということは彼女と一緒にあたしも衝突事故に巻きこまれたわけなんですよね？　おそらくあたしは事故の瞬間、彼女と同じ車両のほぼ同じ位置にいたと思います。だって彼女は傘を受け取りにあたしのそばに来て、直後に電車は走りだしたのだから。水書さんが降りそこなったことで、あたしはごめんなさいと謝ったかもしれない。こっちが御礼を言わなくちゃならないのよって、水書さんは笑いながら答えたかもしれない。

当時あたしは土曜日には渋谷にあるスイミングスクールに通っていました。練習が終わって通り道のライトバンの屋台でホットドッグをひとつ食べると、いつもぎりぎり急行電車に間に合う時間で、渋谷からはいちばん後ろの車両に乗るんです。乗ったあと少しずつ前の車両に歩いて移動する。下北沢に着くあたりでだいたい前から二両目、電車が下北沢を出たあとは先頭の車両に移るのがいつもの習慣で、それが次の駅で降りるのに便利だったんですね。そんなことをいまだに憶えています。

だから、事故に遭ったときの水書弓子さんが二両目じゃなく先頭車両に乗っていたというのも、それで説明がつくと思うんです。小学生だったあたしが、きっとまた余計な世話を焼いて彼女を連れていったんだと思う。次の駅で降りて下北沢に引き返すならそっちのほうが便利だから。それで彼女は大きな火傷を負ってしまった。もちろん、あたしもそのときそばにいたはずです。ところがあたしは死ぬほどの怪我もしなかったようだし、一九九八年には秋間監督についたスクリプターとして元気に仕事もしている。ひょっとしたら、大人になったあたしの胸や背中には火傷の跡が残っていたのかもしれない。そのことを秋間監督は知っていたかもしれないし、そこまで知る間柄ではなかったのかもしれない。ひょっとしたら、事故のとき、そばにいた水書弓子さんがかばってくれたおかげで、あたしの身体には火傷の跡なんか残っていなかったのかもしれない。それは判りません。ただ想像してみるしかないですね。

　こちら側での事故のとき、つまりあたしが北川に電車から降ろしてもらって事故に遭わずにすんだとき、下北沢から自宅に電話をかけたのを憶えています。電車が走らなくなったから、迎えにきてもらおうと思って。そうしたら両親はもう事故のニュースを知っていて、いまにも病院に駆けつけようかと慌ててる最中でした。理由はよく判らないけれど娘は下北沢にいて無事だ、そのことを知って両親は本当に涙を流して喜びました。喜んだあとで、スイミングスクール通いをやめさせることを思いついて、それであたしは土曜日の密かな楽しみ、ホットドッグの買い食いともさよならすることになった。その点でちょっぴり北川を恨まないでもないけれど、でも、もしあのとき電車から降ろしてもらえなかったら、あたしはまた事故に遭って、それこそ両親は病院に駆けつけて嘆き悲しんだだろうし、結局ホットドッグとの縁も切れていただろうから同じことですね。あたしは北川のことは両親には話しませんでした。下北沢の駅で、電車から降りなさいと言ってくれた不思議な男の人がいた。それをどう話しても、自分が信じていることは両親にはうまく伝わりっこない、子供心にそう諦めをつけたんだと思います。

小学生のあたしが信じていたのはこういうことです。不思議な男の人が、不幸な事故に遭う電車からあたしを降ろしてくれた。あの人はあたしの命を救ってくれた。きっとあの人は事故が起きるのを前もって知っていたに違いない。あの男の人は未来を知っている。

小学生のあたしが本気で信じていたことを、もちろんいまのあたしも信じています。北川の物語を読んで、なおさらその思いは強まりました。あの物語全体が実話だとあたしには信じられます。結局、常識的な考えでどこをどう疑ってみても、あたしには過去の事実がひとつ残るんです。北川が、小学生だったあたしを、あの電車から降ろしてくれた。その事実は動きません。北川は事故が起きるのをあらかじめ知っていたんです。物語に書かれている通り、北川はあの時点で未来を知っていた、そしてあの時点から二度目の十八年を生き直した、そう考えざるを得ません。疑う余地がないと最初に申しあげたのはそういう意味です」

そこまで喋ると、加藤由梨は小テーブルの上の手つかずの缶ビールを私に勧めた。言われるままに私は銀色の缶をひとつ取り、リングを起こして冷たいビールを喉に流しこんだ。

「しかも今夜」と加藤由梨が続けた。「あたしは北川の死を見届けました。まるでその瞬間を予測していたように、秋間さんの腕をつかんで意識を失ってゆく北川の肉体を見届けました。つまりあたしたちは、物語にある通りに、北川が自分の意志で過去へ跳ぶ瞬間を目撃したわけです」

飲みかけの缶ビールをテーブルに戻した。それから私はうつむいて目をつむり、缶の水滴で濡れた指先で左右のこめかみを揉んだ。

回転椅子の上で加藤由梨が身じろぎをして、こう言った。

「秋間さん。もう十分でしょう？　もう信じないふりはやめませんか」

彼女の言う通り、もう十分なのかもしれない。私はただ、うなずいて見せればそれでいいのかもしれない。

「きみの場合は」と私は言った。「それで気がすむのかもしれない。なにしろ北川に危ないところを救ってもらったわけだからね。でも僕には僕なりの事情も、考え方もある。北川が十八年を二度生きた男だと認めるにしても、僕のこの不自由な脚は事実として残る。これをなかったことにはできない。なかったことにできない事実は他にもある。四十三年も生きていればそんなものは山ほどある。それを全部、北川にかきまわされた運命の結果だと認めてすませるわけにはゆかない。まだ若いきみの場合とは違う」

「なかったことにできるとは誰も言ってません。そこにあるものは正直に認めるべきだと言ってるんです。たとえ目の前にあるのが奇跡であっても、事実は事実として認めるべきです。それに、秋間さんの昔の夢はどうなるんです？　それをなかったことにしようとしているのは、むしろ秋間さんのほうじゃないでしょうか」

「昔の夢？」

「少なくともあの事故に遭うまで、秋間さんには映画を撮る夢があったのでしょう？　こちら側のあたしにスクリプターになる可能性があったように、秋間さんにも映画監督になる可能性があったわけでしょう？」

「……いや、違う。そんな夢は憶えていない」

「違うということと、憶えていないということは同じなんですか？」

私は再びうつむき、再び目をつむり、右手の親指と中指を使ってこめかみを揉んだ。自分に嘘をつく、というメロドラマの中ですら手垢にまみれた言葉が、いままでになく新鮮な響きで心に迫るのを感じながら。

もしかしたら私はかつて自分の見た夢を（むこう側の自分が成し遂げた夢を）忘れてしまったのかもしれない。不運な事故や、水書弓子との出会いや、早すぎる結婚や、娘の誕生や、もとの職場への復帰や、二十五歳の自分の人生を襲ったさまざまな出来事に取り紛れて、いつか物語を書きそれを映画に撮るという夢を私はあの時代に置き去りにしてしまったのかもしれない。

加藤由梨の声がつづけた。

「実は北川のことは従姉とも話し合ってみました。彼女はあたしなんかよりも現実的な考え方の人なんですが、それでも北川の不思議な側面については認めています。ビジネスをやっていく上での未来を読む能力やセンスではなくて、北川には何かしら別種の、成功の秘訣(ひけつ)が備わっていたことにも感づいています。従姉はこう言うんです。仮に未来を知っている人間を見つけたとしても、あなたが狼狽(ろうばい)したり深刻に悩んだりする必要はない。未来を知る人間がそばにいるなら素直にその恩恵にあずかったほうがいい。世の中は素直になった人間が得をするように出来ている。

たとえば、本を読んでいていつのまにか同じページを繰り返し読んでいる自分に気づく、そんな経験は誰にでもあるでしょう？　もしかしてそのとき時間はだぶって流れたのかもしれない。ほんの短い間だけれど、まるで返し縫いみたいな時間の流れ方が生じたのかもしれない。返し縫いって、お裁縫でいちど前に進めた針を後戻りして縫い直すやり方なんですが。だからいわばその時間の返し縫いが、ちょっとした幅じゃなくてもっと大きなスパンである日生じたら、そのときあなたは本を読みはじめる前まで、いいえそれよりももっと前の過去まで時間をさかのぼってしまう。そんな不思議な現象が起こり得ないとは限らない。そしていったん時間をさかのぼるこつさえ呑(の)みこんでしまえば、今度はもっと遠く、遥(はる)か昔の時代まで戻ってゆくことが可能になるかもしれない。いちど読んだ本のページを読み返すどころじゃなくて、そこから繰り返される何十年も先の未来の出来事をすべて知っている、という状態に置かれるかもしれない。そんな奇跡があなたに起こらないとは断言できない。

　でもね、と従姉は笑って付け加えました。この話はあたしたち内輪だけの秘密だから誰にも喋っちゃいけない。成功の秘訣をみんなが知っちゃったら恩恵が恩恵でなくなるでしょ？　内輪というのは、オフィス・Kに最初に加わったスタッフでいまはハワイに移り住んだ女性と、もうひとりミステリー作家になって成功している女性。それから、あたしの判断で秋間さんもその中に含まれます。結局、従姉が言いたかったのは、さっきあたしが言ったことと同じですね。目の前にあるものを信じるしかない。目の前で奇跡が起こるのを見たら、あたしたちはただそれを信じればいいんです。

　きっとこの世界とは別の時間の流れの中で、あたしと秋間さんはいまもコンビを組んで映画の仕事をしていると思います。そっちのあたしはもしかしたら背中に火傷の跡を残しているかもしれない。同時に、もしかしたらあたしは秋間さんの恋人なのかもしれない。それから今夜、北川が戻っていったもうひとつ別の時間の流れの中では、秋間さんは映画監督でも出版社の社員でもない職業につくかもしれない。あたしのほうだって今度は何をすることになるのか判らない。

　でも、そうだとしてもあたしたちはまたどこかで、何らかの関係を持つことになるんじゃないかしら。誰かの代わりになる人間はいないというようなことを北川も書いていたでしょう？　そのことはたとえば、西里真紀さんと秋間さんとの関係についても言えると思うんです。秋間さんは、彼女を《水曜会》にかかわらせたのは北川じゃないかとお疑いのようですが、それは違います。おふたりがあそこで出会われたのはまったくの偶然です。だいいち、その後のおふたりの関係まで北川にコントロールできたはずもありませんから。北川はただ見守っていただけです。

ただ、言わせていただければ、その出会いは偶然の産物というよりも、もっと自然なもののような気がします。『縁』という言葉により近いものです。あたしが北川に引き寄せられたようにして、あるいはあたしが北川を引き寄せたようにして、西里さんと秋間さんは出会われた、あたしはそう思います。だって秋間さんにとって北川はかつての親友で、彼女はその親友の妻だった女性ですから、そのときおふたりのあいだに面識がなかったわけがない。あたしはなかば本気でそんなことを考えているんです。『縁』と言って悪ければ、何かもっと微妙な、人と人との相性みたいなもの。

実は、初めて秋間さんをおみかけしたときにあたしはそれを感じました。見た瞬間にこの人だと判ってしまったんです。だから、このことはどうしても言っておきたかったんですが、数寄屋橋の交差点で、最初に後ろから声をおかけしたのは必ずしも秋間さんの脚のせいではありません。その相性みたいなものがあたしに判らせてくれたんです。背中をむけておられようと、こちらを見ておられようとあたしには見分けられたと思います。

一方的すぎるとお感じになるかもしれませんが、いまもその相性みたいなものは変わらずにここにあります。少なくともあたしはそれを感じています。秋間さんから、いままでどんなに嫌みを言われても我慢できたのはそのためです」

私は目をつむったまま加藤由梨の話を聞き終えた。

加藤由梨の話が終わったと気づいたのは、私の注意を引くために、硝子(ガラス)の小テーブルの上に堅い音をたてて何かが置かれたからである。

私は目を開けてそれを見た。

「この部屋の鍵(かぎ)です」

そう言って加藤由梨が立ちあがった。

「秋間さんの好きにお使いください。北川からもそう言い付かっていますし、遠慮なさることはありません、手続きはすべて整っています。この部屋は秋間さんのものです。……もし、いつかこの部屋で映画のシナリオをお書きになるときは、あたしにも手伝わせてくださいね」

私は何も答えずにテーブルの上の鍵を見ていた。

加藤由梨が部屋を出てゆき、玄関で靴を履き、ドアを開けそのドアが閉まった。

そして私はひとりになった。北川が私のために残してくれた部屋に。もうひとつの時間の流れの中で映画監督の私が親友の北川健や恋人の加藤由梨を迎え入れた部屋に。火を点け忘れたまま灰皿のふちに載せていた二本目のハイライトを私はつまみ、ビルの外の気配に耳をすました。加藤由梨の車が出て行く音を聞いたような気もするし、空耳だったかもしれない。

もちろん加藤由梨が帰り際に口にした最後の台詞は冗談にちがいない。私はハイライトに火を点け、ソファ・ベッドを離れて両袖机の前に立った。

机上に置かれたパソコンは私の使い慣れたマッキントッシュだ。キーボードの電源スイッチを押し、パソコンが立ちあがるまでの間に私はテレビのほうへ歩き、ラックの扉を開けて立てかけてあるレーザーディスクを点検した。『大人は判ってくれない』をはじめとしてトリュフォーの作品が揃っていた。そのどれもがクライテリオン盤だった。

両袖机の前に戻り、回転椅子に腰をおろす。パソコンの16インチモニターに気になるアイコンがひとつ表示されている。水色の背景の画面右上隅、ハードディスクのフォルダの下に『秋間』とタイトルの付けられた文書ファイルがぽつりと浮き出ている。

私はマウスに右手を添え、マウスに添えた右手の指にはさんだハイライトの火が消えているのに気づいた。

だが、点けたつもりのタバコの火が消えるのはよくあることだ。これは火をつける前の状態に私が戻ったのではない。時間の返し縫いがこの私に起こったのではない。火口の焦げ跡を確かめて、私はダブルクリックで『秋間』のファイルを開いた。

画面いっぱいに白い背景が広がり横書きの文字が現れた。が、それは物語のあとがきのような文章に過ぎなかった。

しかもその文章には重要と思われるメッセージが一言も含まれてはいなかった。物語の最後に添えられたあとがきにしては、まったく取るにたらぬ内容のものだった。まるで長い物語からこぼれ落ちたメモの切れ端を、拾ってそこに張り付けたようなちぐはぐな印象さえあった。

私はかなり拍子抜けした。

タバコに火を点け直して、知らず知らず苦笑いを浮かべてしまったのはきっとそのせいだ。

北川健は書いていた。

「秋間、きみにひとつふたつ言い忘れたことがある。

電車の中で僕の死を見取ったあと、あちら側で秋間文夫が書いたはずの物語のことだが、タイトルは『Y』だ。作家・映画監督としてのきみの好みから推測して、そうに違いないといまになって気づいた。

秋間ならこう書いただろうと想像しながら僕自身の物語を書き終えたとき、実はフロッピーに付けるタイトルを迷った。他と取り違えないためにタイトルはぜひ必要だからね。そのとき『Y』を思いつかずに、署名を入れてごまかしたことが後悔の種だ。

それからもう一つ、かつて僕の妻であった北川真紀、すなわち西里真紀はきみの撮る映画のファンだった。

週刊誌にきみが連載している映画評もかかさず読んでいたし、いつの日かきみの作品がクライテリオン盤に収められるのを心待ちにもしていた。

あちら側できみの才能を最も高く評価していたのは、まちがいなく僕の妻だったと思う」

エピローグ

九月九日、水曜日。

シャンゼリゼ通りで「ニューヨーク・ヘラルド・トリビューン！」と声をあげながら新聞を売っているジーン・セバーグを見つけて、ちょうどジャン＝ポール・ベルモンドが歩み寄るところで席を立ってしまったので、私は《水曜会》の今夜の出し物である『勝手にしやがれ』を冒頭の十分程度しか見なかったことになる。

ひとりでパルコ・パート3の一階に降りてみると外は小雨が降りはじめていた。

時刻は七時二十分をまわったところだ。

この雨なら渋谷駅まで歩いてもずぶ濡れになる心配はない。

そう思って公園通りのほうへ歩きだそうとしたとき、はすむかいのビルの前にこちらに背中をむけて立っている女が目にとまった。

映画館の案内と見くらべているのか、二度ほど女は腕時計に目をやり、それから私のいるビルのほうを振り返った。

むこうが私の顔に気づくのを待って、私は軽く手をあげて見せた。

いつも通り中間色の、腰にベルトのついたワンピースを着ている。西里真紀が私のそばまで歩み寄った。

「何をしてたんだ？」と私が尋ねた。

「秋間さんに話があったの」と西里真紀が答えた。

「それだったら、入るビルを間違えてる」

すると西里真紀は私の皮肉に対抗して、掌を下にして右手を水平に宙に浮かせ、親指と人差指以外の三本を内側に折り曲げて私に突きつけてみせた。

「……何のまねだ？」

「撃ったのよ、ピストルで」

「ピストルなら普通、てのひらを立てて構えるだろう」

「水平撃ちが流行ってるの。秋間さんは知らないかもしれないけど、そんなのもう常識よ。タランティーノだってこうやって撃たせてる。立てて構えるのは時代遅れよ。ほら、先週見た映画の中でだって」

「憶えてないな」

「あっちであの映画でも見て時間をつぶそうと思ったの。駅から走ってきたのにもう七時を過ぎてたし、水曜会の人たち、上映の途中で中に入ると怒るでしょ？」

「あんな映画に二回も金を払うのか」

「時間をつぶそうとしてただけ。そっちが終わる頃にここで待っていようと思って」

「僕はいつもの店で待ってたんだ、六時十五分に」

「ごめんなさい。水曜日なのに急に仕事に出なきゃいけなくなって、ゆうべから気を揉んでいたの」

「気を揉んでいたのなら電話の一本くらいかければいい」

「そうしようと思ったけど」

雨傘をたたんでこのビルに入ってくる二人連れのために、西里真紀が道をあけて私の右側から左側へ立つ位置を変えた。

「でもどこに電話をかければいいの？ 勤め先の電話番号も知らないのに」

「勤め先じゃなくても、いつものあの店の電話番号を調べて……」

言い返したあとで私は気づいた。月に二度、水曜日の待ち合わせのたびに使っているパルコの一階の店。あそこが何という名前なのか私も思い出せない。

その場で私は通勤用の鞄の中からシステム手帳を取り出し、空白のページを開いた。鞄を小脇にはさみ、ボールペンで電話番号をふたつ書きつけてページを破り取った。

「自宅と勤め先の番号だ」

「自宅？」と西里真紀が聞き返した。

「今後は、水曜日じゃなくても連絡が取り合えるようにしておきたいんだ。よかったらあとで、きみのほうのも教えてくれないか」

「でも……」

「誰に遠慮もいらない。僕はそこに独りで暮らしているから。こんど急な仕事がはいったら火曜日の晩に電話をかけてくれ」

私は雨のなかへ歩きだした。

西里真紀がすぐに追いついて右隣に並び、電話番号のメモをハンドバッグの中に押しこむと、かわりに折り畳みの雨傘を取り出した。

「どこへ行くの？」

「どこかで静かに話がしたい」

「あたしも秋間さんに、いくつか話しておきたいことがあるの」

「なぜ日曜日の慰霊式に出席しなかった？」と私が先に尋ねた。

そう尋ねただけで、十八年前の両親の事故死のことを私が知っているのだと、西里真紀には通じたようだった。留め金をはずし柄の部分を伸ばして、ハイビスカスの花模様の傘を開ききってから彼女は答えた。

「こないだも言ったように、もう遠い昔の話なの、あの事故のことも含めてね。遠い昔の出来事のせいで、あたしはずいぶん時間を無駄に使った気がするの。いまはもっと、いまの生活を大切にしたいし、過去をぜんぶ忘れてしまったわけじゃないけれど、でもどうしても仕事を抜けられないときには、日をずらしてお参りするくらい父も母も許してくれると思う。……ねえ、傘はあなたが持ったほうがよくない？」

「話って？」

「え？」

「いくつか話があると言ったろ？」

「あとふたつ」

「離婚のいきさつならもう話さなくてもいい」と私は傘を受け取って言った。

「でもひとつ思い出したことがあるの。あんまり思い出したくはないんだけど、昔の夫のことで。別れたあと、仕事場に電話がかかってきて奇妙な話をされたおぼえがある」

「それはいつかゆっくり聞く」

「じゃあ、ひとつだけね」

「いとこのドロシーの話か？」

「いいえ」

「僕の焼き餅（もち）の話」

「ううん、違う。そんな話じゃない」

「何」

「映画館でのセックスの話」

「……」

「ちょっといい方法を思いついたの。あとで教えてあげる」

いつものように私たちは公園通りを下り、西武百貨店のB館とA館の前を過ぎて、渋谷駅前のスクランブル交差点まで歩いた。

降りだした雨のせいで、黒や紺や他の華やかな色合いの雨傘をさした大勢の人々のせいで交差点の信号待ちはいつも以上に混雑をきわめている。

渋谷駅のほうを向いて立ち止まった私にもういちど西里真紀が尋ねた。

「どこへ行くの?」

「どこへでも」と私は答えた。「地下鉄の千代田線に馬橋という駅がある。自宅はその駅からバスで十分ほどかかる。これから一緒に行ってみるかい?」

「ふざけないで」

「言っただろ?　そこに独りで暮らしているって。僕は近いうちに離婚するよ」

「秋間さんの話はそのこと?」

「いや、きみにしたいのはそんな話じゃない」

私は背広の内ポケットにしまった北川健の写真と、西里真紀名義の預金通帳のことを思った。

「きみが聞けば、もっと驚く話だ」

「何を聞いても驚かないわ」

「驚くさ」

「離婚の話よりも?」と西里真紀が訊いた。

「ああ」

スクランブル交差点の信号が青に変わり、西里真紀の手が私の右腕にかかった。

「信じるまでにはもっとずっと時間がかかる」

私は傘を持ち替え、右手で彼女の手を握った。

無数の雨傘の花にまじって私たちは歩きだした。

解説

香山二三郎（コラムニスト・書評家）

本書『Y』は一九九八年一一月、角川春樹事務所から「書き下ろし長編小説」として刊行され、二〇〇一年五月、ハルキ文庫に収録された。この度二度目の文庫化に当たる。

Yとはもちろんアルファベットのワイであり、ミステリー読みにはエラリー・クイーンの名作『Yの悲劇』でもお馴染みの単語であるが、そのYとは意味が異なるようだ。

――アルファベットのYのように人生は右と左へ分かれていった。

本書の初刊本の帯の惹句に記されていたように、本書におけるYとはすなわち人生の分岐点を指す。

では、誰のどのような分岐点が描かれるのかというと――

物語はまず「一九八〇年、九月六日、土曜日」夜の七時過ぎ、ある青年が東京の京王・井の頭線渋谷駅である女性を見かける場面から幕を開ける。彼は二ヵ月前に彼女と一度会って言葉を交わして以来再会を願っていたが、ついにそれが叶ったのだ。彼は電車が下北沢駅に着いたとき一緒に降りて話をしようとするが、そのとき互いに別々の人物から声をかけられ、機会を逃してしまう。彼はホームに降り立ち、彼女はそのまま電車に乗っていってしまう。そしてその電車はその直後凄惨な事故に見舞われるのだった。

ほんのちょっとした時間の食い違いが引き起こす運命の悲劇。「これはそのほんのわずかな時間をめぐる物語だ」と。

何とも謎めいた、そして魅力的なプロローグではないか。

もっとも、一九八三年にすばる文学賞を受賞した著者のデビュー作『永遠の1/2』からして、失業青年と元人妻の恋愛話の一方で主人公とそっくりの青年が町に出没して彼を惑わすという分身サスペンス趣向を孕んでいた。すばる文学賞は純文学の新人賞であり、『永遠の1/2』にはそれに適った力があると認められたわけだが、と同時に、著者が並々ならぬミステリーのセンスの持ち主であることも表明していた。その証拠に、デビュー時の著者の本棚には『二人の妻をもつ男』や『ヒルダよ眠れ』『事件当夜は雨』『トライアル&エラー』等の名作が並んでいたようで、著者が本格ものはもとより、心理サスペンス、警察小説まで幅広いミステリー読みであることを明かされている。

その後一旦は恋愛小説家としての足場を固めていくかに見えた著者だが、一九九〇年代になって、再びミステリーマインドが再燃したのか、『彼女について知ることのすべて』『取り扱い注意』『バニシングポイント』とミステリー的な色彩が強い作品が続くことになる。そして満を持して登場したのが本書だった。その本編に入ると——

●ここから先は真相に触れています。本文読了後にお読みください。

八月の雨の晩、出版社の営業マン秋間文夫のもとに不審な電話がかかってくる。その声はキタガワ・タケシという高校の同級生でかつては親友だったというが、秋間は名前すらおぼえていなかった。キタガワは今から会って話せないかというが、出張帰りの疲れた体には到底無理な話だった（妻子が家を出ていった直後でもあった）。キタガワは彼に読んでほしいものがあるというのだが。三日後、秋間はキタガワ・タケシ——北川健の代理人である加藤由梨と会って、貸金庫の中身を受け取るが、それは原稿と五〇〇万円の札束、それに知り合いの女性、西里真紀名義の九桁の預金通帳と印鑑であった。フロッピーディスクに収められた北川の原稿に書かれていたのはトンデモないものだった。

自分は越境者だというのである。

北川は一九九八年、四三歳の夏までは広告代理店に勤める既婚の普通のサラリーマンだったが、娘の誕生祝いの晩、映画のフェイド・アウトとフェイド・インのようなまばたきにも似た現象に襲われた。それをきっかけに時間が逆戻りしていることに気付くのである。彼はそのことを親友に話しに六本木(ろっぽんぎ)の彼の部屋に赴く。映画作家で小説家でもある友人の秋間文夫はフランスの映画作家フランソワ・トリュフォーの手法、アイリス・アウトとアイリス・インを用いて、彼の身に起きつつあることを説明してくれた。北川は自分に断続的に起きている逆戻りと再生が自分の願う奇跡に向けてある日一気に起きると信じていた。その奇跡とは、もちろん一八年前のあの日に戻ること、そしてあの井の頭線の事故から彼女を救い出すことだった……。

かくして物語は秋間文夫の現状の日常描写と北川健の手記が交互に描かれていくことになる。その手法自体は取り立てて珍しいものではないが、人称を隠したり、物語背景の時間の偏差を潜ませるなどずらし技が効いており、巧みな伏線にもなっている。

北川のタイムリープについては、作中でも言及されている通り、一八歳から四三歳までの二五年間を何度も生き直す男の苦難を描いたケン・グリムウッド『リプレイ』というネタ本がある。このネタに関しては、他にも類書があり、著者自身、北村薫(きたむらかおる)『リセット』や筒井康隆(つついやすたか)『時をかける少女』を参考にしたというが、結果選ばれた時間跳躍の鍵(かぎ)はトリュフォーのアイリス・アウト／アイリス・インという映画の「魔法を解く呪文」だったことは興味深い。ＳＦネタについてもう少し掘り下げておくと、人生はアルファベットのＹのように瞬間瞬間に枝分かれし、そうして枝分かれしたぶんだけの異世界がこの世には存在するというのは、量子力学でいう多世界解釈とかぶる。むろんそこにはそれを決定づける観測者の存在が不可欠で、本書ではその観測者＝北川自らが人間タイムマシンと化してしまうという次第。

もっとも、現実ではあり得ない状況を初めから盛り込んでいる特殊設定ミステリーに人気がある今、本書も特殊設定ロマンの先駆けとしてとらえるべきなのかもしれない。北川の手記で描かれる最初の時間跳躍におけるタイムリミット・サスペンスの妙は作品刊行後四半世紀たっても色あせることはない。

また時間跳躍といえば、北川健の方だけに目が向きがちだが、彼の存在によって図らずも人生の曲がり角を曲がることになる秋間文夫の生き方にも注目されたい。妻子と別れ、味気のない独身生活に戻るはずだったが、ここまでダイナミックな変身のチャンスがめぐってこようとは！　四〇代の中年男性って、自分でも知らないうちに人生の枝分かれに差しかかっていたりすることが往々にしてあるのでは。

してみると、本書は何より中年男性に捧（ささ）げられたオマージュというべき一冊なのかもしれない。

本書は、二〇〇一年五月にハルキ文庫より刊行されました。